梁晓声
谈中国
系　列

梁晓声谈中国智慧

梁晓声 著

中央党校出版集团 大有书局

图书在版编目（CIP）数据

梁晓声谈中国智慧 / 梁晓声著 . -- 北京 : 大有书局 , 2024.5

（梁晓声谈中国）

ISBN 978-7-80772-009-6

Ⅰ . ①梁… Ⅱ . ①梁… Ⅲ . ①随笔—作品集—中国—当代 Ⅳ . ① I267.1

中国国家版本馆 CIP 数据核字（2024）第 041632 号

书　　名	梁晓声谈中国智慧	
作　　者	梁晓声　著	
出版统筹	严宏伟	
策　　划	淡　霞	
责任编辑	淡　霞　　侯文敏	
绘　　图	赵婉琦	
装帧设计	薛　宇	
责任校对	李盛博	
责任印制	袁浩宇	
出版发行	大有书局	
	（北京市海淀区长春桥路 6 号　　100089）	
综 合 办	（010）68929273	
发 行 部	（010）68922366	
经　　销	新华书店	
印　　刷	北京博海升彩色印刷有限公司	
版　　次	2024 年 5 月第 1 版	
印　　次	2024 年 5 月第 1 次印刷	
开　　本	880 毫米 × 1230 毫米　1/32	
印　　张	12.375	
字　　数	275 千字	
定　　价	60.00 元	

本书如有印装问题，可联系调换，联系电话：（010）68928947

目 录

关于国家和经济发展机遇（节选）（代序）

阶层分级，文化附之。

所谓"物以类聚，人以群分"，并非完全以地位与财富而聚、而分，有时也以"趣味"相投而"类"、而"群"。

"趣味"亦非仅指吃喝玩乐，深层意思其实包含"文化"。

毛泽东《纪念白求恩》一文，结尾对白求恩的总结性评语有一句是"脱离了低级趣味的人"。

该句之"趣味"，显然包含了"文化"素质。

"脱离了低级趣味"就是脱离了对低级文化的精神依赖。

不言文艺的文化是不存在的。

倘言文艺，当今世界，推陈出新，可谓极其丰富多彩的时代。

定睛细看，一种现象昭然——经济已经发达的国家不断产生为欣赏的文艺，即使经济状况又低迷了，为欣赏的文艺仍是主体；经济落后的国家，则以娱乐文艺为主，或连娱乐的文艺也少见，文艺全面的死气沉沉；经济正在发达的国家，则为欣赏的和满足娱乐的文艺双向繁荣——前者为富人的人们，后者为还难以富起来的人们。

于是也可以说，不同之阶层的人，皆烙上了不同之文艺的烙印。而此烙印，自人的孩童阶段始矣；至少年时代，分类矣；至青年时代，基本定型矣。既定型，改也难。

少男少女"玩不到一块儿去"，此原因之一也。

青年之间"无话可谈"，亦原因之一也。

在美国电影《出租车司机》中的男主角特拉维斯爱上了女秘书贝茜，他请她看电影，她高兴地答应了，但几分钟后她受辱般地离开了影院，因为他请她看的是"黄片"。他被媒体宣传成"英雄"后，便以为有了足够的资本继续追求她了，而她对他仍冷若冰霜。他们之间当然完全没有互爱的可能，他困惑不已，观众却看得分明——"趣味"截然不同，可能性自然是零。这还仅仅是文艺趣味的稍远即分，更遑论文化上的没法亲和了。

对于特拉维斯，看一场黄色电影已是欣赏；而对于贝茜，那种所谓的电影其实是垃圾。

美国还有一部电影是《国王也疯狂》——英国王室成员因故全体丧命，人们只得在世界范围内寻找王位继承人。结果还真找到了一个有王族血统的流浪汉，随即着力培训，希望能尽快将他素质提升成为国王。然而以失败告终——流浪汉已是成年人，爱莫能助。

我有一位朋友，和我一样有颈椎病，每去小小的街头盲人按摩所按摩，某盲人按摩师一边为之按摩，一边用手机听中国古典文学讲座，于是两人有了共同语言。后来，经我的朋友推荐，那位盲人按摩师去往五星级酒店了。

特拉维斯是真爱贝茜的。他那么想抓住机会，娱乐趣味却使他抓不住。

流浪汉并非不愿当国王，怎么会不愿意呢？但连他自己也不得不接受这样一个事实——自己文化上没那希望。

中国最有钱的人们，大抵在儿女中学毕业后，不容商量地就将儿女送出国了。中国的娱乐文化乃是世界上最"壮观"的现象，往往引人耳目想避都避不开。

有一次我问一位极有钱但远算不上最有钱的父亲他怎么想的。

答曰："还能怎么想？一是因为国内的应试教育模式改也难，不愿让孩子学得太苦太吃力，二是因为怕。"

"怕？怕什么呢？"

"怕国内娱乐文化的汹涌之势。一旦孩子陷入其中难以自拔，那不毁了？我们的孩子是要接班的，我们的企业是要走向世界的，儿女将来是要与许多国家的上层人士打交道的，如果在文化方面找不到共同语言那还成？"

一个事实是，他们的儿女也深谙此点，提升文化趣味往往成为自己融入别国精英群体的"入口"。

"即使坐在一起了，你说话别人不想接，别人说话你想接接不上。这种事若发生在我的儿女身上，岂不悲哀？"

那位父亲不是"土豪"。

不是"土豪"的那位父亲说——连"土豪"父亲们都全体意识到了——娱乐文化一旦形成汪洋，避开绝对是他们爱护下一代的明智之举。

中国之中产阶层的某些父母其实同样洞见了此点，于是也争先恐后地将儿女送出国去，这是中国留学潮的真相之一。在国外那些名牌大学里，特别是在科技方面名教授云集的那些专业，富豪之家的儿女甚少，因为他们将来并非要靠文凭和科研能力谋职或创业。他们无须创业，较好地承业即是能力。他们的父母也不是多么看重他们获得了怎样的文凭，有没有一技之长，看重的是他们在综合素质方面成了怎样的人。在这些专业中，市民阶层和草根阶层的子女也不多，这是由经济基础决定的。

在那样一些大学那样一些专业，中产阶层的儿女几乎个个都是"不待扬鞭自奋蹄"的用功学生。若起早贪黑可成学霸，他们甘愿废寝忘食。

对中国以后一二十年间的社会结构，由是可以看得比较清楚，基本还是——干部子女将在官场占有最多比例，富豪子女仍会像父辈一样占有最多的经济资本，并将比父辈更善于与国际同行合作；中产阶层的某些儿女成为主导科技发展的精英。中产阶层中，一部分服务于国家，成为科学家；一部分服务于大型或超大型企业，成为持股人；一部分，稳住了家庭的中产阶层地位——收入方面。

绝大多数市民阶层或草根阶层的子女，若不能自幼摆脱娱乐文艺之泡沫的侵袭，即使有了大学文凭，却只不过成为比比皆是的脑力劳动者——"知识改变命运"的规律，也就能将他们改变成不再是父辈那般的"体力劳动者"而已。

"娱乐改变命运"也成了一句社会箴言——改变了不少原本或可超越自己阶层的人的命运，使他们耽于娱乐，从文化意识上被按在了本阶层的坐标上。

贾政对于宝玉的娱乐心每大发其火，革命评论家们皆同情宝玉，众口一词地将贾政贬为"封建势力"的家族代表。其实，贾政是多么深刻啊，他明白——倘宝玉也如薛蟠，贾府的荣华富贵靠谁发扬光大呢？没谁天生是与娱乐绝缘的动物。鲁迅也爱看电影，胡适偶尔打牌，宋美龄爱舞场氛围。但若看少年时代，他们可都不是耽于娱乐的人。自然，他们那个年代，也不是娱乐文化汹涌澎湃的年代。

今日之中国，只要一个人甘愿，那么可以从小学到高中天天浸泡在娱乐文化中。

《舌尖上的中国》是文化节目，但缺少文化的人，便只会看到吃。它的解说词写得何等之好，可作为叙事美文来欣赏。解说人的声音特有魅力，有磁性，即使只闭着眼听声音，亦属享受。并且，它所蕴含的社会、人文、地理、乡愁诸方面的知识，也称得上是丰富多彩的。

低层级的，仅以娱乐取悦受众的文艺，其对成长期的人的最大危害在于：不但使人耽于它，浪费生命，而且会搞坏人的耳目，使人之耳目不再愿从娱乐转移开，去领略娱乐之外的、看了听了使人受益更大的丰富多彩的文艺。

从前，陶行知和黄炎培致力于市民儿女与农村少年的教育事业：一、授以技能，以助安身立命；二、影响以好的文艺，以助对垃圾文艺的排斥。希望将来的他们，起码在文化上不再处于底层。不仅国家，个体的人也是要有一点儿文化自信的。

在尚无许多当代的陶行知和黄炎培的情况下，市民阶层的父母和农村少年的老师，若能做到以下两条，对儿女和学生裨益大矣：

帮他们摆脱纯粹搞笑之娱乐的浸淫；

若做得到，引导他们领略不算浪费时间的文艺的魅力；起码，是"娱乐＋"之类的文艺——加知识、加常识、加情感、加对人世间的理解和对人生的体味，都是好的。

而刻意加所谓明星崇拜，会使少男少女沦为粉丝的——当远之。

第 一 章

文 人 与 文 学

我与文学

我对文学的理解，以及我的写作，当然和别人一样，曾受古今中外不少作品和作家的影响，影响确乎发生在我少年、青年和中年各个阶段。或持久，或短暂，却没有古今中外任何一位作家的文学理念和他们的作品一直影响着我。而我自己的文学观也在不断变化……

下面，我按自己的年龄阶段梳理那一种影响。

童年时期主要是母亲以讲故事的方式，向我灌输了某些戏剧化的大众文学内容，如《钓金龟》《铡美案》《乌盆记》《窦娥冤》《柳毅传书》《赵氏孤儿》《一捧雪》……

那些故事的主题，无非体现着民间的善恶观和"孝""义"之诠释而已。母亲当年讲那些故事，目的绝然不是培养我们的文学爱好。她只不过是怕我们将来不孝，使她伤心；并怕我们将来被民间舆论斥为不义小人，使她蒙耻。民间舆论的方式亦即现今所谓之口碑。东北人家，十之八九为外省流民落户扎根。哪里有流民生态，哪里便有"义"的崇尚。流民靠"义"字相互凝聚，也靠"义"字提升自己的品格地位。某某男人一旦被民间舆论斥为不义小人，那么他在品格上几乎就万劫不复了。我童年时期，深感民间舆论对人的品格，尤其是对男人们的品格所进行的审判，是那么权威，其公正性又似乎那么不容置疑。故我小时候对"义"也是特别崇尚的。但流民文化所崇尚的"义"，其实只不过是"义气"，是水泊梁山和瓦岗寨兄弟帮那一种"义"。与正义往往有着质的区别，更非仁义，然而母亲所讲的那些故事，毕竟述自传统戏剧，内容都是经过一代代戏剧家锤炼的，所传达的精神影响，也就多多少少地高于民间原则，比较具有文学美学的意义。对于我，等于是母乳以外的另一种营养。

这就是为什么我早期小说中的男人，尤其那些男知青人物，大抵是孝子，又大抵特别讲义气。我承认，在以上两点，我有按照我的标准美化我笔下人物的创作倾向。

在日常生活中，"义"字常使我临尴尬事，成尴尬人。比如我一中学同学，是哈市几乎家喻户晓的房地产老板。因涉嫌走私，忽一日遭通缉——夜里一点多，用手机在童影厂门外往我家里打电话。白天我已受到种种忠告，电话一响，便知是他打来的。虽无利益关系，但真有同学之谊。不见，则不"义"；即往见之，则日后必有牵连。犹豫片刻，决定还是见。于是我成了他逃亡国外前见到的最后一人。还要替他保存一些将来翻案的材料，还承诺三日内绝不举报。于是数次受公安司法部门郑重而严肃的面讯。说是审问也差不多。录口供，按手印，记录归档。

这是五六年前的事。

我至今困惑迷惘，不知一个头脑比我清醒的人，遇此事该取怎样的态度才是正确的态度？倘中学时代的亲密同学于落难之境急求一见而不见，结果虚惊一场，日后案情推翻（这种情况是常有的），我将有何面目复见斯人，复见斯人老母，复见斯人之兄弟姐妹？那中学时代深厚友情的质量，不是一下子就显出了它的脆薄性吗？这难道不是日后注定会使我们双方沮丧之事吗？

但，如果执行缉捕公务的工作人员不由分说，先关押我几个月，或一年半载，甚至更长时间（我是为一个"义"字充分做好了这种心理准备的），我自身又会落入何境？

有了诸如此类的经历后，我对文学、戏剧、电影有了新的认识。那就是，凡在虚构中张扬的，便是在现实中缺失的，起码是使现实人尴尬的。此点古今中外皆然。因在现实中缺失而在虚构中张扬的，只不过是借文学、戏剧、电影等方式安慰人心的写法。这一功能是传统的功能，也是一般的功能。严格地讲，是非现实主义的，归为理想主义的写法或更正确。而且是那种照顾大众接受意向的浅显境界的理想主义写法。揭示那种种使现实人面临尴尬的社会制度的、文化背景的，以及人性困惑的真相的写法，才是现实主义的写法。回顾我早期的写作，虽自诩一直奉行现实主义，但其实是在理想主义和现实主义之间左顾右盼，每顾此失彼，像徘徊于两岸两片草地之间的那一头寓言中的驴。就中国文学史上呈现的状态而言，我认为，近代的现实主义文学，其暧昧性大于古代，现代大于近代，当代大于现代。原因不唯在当代主流文学理念的禁束，也是我及我以上几代写作者根本就是在相当不真实的文化背景的影响之下成长起来的。它最良好开明时的状态也不过就是暧昧。故我们先天的写作基因是潜伏着暧昧的成分的。即使我们产生了叛逆主流文学理念禁束的冲动，也难以有改变我们先天基因的能力。

自幼所接受的关于"义"的原则，在现实之中又逢困惑和尴尬。对于写作者，这是多么不良的滋扰。倘写作者对此类事是不敏感的，置于脑后便是了。偏偏我又是对此类事极为敏感的写作者。这一种有话要说不吐不快的冲动，每变成难以抗拒的写作的冲动。而后一种冲动下快速产生的，自然不可能是什么文学，只不过是文学方式的社会发言而已……

我不是那类小时候便立志要当作家才成为作家的人。在我仅仅是一个爱听故事的孩子的年龄，我对作家这一种职业的理解是那么单纯——用笔讲故事，并通过故事吸引别人感动别人的人。如果说这一种理解水平很低，那么我后来自认为对作家这一种职业的似乎"成熟"多了的理解，实际上比我小时候的理解距离文学还要远些。因为讲故事的能力毕竟还可以说在新闻评论充分自由的国家和时代，可能使人成为好记者。反之，对于以文学写作为职业的人，也许是一种精力的浪费吧？如果我在二十余年的写作时间里，在千余万字的写作实践中，一直游弋于文学的海域，而不每每地被文字方式的社会发言的冲动左右，我的文学意义上的收获，是否会比现在更值得自慰呢？

然而我并不特别地责怪自己。因为我明白，我所以曾那样，即使大错特错了，也不完全是我的错。从事某些职业的人，在时代因素的影响下，往往会变得不太像从事那些职业的人。比如"文革"时期的教师都有几分不太像教师，"文革"时期的学生更特别地不太像学生。于今的我回顾自己走过的文学路，经常替自己感到遗憾和惋惜，甚至感到忧伤……

比较起来我还是更喜欢那个爱听故事的孩子年龄段的我。作家对文学的理解也许确乎越单纯越好。单纯的理解才更能引导我走上纯粹的路。而对于艺术范畴的一切职业，纯粹的路上才出纯粹的成果。

少年时期从小学四五年级起，我开始接触文学。不，那只能说是接近。此处所言之文学，也只不过是文学的胚胎。家居的街区内，有三四处小人书铺。我在那些小人书铺里度过了许多惬意的，无论什么时候回忆起来都觉得幸福的时光。今人大概一般认为，所谓文学的摇篮，起码是高校的中文系，或文学系。但对我而言，当年那些小人书铺即是。小人书文字简洁明快，且可欣赏到有水平的甚至堪称一流的绘画。由于字数限制所难以传达得细致的文学成分，在小人书的情节性连贯绘画中，大抵会得以形象地表现。而这一点又往往胜过文学的描写。对于儿童和少年，小人书的美学营养是双重的。

小人书是我能咀嚼文学之前的"代乳品"。

但凡是一家小人书铺，至少有五百本小人书。对于少年，那也几乎可以说是古今中外包罗万象了。有些取材于当年翻译过来的外国当代作品，那样的一些小人书以后的少年是根本看不到了。

比如《中锋在黎明前死去》——这是一本取材于美国当年的荒诞现实主义电影的小人书，讽刺资本对人性的霸道的侵略。一名足球中锋，被一位资本家连同终身人身自由一次性买断。而"中锋"贱卖自己是为了给儿子治病。资本家还以同样的方式买断了一名美丽的芭蕾舞女演员、一头人猿、一位生物学科学家，以及另外一些他认为"特别"的具有"可持续性"商业价值的人。他企图通过生物学科学家的实验和研究，迫使所有那些被他买断了终身人身自由的"特别"人相互杂交，再杂交后代，"培植"出成批的他希望看到的"另类"人，并推向世界市场。"中锋"却与美丽的芭蕾舞女演员深深相爱了，而芭蕾舞女演员按照某项她当时并不十分明白的合同条款，被资本家分配给人猿做"妻子"……

结局自然是悲惨的。美丽的芭蕾舞女演员被人猿撕碎，"中锋"掐死了资本家，生物学科学家疯了……

而"中锋"被判死刑。在黎明前，在一场世界锦标赛的海报业已贴得到处可见之后，"中锋"被推上了绞架……

这一部典型的美国好莱坞讽刺批判电影，是根据二十世纪五十年代的一部阿根廷的剧本改编的，其内容不但涉及资本膨胀的势力与全世界都极为关注的"克隆"实验，也有超前的想象。倘滤去其内容中的社会立场所决定了的成分，仅从文学的一般规律性而言，我认为作者的虚构能力是出色的。

那一本小人书给我留下极深的印象。

比如《前面是急转弯》——这是一部苏联当年的社会现实题材小说。问世后很快就拍成了电影，并在当年于中国放映过。但我没有机会看到它，我看到的是根据电影改编的小人书。

它讲述了这样一件事：踌躇满志事业有成的男人，连夜从外地驾车赶回莫斯科，渴望与他漂亮的未婚妻度过甜蜜幸福的周末时光。途中他的车灯照见了一个卧在公路上的人。他下车看时，见那人全身浸在一片血泊中。那人被另一辆车撞了。撞那人的司机畏罪驾车逃遁了。那人还活着，还有救，哀求主人公将自己送到医院去。在公路的那一地点，已能望见莫斯科市区的灯光了。将不幸的那人及时送到医院，只不过需要二十几分钟。主人公看着血泊中不幸的那人却犹豫了。他暗想，如果对方死在他的车上呢？那么他将受到司法机关的审问，那么他将不能与未婚妻共同度过甜蜜幸福的周末了。难道自己连夜从外地赶回莫斯科，只不过是为了救眼前这个在血泊中的人吗？他的车座椅套是才换的呀！那花了他不少的一笔钱呢！何况，没有第三者作证，如果他自己被怀疑是肇事司机呢？那么他的事业，他的地位，他的婚姻，他整个的人生……

在不幸的卧于血泊中的人苦苦的哀求之下，他一步步后退，跳上自己的车，绕开血泊加速开走了。

他确实与未婚妻度过了一个甜蜜幸福的周末。

他当然对谁都只字不提他在公路上遇到的事，包括他深深地爱着的未婚妻。

然而他的车毕竟在公路上留下了轮印，他还是被传讯并被收押了。

在审讯中，他力辩自己的清白无辜。为了证明他并没说谎，他如实"交代"了自己的真实想法……

当然，肇事司机最终还是被调查到了。

无罪的他获释了。

但他漂亮的未婚妻已不能再爱他。因为那姑娘根本无法接受这样一个事实——她不但爱而且尊敬的这个男人，竟会见死不救。非但见死不救，还在二十几分钟后与她饮着香槟谈笑风生、诙谐幽默，并紧接着和她做爱……

他的同事们也没法像以前那样对他友好了……

他无罪，但依然失去了许多……

这一部电影据说在当年的苏联获得好评。但在当年的中国，影院放映率一点儿也不高。因为在当年的中国，救死扶伤的公德教育深入人心，可以说是蔚然成风。这一部当年的苏联电影所反映的事件，似乎是当年的中国人很难理解的。正如许多中国人当年很难理解安娜·卡列尼娜为什么非离婚不可……

我承认，我还是挺欣赏苏联某些文学作品和电影中的道德影响力的。

此刻，我伏案写到此处，头脑中一个大困惑忽然产生了——救死扶伤的公德教育（确切地说应该是人性和人道教育）在当年的中国确曾深入人心，确曾蔚然成风——但"文革"中灭绝人性和人道的残酷事件，不也是千般百种举不胜举吗？为什么一个民族会从前一种事实一下子就转移到后一种事实了呢？

是前一种事实不真实吗？

我是从那个时代成长过来的。我感觉那个时代在那一点上是真实的啊。

是后一种事实被夸张了吗？

我也是从后一个时代经历过来的。我感觉后一个时代确乎是可怕的时代啊。

我想，此转折中，我指的不是政治的而是人性的——肯定包含着某些规律性的至为深刻的原因。它究竟是什么，我以后要思考思考……

倘一名少年或少女手捧一本内容具有文学价值的小人书看，无论他或她是在哪里看，其情形都会立刻勾起我对自己少年时代看小人书度过的那些美好时光的回忆，并且，使我心中生出一片温馨的感动……

我至今仍保留着三十几本早年出版的小人书。

中学时代某些小人书里的故事深印在我头脑中，使我渴望看到那些故事在"大书"里是怎样的。我不择手段地满足自己对文学作品的阅读癖，也几乎是不择手段地积累自己的财富——书。

与我家一墙之隔的邻居姓卢。卢叔是个体收破烂的，经常收回旧书。我的财富往往来自他收破烂的手推车。我从中发现了《白蛇传》和《梁祝》的戏剧唱本，而且是解放前的，有点儿"黄色"内容的那一种。一部破烂不堪的《聊斋志异》也曾使我欣喜若狂如获至宝。

《白蛇传》是我特别喜欢的文学故事。古今中外，美丽的、婉约的、缠绵于爱、为爱敢恨敢舍生忘死拔剑以拼的巨蛇只有一条，那就是白娘子白素贞。她为爱所受之苦难，使中学生的我那么心疼她。我不怎么喜欢许仙。我觉得爱有时是值得超乎理性的。白娘子对许仙的爱便值得他超乎理性地守住。既可超乎理性，又怎忍歧视她为异类？当年我常想，我长大了，倘有一女子那般爱我，则不管她是蛇，是狮虎，是狼，甚至是鬼怪，我都定当以同样程度同样质量的爱回报她。哪怕她哪一天恶性大发吃了我，我也并不后悔。正如今天流行歌曲唱的"何必天长地久，只求此刻拥有"。

但是《白蛇传》又从另一方面影响了我的爱情观，那就是，我从少年时期起便本能地惧怕轰轰烈烈的、不顾生不顾死的那一种爱。我觉得我的生命肯定不能承受爱得如此之重。向往之，亦畏之。少年的我，对家庭已有了责任意识，而且是必须担当的责任意识，故常胡思乱想——设若将来果真被一个女子以白娘子那一种不顾生不顾死的方式爱着了，我可究竟该怎么办才好呢？我是明明不可以相陪着不顾生不顾死地爱的啊！倘我为爱死了，谁来孝敬母亲呢？谁来照顾患精神病的哥哥呢？进而又想，我若是一孤儿，或干脆像孙悟空似的，是从石头里"生"出来的，那多好。那不是就可以无牵无挂地爱了吗？这么想，又立刻意识到对父母对家庭很罪过，于是内疚、自责……

《梁祝》的浪漫也是我极为欣赏的。

我认为这一则文学故事的风格是完美的。以浪漫主义的"欢乐颂"式的喜悦情节开篇；以现实主义的正剧转悲剧的起承跌宕推进人物命运；又以更高境界的浪漫主义情调扫荡悲剧的压抑，达到想象力的至臻至美。它绮丽幽雅，飘逸隽永，"秾纤得衷，修短合度"。

我认为就一则爱情故事而言，其浪漫主义与现实主义相结合得出神入化，古今中外，无其上者。

据说，在某些大学中文系的课堂，《白蛇传》和《梁祝》的地位只不过列在"民间故事"的等级。而在我的欣赏视野内，它们绝对是经典的、一流的、正宗的雅文学作品。

梁斌的《红旗谱》及其第二部《播火记》给我的阅读印象也很深。

《红旗谱》中有一贫苦农民严志和，严志和有二子，长子运涛，次子江涛。江涛虽农家子，却仪表斯文，且考上了保定师专。师专有一位严教授，严教授有一独生女严萍，秀丽，聪慧，善良，具叛逆性格。她与江涛相爱。

中学时期的我，常想象自己是江涛，梦想班里似乎像严萍的女生注意我的存在，并喜欢我。

这一种从未告人的想象延续不灭，至青年，至中年，至于今。往往忘了年龄，觉得自己又是学生。相陪着一名叫严萍的女生逛集市。而那集市的时代背景，当然是《红旗谱》的年代。似乎只有在那样的年代，一串糖葫芦俩人你咬下一颗我咬下一颗地吃，才更能体会少年之恋的甜。在我这儿，一枝红玫瑰的感觉太正儿八经了；倘相陪着逛大商场，买了金项链什么的再去吃肥牛火锅，非我所愿，也不会觉得内心里多么美气……

当然我还读了高尔基的"自传本三部曲"，读了《牛虻》《钢铁是怎样炼成的》《红岩》《斯巴达克》等。

蒲松龄笔下那些美且善的花精狐妹、仙姬鬼女，皆我所爱。蒲松龄先生的文采，是我百读不厌的。于今，偶游刹寺庙庵，每作如是遐想——倘年代复古，愿寄宿院中，深夜秉烛静读，一边留心侧耳，若闻有女子低吟"玄夜凄风却倒吹，流萤惹草复沾帏"，必答"幽情苦绪何人见？翠袖单寒月上时"，并敞门礼纳……

另有几篇小说不但对我的文学观，而且对我的心灵成长，对我的道德观和人生观产生影响。

陀思妥耶夫斯基的《白夜》。

这是一个短篇。内容：一个美丽的少女与外祖母相依为命。外祖母视其为珠宝，唯恐被"盗"，于是做了一件连体双人衫。自己踏缝纫机时，与少女共同穿上，这样少女就离不开她了，只有端端地坐在她旁边看书。但少女要爱的心是管不住的。少女爱上了家中房客，一位一无所有的青年求学者，每夜与他幽会。后来他去彼得堡应考，泥牛入海，杳无音信。少女感到被弃了，常以泪洗面。在记忆中，此小说是以"我"讲述的。"我"租住在少女家阁楼上。"我"渐渐爱上了少女。少女的心在被弃的情况下是多么需要抚慰啊！就在"我"似乎以同情赢得少女的心，就在"我"双手捧住少女的脸颊欲吻她时，少女猛地推开了"我"跑向前去——她爱的青年正在那时回来了……于是他们久久地拥抱在一起，久久地吻着……而"我"又失落又感动，心境亦苦亦甜，眼中不禁盈泪，缓缓转身离去。那一个夜晚月光如水。那是"我"

记忆中最明亮的夜……

陀氏以第一人称写的小说极少。甚至，也许仅此一篇吧？此篇一反他作品一向的阴郁冷漠的风格，温馨圣洁。它告诉中学时期的我：爱不总是自私的。爱的失落也不必总是"心口永远的痛"……

马卡连柯的《教育诗》。内容：任苏维埃共和国初期的孤儿院院长的马卡连柯，在孤儿院粮食短缺的情况下，将一笔巨款和一支枪、一匹马交给了孤儿中一个"劣迹"分明的青年，并言明自己交托的巨大信任，对孤儿院的全体孩子们意味着什么。那青年几乎什么也没表示便接钱、接枪上马走了。半个月过去，人们都开始谴责马卡连柯。但某天深夜，那青年终于疲惫不堪地引领着押粮队回来了，他路上还遇到了土匪，生命险些不保。

他问马卡连柯："院长，您是为了考验我吗？"马卡连柯诚实地回答："是的。""如果我利用了您的考验呢？""当时的情况不允许我这样想。你知道的，只有你一个人能完成任务。""那么，您胜利了。""不，孩子，是你自己胜利了。"高尔基看了《教育诗》大为感动，邀见了马卡连柯院长，促膝长谈。它使中学时期的我相信：给似乎不值得信任的人一次值得信任的机会，未尝不是必要的。人心渴望被信任，正如植物不能长期缺水。但是后来我的种种经历亦从反面教育我——那确乎等于是在冒险。

托尔斯泰的《复活》。

这部小说使中学时期的我害怕：倘一个人导致了另一个人的悲剧，而自己无论以怎样的方式忏悔都不能获得原谅，那么他将拿自己怎么办？

法朗士的《衬衫》。内容：国王生病，病症是备感自己的不幸福。于是名医开方——找到一件幸福的人穿过的衬衫让国王穿，幸福的微粒就会被国王的皮肤吸收。于是到处寻找幸福的人。举国上下找了个遍，竟无人幸福。那些因权力、地位、财富、名望、容貌而被别人羡慕的人，其实都有种种的不幸福。最令人哭笑不得的是，有人因自己的妻子是国王的情妇而不幸福，有人也因自己的妻子不能是国王的情妇而不幸福。最后找到了一个在田间小憩的农夫，赤裸上身快乐吹笛。问其幸福否，答正幸福着。于是许以城池，仅求一衫。农夫叹曰：我穷得连一件衬衫都没有……

它使中学时期的我对大人们的人生极为困惑：难道幸福仅仅是一个词吗？后来我的人生经历渐渐教育我明白：幸福只不过是人一事一时，或一个时期的体会。一生幸福的人，大约真的是没有的……

"文革"中我获得了一个绝好的机会——半个月内，昼夜看管学校图书室。那是我以"红卫兵"的名义强烈要求到的责任。有的夜晚我枕书睡在图书室。虽然只不过是一所中学的图书室，却也有两千多册图书。于是我如饥似渴地读雨果、霍桑、司汤达、狄更斯、哈代、卢梭、梅里美、莫泊桑、大仲马、小仲马、罗曼·罗兰……

于是我的文学视野，由苏俄文学，而拓宽向十八世纪、十九世纪西方大师们的作品……

拜伦的激情、雪莱的抒情、雨果的浪漫与恣肆磅礴、托尔斯泰的从容大器、哈代的忧郁、罗曼·罗兰的蕴藉深远，以及契诃夫的敏感、巴尔扎克的笔触广泛，至今使我钦佩。

莎士比亚没怎么影响过我。

《红楼梦》我也不是太爱看。

却对安徒生和格林兄弟的童话至今情有独钟。

西方名著中有一种营养对我是重要的。那就是善待和关怀人性的传统及弘扬人道精神。

今天的某些评者讽我写作中的"道义担当"之可笑。

而我想说：其实最高的道德非他，乃人道。我从中学时代渐悟此点。我感激使我明白这一道理的那些书。因而，在"文革"中，我才是一个善良的"红卫兵"。大约在一九八四年，我有幸参加过一次《政府工作报告草案》的党外讨论，力陈有必要写入"对青少年一代加强人性和人道教育"。后来，"报告"中写入了。但修饰为"社会主义的人性和革命的人道主义教育"。我甚至在一九七九年就写了一篇辩文是《浅谈"共同人性"和"超阶级的人性"》。

以上，大致勾勒出了我这样一个作家的文学观形成的背景。我是在中外"古典"文学的影响之下决定写作人生的。这与受现代派文学影响的作家们是颇为不同的。我不想太现代，但也不会一味崇尚"古典"。因为中外"古典"文学中的许多人事，今天重新在中国上演为现实。现实有时也大批"复制"文学人物及情节和事件。真正的现代的意义，在中国，依我想来，似应从这一种现实对文学的"复制"中窥见深刻。但这非我有能力做到的。在中国古典白话长篇小说中，我喜欢的名著依次如下：《三国演义》《西游记》《封神演义》《水浒传》《隋唐演义》《红楼梦》《老残游记》《聊斋志异》……我喜欢《三国演义》的气势磅礴、场面恢宏、塑造人物独具匠心的情节和细节。

中外评家在评到托尔斯泰的《安娜·卡列尼娜》时，总不忘对它的开卷之语溢美有加。正如我们都知道的，那句话是："幸福的家庭是相似的，不幸的家庭各有各的不幸。"

据说，托翁写废了许多页稿纸，苦闷多日才确定了此开卷之语。

于是都知道此语是多么多么好，此事亦成美谈。然我以为，若与《三国演义》的开卷之语相比，则似乎顿时失色。"话说天下大事，分久必合，合久必分。"我常觉得这是几乎只有创世纪的上帝才能说出来的话。当然，两部小说的内容根本不同，是不可以强拉硬扯地胡乱相比的。它所包含的政治的、军事的、"外"交的以及择才用人的思想，直至现今依然是熠熠闪光的。在惊天地泣鬼神的大战役的背景之下刻画人物，后来无其上者。

《三国演义》是绝对当得起"高大"二字的小说。我喜欢《西游记》的想象力。我觉得那是一个人的想象天才伴随愉快所达到的空前绝后的程度。娱乐全球的美国电影《蝙蝠侠》啦，《超人》啦，《星球大战》啦，一比就都被比成小儿科了。《西游记》乃天才的写家为我们后人留下的第一"好玩儿"的小说。《封神演义》的想象力不逊于《西游记》。它常使我联想到荷马的《伊利亚特》和《奥德修斯》。"雷震子"和"土行孙"两个人物形象，证明着人类想象力所能达到的妙境。在全部西方诸神中，模样天真又顽皮的爱神丘比特，也证明着人类想象力所能达到的妙境。东西方人类的想象力在这一点上相映成趣。

《封神演义》乃小说写家将极富娱乐性的小说写得极庄严的一个范本。《西游记》的"气质"是喜剧的；《封神演义》的"精神"却是特别正剧的，而且处处呈现着悲剧的色彩。

我喜欢《水浒传》刻画人物方面的细节。几乎每个主要人物的出场都是精彩的，而且在文学的意义上是经典的。少年时我对书中的"义"心领神会。青年以后则开始渐渐形成批判的态度了。梁山好汉中有我非常反感的二人：一是宋江，一是李逵。我并不从"造反"的不彻底性上反感宋江，因为那一点也可解释成人物心理的矛盾。我是从小说写家塑造人物的"薄弱"方面反感他的。我从书中实在看不出他有什么当"第一把手"的特别的资格。而李逵，我认为在塑造人物方面是更加失败了，觉得只不过是一个符号。他一出场，情节就闹腾，破坏我的阅读情绪。李逵这一人物简单得几乎概念化。关于他唯一好的情节，依我看来，便是下山接母。《水浒传》中最煞有介事也最有损"好汉"本色的情节，是石秀助杨雄成功捉奸妻子那一回。那一回一箭双雕地使两个酷武男人变得像弄里流氓。杨雄的杀妻与武松的弑嫂是绝不能相提并论的。武松的对头西门庆是与官府过从甚密的势力人物；武松的弑嫂起码还符合一命抵一命的常理。杨雄杀妻时，从旁幸灾乐祸着的石秀的样子，其实是相当猥琐的。他后来深入虎穴暗探祝家庄的"英雄行为"，洗刷不尽他的污点……

《隋唐演义》自然不如《水浒传》那么著名，但比之《水浒传》，它似乎将"义"的品质提升了层次。瓦岗兄弟的成分，似乎也不像梁山好汉那么芜杂。而且，前者所反的，直接便是朝廷。他们的目标是明确的而不是暧昧的，他们是比宋江们更众志成城的，所以他们成功了。秦琼这个人物身上所体现的"义"，具有"仁义"的意义，是所有的梁山好汉身上全都不曾体现出来的……

我不是多么喜欢《红楼梦》这一部小说。

它脂粉气实在是太浓了，不合我阅读欣赏的"兴致"。

我想，男人写这样的一部书，不仅需要对女人体察入微的理解，自身恐怕也得先天地有几分女人气的。曹雪芹正是一位特别女人气的天才。但我依然五体投地地佩服他写平凡，写家长里短的非凡功力。我常思忖，这一种功力，也许是比写惊天动地的大事件更高级的功力。西方小说中，曾有"生活流"的活跃，主张原原本本地描写生活，就像用摄像机记录人们的日常生活那样。我是很看过几部"生活流"的样板电影的。那样的电影最大限度地淡化了情节，也根本不铺排所谓矛盾冲突。人物在那样的电影里"自然"得怪怪的，就像外星人来到地球上将人类视为动物而拍的"动物世界"。那样的电影的高明处，是对细节的别具慧眼的发现和独具匠心的表现。没了这一点，那样的电影就几乎没有任何欣赏的价值了。

我当然不认为《红楼梦》是什么"生活流"小说。事实上《红楼梦》对情节和人物命运的设计之讲究，几乎到了考究的程度。但同时，《红楼梦》中充满了对日常生活细节，以及人物日常情绪变化的细致描写。那么细致需要特殊的自信，其自信非一般写家所能具有。

《红楼梦》是用文学的一枚枚细节的"羽毛"成功地"裱糊"了的一只天鹅标本。它的写作过程显然可评为"慢工出细活儿"的范例。我由衷地崇敬曹雪芹在孤独贫病的漫长日子里的写作精神。那该耐得住怎样的寂寞啊。曹雪芹是无比自信地描写细节的大师。《红楼梦》给我的启示是：细细地写生活，这一对小说的曾经的要求，也许现今仍不过时……

我喜欢《老残游记》，乃因它的文字比《二十年目睹之怪现状》《儒林外史》《官场现形记》都好些，结构也完整些；还因它对自然景色的优美感伤的描写。

《聊斋志异》不应算白话小说，而是后文言小说。我喜欢的是它的某些短篇。至于其中的不少奇闻逸事，现今的小报上也时有登载，没什么意思的。

我至今仍喜欢的外国小说是《约翰·克里斯朵夫》《悲惨世界》《九三年》《大卫·科波菲尔》《安娜·卡列尼娜》《红与黑》《红字》《德伯家的苔丝》《简·爱》，巴尔扎克和梅里美的某些中短篇代表作……

我不太喜欢《雾都孤儿》《呼啸山庄》那一类背景潮湿阴暗，仿佛各个角落都潜伏着计谋与罪恶，而人物心理或多或少有些变态的小说……

《堂吉诃德》我也挺喜欢。有三位外国作家的作品是我一直不大喜欢得起来的：陀思妥耶夫斯基、左拉、劳伦斯。

一个事实是那么令我困惑不解。资料显示，陀氏活着的时候，许多与他同时代的俄国人，甚至可以说大多数与他同时代的俄国人谈论起他和他的作品，总是态度暧昧地大摇其头。包括许多知识分子和他的作家同行们。他们的暧昧中当然有相当轻蔑的成分。一些人的轻蔑怀有几分同情，另一些人的轻蔑则彻底地表现为难容的恶意。陀氏几乎与他同时代的任何一位作家都没有什么密切的往来，更没有什么友好的交往。他远远地躲开着所谓文学的沙龙。那些场合也根本不欢迎他。他离群索居，在俄国文坛的边缘，默默地从事他那苦役般的写作。他曾被流放西伯利亚，患有癫痫病，最穷的日子里买不起蜡烛。他经常接待某些具有激进的革命情绪的男女青年。他们向他请教拯救俄国的有效途径，同时向他鼓吹他们的"革命思想"。而他正是因为头脑之中曾有与他们相一致的思想才被流放西伯利亚的，并且险些在流放前被枪毙……

综上所述，像他这样一位作家，在活着的时候，既受到思想激进者们的嘲讽，又引起思想保守者们的愤怒是肯定的。因为他的梅什金公爵，分明不是后者所愿承认的什么榜样。他们认为他是在通过梅什金公爵这一文学形象影射他们的愚不可及。而他欣赏他的梅什金公爵又是那么由衷，那么真诚，那么实心实意。

陀氏在他所处的时代是尴尬的、遭受误解最多的。他的众多作品带给他的与其说是荣耀和敬意，莫如说是声誉方面的伤痕。

但也有资料显示，在他死后，"俄国的有识之士全都发来了唁电"。

那些有识之士是哪些人？资料没有详列。

是因为他死了，"有识之士"们忽然明白，将那么多的误解和嘲讽加在他身上是不仁的，所以全都表示哀悼；还是后来研究他的人，认为与他同时代的"有识之士"们对他的态度是可耻的，企图掩盖历史的真相呢？

我的困惑正在此处。

我是由于少年时感动于他的《白夜》才对他发生兴趣的。到"上山下乡"前，我已读了大部分他的小说的中文译本。以后，便特别留意关于他的评述了。

我知道托尔斯泰说过嫌恶陀氏的话，而陀氏年长他七岁，成名早于他十九年，是他的上一代作家。

高尔基甚至这么评价他："陀思妥耶夫斯基无可争辩，毫无疑问的是天才。但这是我们的一个凶恶的天才。"

车尔尼雪夫斯基更是曾几乎与他势不两立。

苏维埃成立以后，似乎列宁和斯大林都以批判性的话语谈论过他。

于是陀氏在苏联文学史上的地位一再低落。

而相应的现象是，西方世界的文学评论，将他推崇为俄国第一伟大的作家，地位远在屠格涅夫、托尔斯泰之上。这有西方新兴文学流派推波助澜的作用，也有意识形态冷战的因素。

我不太喜欢他，仅仅是不太喜欢他而已，并不反感他。我的不太喜欢，也完全是独立的欣赏感受，不受任何方面的评价的影响。我觉得陀氏的小说中，不少人物身上都有神经质的倾向。在现实生活中我非常难以忍受神经质的人在我眼前晃来晃去，读同样文学状态的小说我亦会产生心烦意乱的生理反应。我一直承认并相信文学对于人的所谓灵魂有某种影响力，但企图探讨并诠释灵魂问题的小说却是使我望而生畏的。陀氏的小说中有太浓的宗教意味，而且远不如宗教理念那么明朗健康。最后一点，在对一切艺术的接受习惯上，"病态美学"是我至今没法儿亲和的。而陀氏的作品，是我所读过的外国小说中病态迹象呈现得显著的……

我觉得高尔基评说陀氏是"一个凶恶的天才"，用词太狠了，绝对的不公正。我认为陀氏是"一个病态的天才"。首先是天才，其次有些病态。因其病态而使作品每每营造出紧张压抑、阴幻异迷的气氛，而这正是许多别的作家纵然蓄意也难以为之的风格。陀氏的作品凭此风格独树一帜。但那的确不是我所喜欢的小说的风格。他常使我联想到凡·高。凡·高是一个心灵多么单纯的大儿童啊！西方的评论也认为陀氏是一个心灵单纯的大儿童。我却不这么认为。我觉得恰恰相反。身为作家，也许陀氏的心灵常常处在内容太繁杂太紊乱的状态了。因为儿童是从来不想人的灵魂问题的。成年人难免要想想的，但若深入地去想，是极糟糕的事。凡·高以对光线和色彩特别敏感的眼观察大自然，因而留给我们的是美；陀氏却以对人心特别敏感的、神经质的眼观察罪恶在人心里的起源，因而他难免写出一些使人看了不舒服的东西。这乃是作家与画家相比，作家注定了容易遭到误解与攻讦的前提。除了陀氏的《白夜》，我还喜欢他的《穷人》。我对他这两篇作品的喜欢，和对他某些作品的不喜欢，只怕是难以改变的了……

在八十年代以前，对于我这样一个由喜欢看小人书而接触文学的少年，爱弥尔·左拉差不多是一位陌生的法国作家的名字。倒是曾经与他非常友好，后来又化名在报上攻击他的都德，给我留下极深的记忆。这乃因为，都德的短篇《最后一课》，收录在初中一年级的语文课本里，也被改编成小人书。而且，在收音机里反复以广播小说的形式播讲过。

在我少年时代的小人书铺里，我没发现过由左拉的小说改编的小人书。肯定是由于左拉的小说不适合改编成小人书供少年们看。在我是知青的年龄，曾极短暂地拥有过一部左拉的《娜娜》。

那时我已是"兵团"的文学创作员。每年有一次机会到"兵团"总司令部佳木斯市去接受培训。我的表哥居佳木斯市。我自然会利用每次接受培训的机会去看他。有一次他不在家，我几乎将他珍藏的外国小说"洗劫"一空，塞了满满一大手提包带回了我所在的一团宣传股，其中就包括左拉的《娜娜》。手提包里的外国小说其实我都看过，唯《娜娜》闻所未闻。我几次想从提包里翻出来在列车上看，但是不敢。因为当年，一名青年在列车上看一部外国小说已有那么几分冒天下之大不韪。倘书名还是《娜娜》这么容易使人产生猜想的外国小说，很可能会引起"革命"目光的关注。我认识的几名知青曾在探家所乘的列车上传看过《黑面包干》这么一部苏联小说，受到周围"革命"乘客的批评而不以为然，结果"革命"乘客找来了列车长和乘警。列车长和乘警以

"有义务爱护青年们的思想"为由收缴《黑面包干》。那几位知青据理力争，振振有词，说《黑面包干》怀着敬爱之情在小说中写到列宁，是一部好小说。对方说，有些书表面看起来是好的，却在字里行间贩卖修正主义的观点。于是强行收缴了去，使那几名知青一路被周围乘客以看待问题青年的眼光倍加关注，言行自然不得……

他们的教训告诉我，在列车上还是不看《娜娜》的好。而这就使我失去了一次当年领略左拉小说的机会。因为，我回到一团团部，将手提包放在宣传股的桌上，去上厕所的当儿，书已被瓜分一空，急赤白脸地要都没人还回一本。《娜娜》自然也不翼而飞。

在复旦大学中文系的内部阅览室，我借阅过左拉的《小酒店》。序言评价那部小说"无情地揭露了资本主义社会制度"。它写的是一名工人和他的妻子从精神到肉体堕落及毁灭的过程。我觉得左拉式的现实主义"真实"得使人周身发冷，使人绝望——对社会制度作用下的底层人群的集体命运感到绝望。在《小酒店》中，底层人物的形象粗俗、卑贱，几乎完全丧失人的自尊意识，并且似乎从来也没感到过对它的需要。他们和她们生存在潮湿、肮脏，到处充满着污秽气味和犯罪企图的环境里，就像狄更斯《雾都孤儿》里那些被上帝抛弃了的、破衣烂衫的、早晨一睁开双眼便开始寻思到哪儿去偷点儿什么东西的孩子。我们在读《雾都孤儿》时，内心里会情不自禁地涌起一阵阵同情。但是在《小酒店》里，我们的同情被左拉那支笔戳得千疮百孔。因为儿童还拥有将来，留给我们为他们命运的改变作祈祷和想象的前提。而《小酒店》里的成年男女已没有将来。他们的将来被社会也被他们自己扔在劣质酒缸里泡尽了生命的血色……

我是自少年起读另一类现实主义小说长大的，它们被冠以"革命现实主义"。在"革命现实主义"小说里，底层人物的命运虽然穷困无助甚或凄惨，但至少还有一种有希望的东西，那就是赖以自尊和改变命运的品质资本。还有他们和她们那一种往往被描写得美好而又始终不渝，令人羡慕的经得起破坏的爱情。这两种"革命现实主义"小说几乎必不可少的因素，在左拉的批判现实主义小说里是少见的。与许多批判现实主义小说尤其不同的是，左拉的批判现实主义小说的笔触极冷，使人联想到"零度感情"状态之下那一种写作。

我后来对法国历史有了一点了解，开始承认左拉自称"自然主义"的那一种现实主义，可能更真实地逼近他所处的法国的时代现实的某一面。

而我曾扪心自问，我对左拉式的现实主义保持阅读距离，当然不是左拉的错，而是由于我自己即使作为读者，也一直缺少阅读另类现实主义小说的心理准备。进一步说，我这样的一个自诩坚持现实主义的中国作家，也许是不太有勇气目光逼近地面对更真实、太真实的现实的一种的。

毕竟，我在我的阅读范围伴随之下的成长，决定了我是一个温和的现实主义作家——与左拉的写作相比较而言。

在对现实主义的理念方面，我更倾向于巴尔扎克。

巴尔扎克对现实的批判态度体现得更睿智一些，因而他将他的系列小说统称为"人间喜剧"。左拉对现实的批判态度却体现得更"狠"一些……后来我在大学里也读了左拉的《娜娜》。那部小说讲述富有且地位显赫的男人们，怎么样用金钱深埋一个风尘女子于声色犬马的享乐的泥沼里，而她怎么样游刃有余地利用她的美貌玩弄他们于股掌之上。结局是她患了一种无药可医的病，像一堆腐肉一样烂死在床上。

娜娜式的人生，确切地说是女人的人生，在中国的现今举不胜举。其大多数活得比娜娜幸运。倘我们不对"幸福"二字作太过理想主义的理解，那么也可以认为她们的人生不但是幸福的，而且是时兴的。她们中绝少有人患娜娜那一种病，也绝少有人的命运落到娜娜那种可怕的下场。她们生病了，一般总是会在宠养她们的男人们的安排之下，享受比高干还周到的医疗待遇。左拉将他笔下的娜娜的命运下场设计得那么丑秽，证明了左拉的现实主义的确是相当"狠"的一种，比死亡还"狠"。

先我读过《娜娜》的同学悄悄而又神秘地告诉我："那绝对是值得一读的小说，我刚还，你快去借……"

我借到手了。两天内就读完了。

读过哈代的《德伯家的苔丝》、小仲马的《茶花女》，再读左拉的《娜娜》，只怕是没法儿不失望的。

我想，我的同学说它"绝对是值得一读的"，也许另有含义。

《卢贡家族的命运》和《萌芽》才是左拉的代表作。可惜以后我就远离左拉的小说了，至今没读过。

既没读过左拉的代表作，当然对左拉小说的看法也就肯定是不客观的。比如在以上两部小说中，文学研究资料告诉我，左拉对底层人物形象，确切地说是对法国工人的描写，就由"零度感情"而变得极其真诚热烈了。

好在我写到左拉其实不是要对左拉进行评论，而主要是分析我自己对现实主义的矛盾心理和暧昧理念。

我利用过我与之一向保持距离的左拉的名义一次。那就是在连我自己现在也感到羞耻的小说《恐惧》的写作过程中以及出版以后。

我决定写《恐惧》的初衷是由外部生活现实的"刺激"而产生的。某日接近中午，我从童影厂回家，腋下夹些报刊。五月的阳光暖洋洋的。顺着厂门前人行道刚一拐弯，但见五六十米远处，亦即"清水大澡堂"门前有着行状怪异的三个人——一人伏在地上，双手扳着人行道沿；另外两人各自拽他左右腿……

"清水大澡堂"的前身是"土城饭店"。我们童影厂的宿舍楼距它仅十米左右。后来"土城饭店"经过一番门面翻修，变成了"金色朝代"——有卡拉OK包间的那一种地方。于是每至夜里十点，小车泊来，拂晓，幽然而去。一天深夜，几乎全楼居民都被枪声惊醒。又一天傍晚，散步的人们都见从"金色朝代"内冲出手持双筒猎枪的魁汉，追赶两个人，将其中一名用枪托击倒跪于地，而且朝其头上空放了一枪……那件事发生后，它停业了一个时期，其后变成了"清水大澡堂"……

当我走到距那三人十米远处，才看到地上有血迹。起初我以为只不过是三个喝醉了的男人在胡闹罢了。不由站住，一时难以判断究竟怎么回事。而那个伏在地上的人，就朝我扭头求救："兄弟，救我一命，兄弟，救我一命……"其声奄奄，目光绝望。我却呆愣着，不知该怎么救他。那时拽他腿的一个人，就放了他的腿，用皮鞋踩他扳住人行道沿的双手。他手一松，自然就被拖着双腿拖向"清水大澡堂"了……

于是他用不堪入耳的话骂我这见死不救的北京人，并惊恐地喃喃自语着："我完了，我死定了……"

他被拖上台阶时，下巴被几级台阶磕出了血。

这时我才从呆愣状况中反应过来。第一个想法是我得跟进去——企图杀人者不至于当着别人的面杀人吧？

我紧走几步，踏上台阶，进了门——顿时一股血腥扑鼻，满地鲜血，墙上溅的也是血。一个人仰面倒在地上，看上去似乎已死；一个人靠墙歪坐，颈上有很长很深的伤口，随着喘气一股一股往外涌血……

我又惊呆，生平第一次目睹此现场，心咚咚跳，壮着胆子喝道："不许杀人！杀人要偿命！……"

两个穿黑皮夹克的人中的一个，瞪着我，将一只手探到了怀里……

而那个被拖进来的人却说："他俩都有枪……"

我不知他为什么说这句话，但结果是我退出了门。我想我得报警，但那就只能回厂。我跑回厂里，让一名警卫战士报警，让两名警卫战士跟我去制止杀人。忽然我心冷静——那个断了两条腿的外地男人，就肯定是好人吗？两名警卫战士还太年轻，且是农村孩子，万一他们遭到什么不测，我将如何向他们的父母交代？于是我又命他们回厂去。他们反倒为我的安危担心起来，偏跟着我了。最后我还是生气地将他们赶了回去……

当我再次来到"清水大澡堂"台阶前，那两个穿黑皮夹克的男人恰从门内出来，自我面前踏下台阶，扬长而去。我想到那个双腿断了的外地男人，推开门看时，见他居然没被弄死。他说："幸亏你刚才跟进来了，他们慌了，只顾到二楼去拿钱，才留下我一命……我们是被绑架的，他们是被雇的杀手。"我也不知他说的"我们"，是否即指那一死一伤二人？此时门外才出现人。真正报上了案的是我们童影厂的老厂长于蓝同志……那一天以后，我觉得，某些原本离我很远的事，其实渐渐地离我很近了。"恐惧"二字，总是在头脑中盘桓，挥之不去。与另外一些积淀心间的人事相融合，遂产生了写一部小说的冲动。

起初我想将"清水大澡堂"当成中国九十年代的《小酒店》来写。其中形形色色的人物当然不是底层人们。底层人们不去那样的地方"洗澡"。

在写前，我想到了左拉那句名言："无情地揭示社会丑恶的溃疡。"左拉那句话当时确乎唤起了我的一种作家责任感。我发誓我也要"揭示"得"狠"一点儿。

但进入写作状态不久，我的勇气便自行地渐渐减少了。那时我受到一些恐吓威胁。其文学意味和话语中的杀机，完全是黑社会那一套。我想我的写作不能再图痛快而给我自己和家庭带来不安全的阴影了。结果《恐惧》就改变了初衷，放弃了实践一次左拉那种现实主义的打算。

一种打算放弃了，另一种打算却渗入了头脑。那就是对印数的追求。进一步明确地说，是对稿费的追求。当时我因自己的种种个人义务和责任，迫切地需要一笔为数不少的钱。第二种打算一旦渗入头脑，写作的冲动和过程就变质了。所谓"媚俗"成为不可避免之事。我在左拉式的批判现实主义与媚俗以迎合市场的打算之间挣扎，却几乎不可救药地越来越滑向后者。

那一时期我不失时机地谈左拉"无情地揭示社会丑恶的溃疡"的主张，实则是在替自己写作目的之卑下进行预先的辩护。

《恐惧》出版以后，我常被当众诘问写作动机。于是我只有侃侃地大谈我并不太喜欢的左拉和他的小说。我祭起左拉的文学主张当作自己的盾。虽振振有词，但自己最清楚自己内心里是多么虚弱。

有一次我又进行很令我头疼的签名售书。有两名中学女生买了《恐惧》。我扣下了她们买的书，让售书员找来了我的另两本书代替之。那一件事后，《恐惧》真的成了我"心口的疼"。尽管它给我带来了比我任何一部书都多的稿酬。我一直暗自发誓要重写它，但一直苦于没有精力。不过这一件事我肯定是要做的。我之利用左拉分明是很卑劣的。我以后的写作实践中再也不会出现那样的"失足"了。由此我常想另一个问题，那就是一部好书的标准究竟是什么？对于这样的问题肯定有各种各样的回答。而且，肯定有争议。但我更希望自己写的书，初中的男孩子女孩子也都是可以看的。家长们不会因他们和她们看我的书而斥责："怎么看这样的书！"——我自己也不会因而有所不安。

我认为《红与黑》《红字》《简·爱》《复活》《安娜·卡列尼娜》《茶花女》《德伯家的苔丝》《巴黎圣母院》《红楼梦》《聊斋志异》等都是初中的男孩子女孩子皆可看的书。只要不影响学业，家长们若加以斥责，老师们若反对，那便是家长和老师们的偏狭了。

至于另外一些书，虽然一向也有极高的定评，比如《金瓶梅》或类似的书，我想，我还是不必去实践着写吧。

写了二十余年我渐渐悟到了这么一点——文学的某些古典主义的原理，在现代还远远没被证明已完全过时。也许正是那些原理，维系着人与文学类的书的古老亲情，使人读文学类的书的时光，成为美好的时光；也使人对文学类的书的接受心理，能处在一种优雅的状态。

我想我要从古典主义的原理中，再多发现和取来一些对我有益的东西，而根本不考虑自己会否迅速落伍……

最后我想说，我特别特别钦佩左拉在"德雷福斯"案件中的勇敢立场。他为他的立场付出了全部积蓄，再度一贫如洗。同时牺牲了健康、名誉。还被判了刑，失去了朋友，成了整个法兰西的"敌人"，并且被逐出国。

然而他竟没有屈服。

十二年以后他的立场才被证明是正确的。

我认为那件事是左拉人生的"绝唱"。

是的，我特别特别钦佩他此点。

因为，即使我在血气方刚的青年时都没勇气像左拉那样；现在，则更没勇气了……

劳伦斯这位英国作家是从八十年代中期才渐入我头脑的。

那当然是由于他的《查泰莱夫人的情人》中译本的出版。

"文革"前这一部书不可能有中译本。这是无须赘言的——但中华人民共和国成立前有。

一九七四年至一九七七年，我在复旦大学中文系的"内部图书阅览室"也没发现过那一部书和劳氏的别的书。因而，《查泰莱夫人的情人》中译本出版前，我惭愧地承认，对我这个自认为已读过了不少外国小说的"共和国的同龄人"，劳伦斯是一个完全陌生的名字。

读过《查泰莱夫人的情人》的中译本以后，我看到了同名的电影的录像。并且，自己拥有了一盘翻转的。书在当年出版不久便遭禁，虽已是"改革开放"年代，虽我属电影从业人员，但看那样一盘录像，似乎也还是有点儿犯忌。知道我有那样一盘录像的人，曾神秘兮兮地要求到我家去"艺术观摩"。而我几乎每次都将他们反锁在家里。

好多家出版社当年出版了那一部小说。

不同的出版说明和不同的序，皆将那一部小说推崇为"杰作"，皆称劳氏为"天才"的或"鼎鼎大名"的小说家。同时将"大胆的""赤裸裸的""惊世骇俗的"性爱描写"提示"给读者。当然，也必谈到英国政府禁了它将近四十年。

我读那一部小说没有被性描写的内容"震撼"。

因为我那时已读过《金瓶梅》，还在北影厂文学部的资料室读到过几册明清时的艳情小说。《金瓶梅》的"赤裸裸"性爱描写自不必说。明清时那些所谓艳情小说中的性爱描写，比《金瓶梅》有过之而无不及。在中国各朝各代非"主流"文学中，那类小说俯拾皆是。当然，除了"大胆的""赤裸裸的"性爱描写这一共同点，那些东西是不能与《查泰莱夫人的情人》相提并论的。

有比较才有鉴别。

读而后比较的结果是，使劳氏鼎鼎大名的他的那一部小说，在性爱描写方面，反而显得挺含蓄，挺文雅，甚而显得有几分羞涩似的了。总之我认为，劳氏毕竟还是以相当文学化的态度在他那部小说中描写性爱的。我进一步认为，毫不含蓄地描写性爱的小说，在很久以前的中国，倒可能是世界上最多的。那些东西几乎无任何文学性可言。

我非卫道士。

但是我一向认为，一部小说或别的什么书，主要以"大胆的""赤裸裸的"性爱描写而闻名，其价值总是打了折扣的。不管由此点引起多么大的沸扬和风波，终究不太能直接证明其文学的意义。

故我难免会按照我这一代人读小说的很传统的习惯，咀嚼

《查泰莱夫人的情人》的思想内容。

我认为它是一部具有无可争议的思想内容的小说。

那思想内容一言以蔽之就是，对英国贵族人士表示了令他们难以沉默的轻蔑。因为劳氏描写了他们的性无能，以及企图遮掩自己性无能真相的虚伪。当然，也就弘扬了享受性爱的正当权利。

我想，这才是它在英国遭禁的根本缘由。

因为贵族精神是英国之国家精神的一方面，贵族形象是英国民族形象历来引以为豪的一方面。

在此点上，劳氏的那一部书，似又可列为投枪与匕首式的批判小说。

但英国是小说王国之一。

英国的大师级小说家几个世纪以来层出不穷，一位位彪炳文史，名著之多也是举世公认的。与他们的作品相比，劳氏的小说实在没什么独特的艺术造诣。就论对贵族人士及阶层生活形态的批判吧，劳氏的小说也不比那些大师的作品更深刻更有力度。

但令劳氏鼎鼎大名起来的，分明不是他的小说所达到的艺术高度，而是他的《查泰莱夫人的情人》当时及以后所造成的新闻。

我想，也许我错了，于是借来了他的《儿子与情人》认真地看了一遍。

我没从他的后一部小说看出优秀来。

由劳氏我想到了两点：第一点，我们每个人作为读者，是多么容易受到宣传和炒作的影响啊。正如触目皆是的广告对我们每个人的消费意识必发生影响一样。这其实不应感到害羞，也谈不上是什么弱点。但如果不能从人云亦云中摆脱出来，则有点儿可悲了。第二点，我敢断言，中外一切主要因对性的描写程度"不当"而遭禁的书，那禁令都必然是一时的，有朝一日的解禁都是注定了的。虽禁之未必是作者的什么耻辱，但解禁也同样未必便是一部书的荣耀。

人类文明到今天，对性事的禁忌观念已解放得够彻底，评判一部小说的价值，当高出于论性的是是非非。倘在性以外的内容所留的评判空间庸常，那么"大胆"也不过便是"大胆"，"赤裸裸"也不过便是"赤裸裸"……

我这一种极端个人化的读后杂感，仅作一厢情愿的自言自语式的记录而已，不想与谁争辩的。

随提一笔，根据《查泰莱夫人的情人》改编的电影，抹淡了原著对英国贵族人士的轻蔑，裸爱镜头不少，但拍得并不猥秽。尽管算不上一部多么好的电影，却还是可归于文艺片之列的。

我也基本上同意这样的评论：就劳伦斯本人而言，他对性爱描写的态度，显然是诚实的、激情的和健康的。

我不太喜欢他和他的小说，纯粹由于艺术性方面的阅读感觉。

现在，我要回过头来再谈我自己写作实践中的得失。

首先我要提的是《一个红卫兵的自白》。这一本书，对于在"文革"中刚刚出生和"文革"以后出生的很年轻的一代，比较感性地认识"文革"，有一点点解惑的意义。写时的动机正在于此。但也就是一点点的解惑意义而已。因我所经历的"文革"，其具体背景，只不过是一座城市一个省份。而且，只不过是以一名普通中学生的见闻、思想和行为来经历的，自身认识的局限是显然的。虽则"大串联"使我能够写入书中的内容丰富了些，却仍只不过是见闻和一己感受而已。

我更想说的是，也许，此书曾给中国的"新时期"文学，亦即粉碎"四人帮"以后的文学，带了一个很坏的头。它是当年第一部写"文革"中的红卫兵心路的长篇小说。按我的初衷，自然是作为小说来写的。本身曾是红卫兵，自然以第一人称来写。既以第一人称来写，也索性便将自己的真实姓名写入书中了。刊物的编辑收到稿件后来电话说：这部小说很怪呀，你看专辟一个栏目，将它定为"纪实小说"行不行？我说：行呀。有什么不行呢？那大约是一九八五年。我被社会承认是作家才三年多。对于小说以外的文学名堂还所知甚少，也是第一次听到"纪实小说"这一提法。它当年只发表了一半，另一半刊物不敢发表了。似乎正是从此以后，"纪实小说"很流行了一阵子，接二连三，在文学界招惹了不少是是非非，连我自己也曾受此文学谬种的严重伤害。

因为"纪实"而又"小说"的结果是明摆着的——利用小说形式影射攻击的事例，古今中外，举不胜举。此本伤人阴伎，倘再冠以"纪实"，被攻击的人哪有不"体无完肤"的呢？若被文痞们驾轻就熟地惯以用之，喷泄私愤，好人遭殃。

故我对"纪实小说"这一文学种类已无好感。《从复旦到北影》及《京华见闻录》两篇，继《一个红卫兵的自白》之后不久发表。

在复旦我既获得过老师们的关怀爱护，也受到过一些委屈。那些委屈今天看来是微不足道的，与上一代人的人生磨砺相比更是不值言说的。但我当年才二十五六岁，心理承受能力毕竟脆弱。自以为承受能力强大，其实是脆弱的。何况，从童年至少年至青年，虽然成长于贫穷之境，却一向不乏友爱，难免娇气。又一向被视为好儿童好少年好青年，当知青班长代理排长连队教师，人格方面特别有自尊。偏那委屈又是冲着人格方面压迫来的，于是耿耿心头，不吐不快。

故《从复旦到北影》中有积怨之气、牢骚之词，也有借题发挥、情节演绎的成分。

它写于十五六年前^①，证明当年的我，对自己笔下的文字责任感意识不强，要求不高。

倘如今年，心头委屈积怨全释，平和宽厚回望当年人事纷纭，情理梳析，摒弃演绎，娓娓道来，于山雨穴风的政治背景下，翔实客观地反映"工农兵学员"的大学体会和感受，必将是另一面貌，也会有更大的认识价值。

那多好呢！

《京华见闻录》中所录的纪实成分多了，演绎成分少了。就我这样一个具体的中国人的观念而言，就我这样一个当年被视为有"异端思想"的作家而言，却又"正统"多了些，思想拘泥呆板了些。文字的放纵，是弥补不了这一点的。

当年我才三十四五岁，刚加入中国作家协会一年多。自以为责人颇宽，克己颇严，其实今天文坛上某些年轻人的轻狂浅薄、刚愎自信、躁行戾气，我身上都是存在过的。

以上两篇，虽能从中看到我的一些真实经历、真实性情、真实心路、真实思想；虽能从中看到一些当年的时代特色、社会状态、人生杂相；虽读起来或挺有意思——但毕竟地，因先天不足，乏大器而呈小器，乏冷静而显浮躁，乏庄重而露轻佻，乏深刻而贩浅薄……

《泯灭》这一部小说，现在看来，前半部较后半部要写得好一

---

① 《从复旦到北影》，1987 年 7 月由上海文艺出版社出版。

点。因为前半部有着自己童年和少年时期的生活为底蕴，可取从容平实、娓娓道来的写法。虽然平实，但情节、细节都是很个人化的，便有独特性，非别人的作品里所司空见惯的。后半部转入了虚构。虚构当然乃是小说家必备的能力，也是起码的能力。但此小说的后半部，实际上是按一个先行的既定的"主题"轨路虚构下去的——对金钱的贪婪使人性扭曲，使人生虽有沉浮荣辱，最终却依然归于毁败。这样的人物，以及由其身上生发出来的这样的主题，当然并没什么不对。

翟子卿式的人物在八十年代以后的中国现实生活中也并不少，有些典型意义。但此"主题"却太古老陈旧了。近几个世纪以来，尤其西方进入资本主义时期以来，无数作品都反映过这个"主题"。可以说，八十年代以来的第一桩中国经济案，也都通过真人真事包含了这个主题。而在现实主义小说中，主题对作品有魂的意义。泛化的主题尽管不失为主题，却必然决定了作品的魂方面的简浅常见。

在我的友情关系和亲情关系中，很有一些和我一样的底层人家的儿子，中年命达，或为官掌权，或从商暴富。但近十年间，却接二连三地纷纷变成阶下囚，往日的踌躇满志化作南柯一梦。他们所犯之案，或省级大要案，或列入全国大要案。这使我特别痛心，也每叹息不已。由于友情和亲情毕竟存在过，法理立场上就难以做到特别鲜明。这一种沉郁暧昧的心理，需要以一种方式去消解。而写一部小说消解之对我来说是自然而然的方式。直奔一个简浅常见的主题而去，又成了最快捷的方式——我在写作中竟未能从此心理因素的纠缠中明智而自觉地摆脱，全受心理因素的惯力所推，小说便未能在"主题"方面再深掘一层，此一憾也……

　　喜读引我走上了写的人生不归路。然读之于我，在绝大多数情况之下并不是为了促进写。读只不过是少年时养成的习惯，是美好时光的享受而已。我的读又是那么不系统。索性地，也便不求系统了。我从读中确乎受益匪浅。书对我的影响，少年时大于青年时，青年时大于现在。现在我对社会及人生已形成了自己的看法，不是读几本什么书所能匡正或改变的。尽管如此，以后我不写了，仍会是一个习惯了闲读的人。读带给我的一种清醒乃是，明白自己往往写得多么平庸……

我与唐诗宋词

　　信笔写出以上一行字，我犹豫良久，打算改——因为我对唐诗、宋词半点儿学识也没有，只是特别喜欢罢了。单看那一行字，倒像我是一位专门研究唐诗、宋词的专家学者似的。转而一想，左不过就是一篇回忆性小文章的题目，而且，也比较能概括内容，那么不改也罢。

　　当年我下乡的地方，属于黑龙江边陲的瑷珲县，是中苏边境地带。如果我们知青要回城市探家，必经一个叫"西岗子"的小镇。那镇真是小极了，仅百余户人家，散布在公路两侧，包括一家小旅店、一家小饭馆、一家小杂货铺和理发铺及邮局。"西岗子"设有边境地区检查站，过往行人车辆都须凭"边境通行证"，知青也不例外。

　　有一年我探家回兵团，由于没搭上车，不得不在"西岗子"的旅店住了一夜。其实，说是旅店，哪儿像旅店呢！住客一间屋，大通铺；一门之隔就是店主一家，老少几口。据说那人家是解放初剿匪烈士的家属，当地政府体恤和关爱他们，允许他们开小旅店谋生。按今天的说法，是"家庭旅店"。

天黑后，我正要睡下，但听门那边有个男人大声喊："二××，瞎啦？你小弟又拉地上了，你没看见呀！快给他擦屁股，再把屎收拾了！……"

于是一个十二三岁的小女孩儿，跑到我们住客这边的屋里来，掀起一角炕席，抄起一本书转身跑回门那边去了……书使我的眼睛一亮。那个年代，对于爱看书的青年，书是珍稀之宝。

一会儿小女孩儿又回到门这边，掀起炕席欲将书放在原处。我问："什么书啊？"

她摇摇头说："不知道，我不认识字。"

我又问："你刚才拿书干什么去呢？"

她眨着眼说："我小弟拉屎了，我撕几页替他擦屁股呀！"她那模样，仿佛是在反问——书另外还能干什么用呢？我说："让我看看行吗？"她就默默地将书递给了我。我翻看了一下，见是一本《唐诗三百首》，前后已被撕得少了十几页。那个年代中国有些造纸厂的质量不过关，书页极薄，似乎也挺适合擦小孩屁股的。我又是惋惜又是央求地说："给我行不？"她立刻又摇头道："那可不行。"见我舍不得还她，又说："你当手纸用几页行。"我继续央求："我不当手纸用，我是要看的。给我吧！"她为难地说："这我不敢做主呀！我们这儿的小杂货店里经常断了手纸卖，要给了你，我们用什么当手纸呢？住客又用什么当手纸呢？……"

我猛地想到，我的背包里，有为一名知青伙伴从城市带回来的一捆成卷的手纸。便打开背包，取出一卷，商量地问："我用这一卷真正的手纸换，行不？"

她说："你包里那么多，你用两卷换吧！"于是我用两卷手纸换下了那一本残缺不全的《唐诗三百首》……第二天一早，我离开那小旅店时，小女孩儿在门外叫住了我。"叔叔，我昨天晚上占你便宜了吧？"——不待我开口说什么，她将伸在棉袄衣襟里的一只小手抽了出来，手里竟拿着另一本书。她接着说："这一本书还没撕过呢，也给你吧！这样交换就公平了。我们家人从不占住客的便宜。"

我接过一看，是《宋词三百首》。封面也破旧了，但毕竟还有封面，依稀可见一行小字是"中国传统文化丛书"。我深深地感动于小女孩儿的待人之诚，当即掏出一元钱给她，摸了她的头一下，迎着风雪大步朝公路走去……

回到连队，我与知青伙伴发生了一番激烈的争执——他认为那一本完整的《宋词三百首》理应归他，因为是用他的两卷手纸换的；我说才不是呢，用他的两卷手纸换的，是那本残缺不全的《唐诗三百首》，而实际情况是，完整的《宋词三百首》是我用一元钱买下的……

如今想来，当年的争执很可笑。究竟哪一本算是用两卷手纸换的，哪一本算是用一元钱买下的，又怎么争执得清呢？

然而一个事实是，那一本残缺不全的《唐诗三百首》和那一本完整的《宋词三百首》，伴我们度过了多少寂寞的日子，对我们曾很空虚的心灵，起到了抚慰的作用……

当年，我竟也心血来潮写起古体诗来：

轻风戏青草，
黄蜂觅黄花。
春水一潭静，
田蛙几声呱。

如今，《唐诗三百首》和《宋词三百首》已成我的枕边书。都是精装版本，内有优美插图。如今，捧读这两本书中的一本，每倏然地忆起"西岗子"，忆起那小女孩儿，忆起当年之事……

不待我开口说什么，她将伸在棉袄衣襟里的一只小手抽了出来，手里竟拿着另一本书。她接着说："这一本书还没撕过呢，也给你吧！这样交换就公平了。我们家人从不占住客的便宜。"

唐诗宋词的背面

衣裳有衬，履有其里，镜有其反，今概称之为"背面"。细细想来，世间万物，皆有"背面"，仅宇宙除外。因为谁也不曾到达过宇宙的尽头，便无法绕到它的背面看个究竟。

纵观中国文学史，唐诗宋词，成就灿然。可谓巍巍兮如高山，荡荡兮如江河。

但气象万千瑰如宝藏的唐诗宋词的背面又是什么呢？

以我的眼，多少看出了些男尊女卑。肯定还另外有别的什么不美好的东西，夹在它的华丽外表的褶皱间。而我眼浅，才只看出了些男尊女卑，便单说唐诗宋词的男尊女卑吧！

于是想到了《全唐诗》。

《全唐诗》由于冠以一个"全"字，所以薛涛、鱼玄机、李冶、关盼盼、步非烟、张窈窕、姚月华等一批在唐代诗名播扬、诗才超绝的小女子，竟得以幸运地录中有名，编中有诗。《全唐诗》乃"御制"的大全之集，薛涛们的诗又是那么影响广远，资质有目共睹；倘以单篇而论，其精粹、其雅致、其优美，往往不在一切唐代的能骈善赋的才子之下，且每有奇藻异韵令才子们也不由得不心悦诚服五体投地。故，《全唐诗》若少了薛涛们的在编，似乎也就不配冠以一个"全"字了。由此我们倒真的要感激三百多年前的康熙老爷子了。他若不兼容，曾沦为官妓的薛涛，被官府处以死刑的鱼玄机，以及那些或为姬，或为妾，或什么明白身份也没有，只不过像"二奶"似的被官，被才子们，或被才子式的官僚们包养的才华横溢的唐朝女诗人的名字，也许将在康熙之后三百多年的历史沧桑中渐渐消失。有一个不争的事实，那就是，无论在《全唐诗》之前还是在《全唐诗》之后的形形色色的唐诗选本中，薛涛和鱼玄机的名字都是较少见的。尤其在唐代，在那些由亲诗爱诗因诗而名的男性诗人雅士精编的选本中，薛涛、鱼玄机的名字更是往往被摒除在外。连他们自己编的自家诗的选集，也都讳莫如深地将自己与她们酬和过的诗篇剔除得一干二净，不留痕迹；仿佛那是他们一时的荒唐，一提都耻辱的事情；仿佛在唐代，根本不曾有过诗才绝不低于他们，甚而高于他们的名字叫薛涛、鱼玄机的两位女诗人；仿佛他们与她们相互赠予过的诗篇，纯系子虚乌有。连薛涛和鱼玄机的诗人命运都如此这般，更不要说另外那些是姬、是妾、是妓的女诗人之才名的遭遇了。在《全唐诗》问世之前，除了极少数如李清照那般出身名门又幸而嫁给了为官的名士为妻的女诗人的名字入选某种正统诗集，其余的她们的诗篇，则大抵是由民间的有公正心的人士一往情深地辑存了的。散失了的比辑存下来的不知要多几倍。我们今人竟有幸也能读到薛涛、鱼玄机们的诗，实在是沾了康熙老爷子的光。而我们所能读到的她们的诗，不过就是收在《全唐诗》中的那些。不然的话，我们今人便连那些恐怕也是读不到的。

看来，身为男子的诗人们、词人们，以及编诗编词的文人雅士们，在从前的历史年代里，轻视她们的态度是更甚于以男尊女卑为纲常之一的皇家文化原则的。缘何？无他，盖因她们只不过是姬、是妾、是妓而已。而从先秦两汉到明清朝代，才华横溢的女诗人、女词人，其命运又十之八九几乎只能是姬、是妾、是妓。若不善诗善词，则往往连是姬是妾的资格也轮不到她们。沦为妓，也只有沦为最低等的。故她们的诗、她们的词的总体风貌，不可能不是幽怨感伤的。她们的才华和天分再高，也不可能不经常呈现出备受压抑的特征。

让我们先来谈谈薛涛——涛本长安良家女子，因随父流落蜀中，沦为妓。唐之妓，分两类。一曰"民妓"，一曰"官妓"。"民妓"即花街柳巷卖身于青楼的那一类。这一类的接客，起码还有巧言推却的自由。涛沦为的却是"官妓"。其低等的，服务于营。所幸涛属于高等，只应酬于官僚士大夫和因诗而名的才子雅士们之间。对于她的诗才，他们中有人无疑是倾倒的。"扫眉才子知多少，管教春风总不如"，便是他们中谁赞她的由衷之词。而杨慎曾夸她："元、白（元稹、白居易）流纷纷停笔，不亦宜乎！"但她的卑下身份却决定了，她首先必须为当地之主管官僚占有。他们宴娱享乐，她定当随传随到，充当"三陪女"角色，不仅陪酒，还要小心翼翼以俏令机词取悦于他们，博他们开心。一次因故得罪了一位"节帅"，便被"下放"到军营去充当军妓。她不得不献诗以求宽恕，诗曰：

闻道边城苦，今来到始知。

羞将门下曲，唱与陇头儿。

黠虏犹违命，烽烟直北愁。

却教严谴妾，不敢向松州。

松州乃西南边陲要塞；"陇头儿"，下级军官也；"门下曲"，自然是下级军官们指明要她唱的黄色小调。第二首诗的后两句，简直已含有泣求的意味。

因诗名而服官政的高骈，镇川时理所当然地占有过薛涛。元稹使蜀，也理所当然地占有过薛涛。不但理所当然地占有，还每每在薛涛面前颐指气使地摆起才子和监察使的架子，而薛涛只有忍气吞声自认卑下的份儿。若元稹一个不高兴，薛涛便又将面临"下放"军营之虞。于是只得再献其诗以重博好感。某次竟献诗十首，才哄元稹稍悦。[①] 元稹高兴起来，便虚与委蛇，许情感之"空头支票"，承诺将纳薛涛为妾云云。

且看薛涛献元稹的《十离诗》之一《鹦鹉离笼》：

陇西独自一孤身，飞去飞来上锦裀（xié）。

都缘出语无方便，不得笼中再唤人！

"锦裀"者，妓们舞蹈之毯；"出语无方便"，说话不讨人喜欢耳；那么结果会怎样呢？就连在笼中取悦地叫一声主人名字的资格都丧失了。

在这样一种难维自尊的人生境况中，薛涛也只有"不结同心人，空结同心草"；也只有"但娱春日长，不管秋风早"；也只有

---

① 相关文献记载，另一说法是，薛涛的《十离诗》是献给剑南节度使韦皋的。

"唱到白蘋洲畔曲，芙蓉空老蜀江花！"……

如果说薛涛才貌绝佳之年也曾有过什么最大的心愿，那么便是元稹娶她为妾的承诺了。论诗才，二人其实难分上下；论容颜，薛涛也是极配得上元稹的。但元稹又哪里会对她动真心呢？娶一名官妓为妾，不是太委屈自己才子加官僚的社会身份了吗？尽管那等于拯救薛涛出无边苦海。元稹后来是一到杭州另就高位，便有新欢，从此不再关心薛涛之命运，连封书信也无。

且看薛涛极度失落的心情：

> 揽草结同心，将以遗知音。
> 春愁正断绝，春鸟复哀吟。

薛涛才高色艳年纪轻轻时，确也曾过了几年"门前车马半诸侯"的生活。然那一种生活，是才子们和士大夫官僚们出于满足自己的虚荣与娱乐而恩赐给她的，一时地有点儿像《日出》里的陈白露的生活，也有点儿像《茶花女》中的玛格丽特的生活。不像她们的，是薛涛这一位才华横溢的女诗人自己，诗使薛涛的女人品位远远高于她们。

与薛涛有过芳笺互赠、诗文唱和关系的唐代官僚士大夫、名流雅士，不少于二十人。如元稹、白居易、牛僧孺、令狐楚、裴度、张籍、杜牧、刘禹锡，等等。

但今人从他们的诗篇诗集中，是较难发现与薛涛之关系的佐证的，因为他们无论谁都要力求在诗史中护自己的清名。尽管在当时的现实生活中他们并不在乎什么清名不清名的，官也要当，诗也要作，妓也要狎……

与薛涛相比，鱼玄机的下场似乎更是一种"孽数"。玄机亦本良家女子，唐都长安人氏。自幼天资聪慧，喜爱读诗，及十五六岁，嫁作李亿妾。"大妇妒不能容，送咸宜观出家为女道士。在京中时与温庭筠等诸名士往还颇密。"其诗《赠邻女》，作于被员外李亿抛弃之后：

> 羞日遮罗袖，愁春懒起妆。
> 易求无价宝，难得有心郎。
> 枕上潜垂泪，花间暗断肠。
> 自能窥宋玉，何必恨王昌。

从此，觅"有心郎"，乃成玄机人生第一大愿。既然心系此愿，自是难以久居道观。正是——"欲求三清长生之道，而未能忘解佩荐枕之欢"。于是离观，由女道士而"女冠"。所谓"女冠"，亦近艺，只不过名分上略高一等。她大部分诗中，皆流露对真爱之渴望，对"有心郎"之慕求的主动性格。修辞有时含蓄，有时热烈，浪漫且坦率。是啊，对于一位是"女冠"的才女，还有比"自能窥宋玉，何必恨王昌"这等大胆自白更坦率的吗？

然虽广交名人、雅士、才子，于他们中真爱终不可得，也终未遇见过什么"有心郎"。倒是一次次地、白白地将满心怀的缠绵激情和热烈之恋空抛空撒，换得的只不过是他们的逢场作戏对她的打击。

有一次，一位与之要好的男客来访，她不在家。回来时婢女绿翘告诉了她，她反疑心婢女与客人有染，严加笞审，致使婢女气绝身亡。

此时的才女鱼玄机，因一番番深爱无果，其实心理已经有几分失常。事发，问斩，年不足三十。

悲也夫绿翘之惨死！

骇也夫玄机之猜祸！

《全唐诗》纳其诗四十八首，仅次于薛涛，几乎首首皆佳，诗才不让薛涛。

更可悲的是，她生前虽与温庭筠情诗唱和频繁，《全唐诗》所载温庭筠全部诗中，却不见一首温庭筠回赠她的诗。而玄机诗中"如松匪石盟长在，比翼连襟会肯迟"句，成了才子与"女冠"之亲密接触的大讽刺。

在诗才方面，与薛涛、鱼玄机三璧互映者，当然便是李冶了。她美姿容，善雅谑，喜丝弦，工格律。生性浪漫，后出家为女道士，与当时名士刘长卿、陆羽、僧皎然、朱放、阎伯钧等情意相投。

玄宗时，听闻她一度被召入宫。后因上书朱泚，被德宗处死。也有人说，其实没迹于安史之乱。

冶之被召入宫，毫无疑问不但因了她的多才多艺，还得幸于她的"美姿容"。宫门拒丑女，这是常识，不管多么才艺双全。入宫虽是一种"荣耀"，却也害了她。倘她的第一种命运属实，那么所犯乃"政治罪"也。即使其命运非第一种，是第二种，想来也肯定地凶多吉少；一名"美姿容"的小女子，无羽庇护，在万民流离的战乱中还会有好的下场吗？

《全唐诗》纳其诗十八首，仅遗于世之数。冶诗殊少绮罗香肌之态，情感真切，修辞自然。今我读其诗，每觉下阕总是比上阕更好。大约因其先写景境，后陈心曲，而心曲稍露，便一向能拨动读者心弦吧。所爱之句，抄于下：

　　　　溢城潮不到，夏口信应稀。
　　　　唯有衡阳雁，年年来去飞。

　　其盼情诗之殷殷，令人怜怜不已。以"潮不到"之对"信应稀"，可谓神来之笔。又如：

　　　　远水浮仙棹，寒星伴使车。
　　　　因过大雷岸，莫忘几行书。

　　　　郁郁山木荣，绵绵野花发。
　　　　别后无限情，相逢一时说。

　　　　驰心北阙随芳草，极目南山望旧峰。
　　　　桂树不能留野客，沙鸥出浦谩相逢。

　　……薛涛也罢，鱼玄机也罢，李冶也罢，她们的人生主要内容之一，总是在迎送男人。他们皆是文人雅士，名流才子。每有迎，那一份欢欣喜悦，遍布诗中；而每送，却又往往是泥牛入海，连她们殷殷期盼的"几行书"都再难见到。然她们总是在执着而又迷惑地盼盼盼，思念复思念，"才下眉头，却上心头"。

　　唐代女诗人中"三璧"之名后，要数关盼盼尤须一提了。她的名，似乎可视为唐宋两代女诗人女词人们的共名——"盼盼"，其名苦也。

关盼盼，徐州妓也，张建封纳为妾。张殁，独居鼓城故燕子楼，历十余年。白居易赠诗讽其未死。盼盼得诗，泣曰："妾非不能死，恐我公有从死之妾，玷清范耳。"乃和白诗，旬日不食而卒。

可以说，盼盼绝食而亡，是白居易以其大诗人之名压迫的结果。作为一名妾，为张守节历十余年，原本不关任何世人什么事，更不关大诗人白居易什么事。家中宠着三姬四妾的大诗人，竟然作诗讽其未死，真不知是一种什么样的心理使然。

其《和白公诗》如下：

> 自守空楼敛恨眉，形同春后牡丹枝。
> 舍人不会人深意，讶道泉台不去随。

遭对方诗讽，仍尊对方为"白公""舍人"，也只不过还诗略作"舍人不会人深意"的解释罢了。此等宏量，此等涵养，虽卑为妓、为妾，实在白居易们之上也！而《全唐诗》的清代编辑者，却又偏偏在介绍关盼盼时，将白居易以诗相嘲致其绝食而死一节，白纸黑字加以注明，真有几分"盖棺定论"，不，"盖棺定罪"的意味。足见世间自有公道在，是非曲直，并不以名流之名而改而变！

且将以上四位唐代杰出女诗人们的命运按下不复赘言，再说那些同样极具诗才的女子，命善者实在无多。

如步非烟——河南府功曹参军之妾，容质纤丽，善秦声，好文墨。邻生赵象，一见倾心。始则诗笺往还，继则逾垣相从。周岁后，事泄，惨遭笞毙。

想那参军，必半老男人也。而为姿之非烟，时年也不过二八有余。倾心于邻生，正所谓青春恋也。就算是其行该惩，也不该当夺命。活活鞭抽一纤丽小女子至死，忒狠毒也。

其生前《赠赵象》诗云：

> 相思只恨难相见，相见还愁却别君。
> 愿得化为松上鹤，一双飞去入行云。

正是，爱诗反为诗祸，反为诗死。

唐代的女诗人们命况悲楚，宋代的女词人们，除了李清照因是名士之女，又是太学士之妻，摆脱了为姬、为妾、为婢、为妓的"粉尘"人生而外，她们十之七八亦皆不幸。

如严蕊——营妓，"色艺冠一时，间作诗词，有新语，颇通古今"。

宋时因袭唐风，官僚士大夫狎妓之行甚糜。故朝廷限定——地方官只能命妓陪酒，不得有私情，亦即不得发生肉体上的关系。官场倾轧，一官诬另一官与蕊"有私"，株连于蕊，被拘入狱，备加棰楚。蕊思己虽身为贱妓，"岂可妄言以污士大夫"，拒作伪证。历两月折磨，委顿几死。而那企图使她屈打成招的，非别个，乃因文名而服官政的朱熹是也。后因其事闹到朝廷，朱熹改调别处，严蕊才算结束了牢狱之灾、刑死之祸。时人因其舍身求正，誉为"妓中侠"。宋朝当代及后代词家们，皆公认其才仅亚于薛涛。

"不是爱风尘，似被前缘误"之名句，即出严蕊《卜算子》中。

如吴淑姬——"本秀才女，慧而能诗，貌美家贫，为富室子所占有，或诉其奸淫，系狱，且受徒刑"。

其未入狱前，因才色而陷狂蜂浪蝶们的追猎重围。入狱后，一批文人雅士前往理院探之。时冬末雪消，命作《长相思》词。稍一思忖，捉笔立成：

> 烟菲菲，雪菲菲，雪向梅花枝上堆，春从何处回？醉眼开，睡眼开，疏影横斜安在哉，从教塞管催。

如朱淑真、朱希真都是婚姻不幸终被抛弃的才女。二朱中又以淑真成就大焉，被视为李清照之后最杰出的女诗人。坊间相传，她是投水自杀的。

如身为营妓而绝顶聪慧的琴操，在与苏东坡试作参禅问答后，年华如花遂削发为尼。在妓与尼之间，对于一位才女，又何谓稍强一点儿的人生出路呢？

如春娘——苏东坡之婢。东坡竟以其换马。春娘责曰："学士以人换马，贵畜贱人也！"口占一绝以辞：

> 为人莫作妇人身，百般苦乐由他人。
> 今日始知人贱畜，此生苟活怨谁嗔！

文人雅士名流间以骏马易婢，足见春娘美婢也。
这从对方交易成功后沾沾自喜所作的诗中便知分晓：

> 不惜霜毛雨雪蹄，等闲分付赎蛾眉，
> 虽无金勒嘶明月，却有佳人捧玉卮。

以美婢而易马，大约在苏东坡一方，享其美已足厌矣。而在对方，也不过是又得了一名捧酒壶随侍左右的漂亮女奴罢了。春娘下阶后触槐而死。

如温琬——当时京师士人传言："从游蓬岛宴桃源，不如一见温仲青。"而太守张公评之曰："桂枝若许佳人折，应作甘棠女状元。"虽才可作女状元，然身为妓。

其《咏莲》云：

> 深红出水莲，一把藕丝牵。
> 结作青莲子，心中苦更坚。

其《书怀》云：

> 鹤未远鸡群，松梢待拂云。
> 凭君视野草，内自有兰薰。

字里行间，鄙视俗士，虽自知不过一茎"野草"，而力图保持精神灵魂"苦更坚""有兰薰"的圣洁志向，何其令人肃然！命运大异其上诸才女者，当属张玉娘与申希光。玉娘少许表兄沈佺为妻，后父母欲攀高门，单毁前约。沈佺悒病而卒。玉娘乃以死自誓，亦以忧卒。遗书请与同葬于枫林。其《浣溪沙》词，字句呈幽冷萧瑟之美，独具风格。云：

> 玉影无尘雁影来，绕庭荒砌乱蛩哀，凉窥珠箔梦初回。
> 压枕离愁飞不去，西风疑负菊花开，起看清秋月满台。

玉娘不仅重情宁死，且是南宋末世人皆公认之才女。卒时年仅十八岁。

申希光则是北宋人，十岁便善词，二十岁嫁秀才董昌。后一方姓权豪，垂涎其美，使计诬昌重罪，杀昌全族。灭门诛族之罪，大约是被诬为反罪的吧？于是其后求好于希光，伊知其谋，乃佯许之，并乞葬郎君及遭诛族人，密托其孤于友，怀利刃往，是夜刺方于帐中，诈为方病，呼其家人，先后尽杀之。斩方首，祭于昌坟，亦自刎而亡。

其《留别诗》云：

女伴门前望，风帆不可留。
岸鸣蕉叶雨，江醉蓼花秋。
百岁身为累，孤云世共浮。
泪随流水去，一夜到闽州。

申希光肯定是算不上一位才女，但"岸鸣蕉叶雨，江醉蓼花秋"，亦堪称诗词中佳句也。

唐诗巍巍，宋词荡荡。观其表正，则仅见才子之文采飞扬，雅士之舞文弄墨，大家之气吞山河，名流之流芳千古。若亦观其背反，则多见才女之命乖运舛，无可奈何地随波逐流。如苏轼词句所云："似花还似非花，也无人惜从教坠。"更会由衷地叹服她们那一种几乎天生的与诗与词的通灵智慧，以及她们诗品的优美、词作的灿烂。

我想，没有这背反的一面，唐诗宋词断不会那般绚丽万端，瑰如珠宝吧？

我的意思，这不是一种衬托的关系。不，不是的。我的意思其实是，未尝不是她们本身和她们的才华，激发着、滋润着、养育着那些以唐诗、以宋词而在当时名噪南北，并且流芳百代的男人。

　　背反的一面以其凄美，使表正的一面的光华得以长久地辉耀不衰；而表正的一面，又往往直接促使背反的一面，令其凄美更凄更美。

　　当然，有些男性诗人、词人，其作是超于以上关系的。如杜甫，如辛弃疾等。

　　但以上表正与背反的关系，肯定是唐诗宋词的内质量状态无疑。

　　所以，我们今人欣赏唐诗宋词时，当想到那些才女，当对她们心怀感激和肃然。仅仅有对那些男性诗人、词人的礼赞，是不够的。尽管她们的名字和她们的才华，她们的诗篇和词作，委实是被埋没和漠视得太久太久了。

　　这一唐诗宋词之现象，是很有中国特色的一种文化现象。清朝因是外族统治的朝代，与古代汉文化的男尊女卑没有直接的瓜葛，所以《全唐诗》才会收入了那么多姬、妾、婢、妓之诗。若由唐朝的文人士大夫们自选自编，结果怎样，殊难料测也……

学中文有什么用？

诸位：

在回答你们的问题之前，我也希望能对你们有所了解。

你们中，有哪些同学是中文系的？

有哪些同学当年高考时所报第一志愿是中文系？

所报第一志愿并非中文系，既已是中文系学生，对用四年的时光在大学里学中文，又持何种态度？

原本未报中文系被调剂到中文系的同学对中文持何种态度？

我们大学的"人文学院"由两个学科组成，即汉语言文学专业与中文系。汉语言文学专业是我校在全国较为著名的专业，每年的录取分数线一向颇高，据说前几年学生毕业后的择业情况也不错——那么，汉语言文学专业的同学，对中文选修课持何种态度？

原本专执一念所报的乃是汉语言文学专业，高考失利，不得已成了中文系学生，且与汉语言文学专业相近咫尺，是否会长期陷于"身在曹营心在汉"的状态？

外语专业学生对中文选修课业持何种立场？

大家对"中文"是怎样理解的？它除了培养人从事与中文相关的职业的一般能力，你们是否认为它对人还有其他的意义？大家比较承认它对人还有其他的意义，抑或从理念上根本否认和排斥它对人还有其他的意义？或口头上虽也承认它对人还有其他的意义，而内心里却是鄙薄的？

凡此种种，我以为，在中文系老师和学生之间，具体而言，在我和大家之间，都是有必要进行交流和讨论的。我们教学双方所能达成的共识越多，教学双方则越容易互动，于是教者明白该教些什么，怎样教；学者明白为什么值得学，怎样自觉一点学……

在我回答诸位的问题之前，我反过来首先向诸位提出了如上等等问题，肯定是大家没有思想准备的吧？大家一时无法回答或其实很不愿意回答也没什么。那么，恳请诸位允许我自己先来谈谈我对以上某些问题的纯粹个人的看法，以及我对大家的中文态度和立场的初步评估。

对于当年高考时所报志愿是中文系的同学，我相信我将省却很多唇舌，不必反复强调性地企图讲明白一个陈旧话题——中文有什么用？这"用"字，当然是首先针对个人而言的。它不是针对国家、民族、社会这样的大概念而言的。它对后者意味着什么，那是根本无须浪费时间讨论的。其意义摆放在任何国家、任何民族与其母语的关系中，那是连儿童也完全能理解的。

我们在谈论中文和中国当代大学生，尤其是与当代中文系大学生的关系时，为什么又说那个"有什么用"的话题是一个"陈旧的话题"呢？因为早在八十多年以前，国立清华大学，亦即今天的清华大学校园里，关于"学中文有什么用"就已展开过多次的讨论和辩论了。

说明什么呢？

说明在那时，普遍的人们，包括学子们，包括已然学着中文的学子们，对于学中文与自己之人生前途的关系，便很有些"欲说还休"了。

当时的中国和今天的中国，情形自然不能同日而语。但有一点却是相似的——出国留学特别方便，比今天还要方便，而且成为时代的潮流。

当时的热门学科像今天一样，也是商业经济、法律、医学以及某些理工学科。这些学科的学子学有所成之后，国外就业的机遇较多，回国后，往往也容易摇身一变，成为经理、镀了"洋金"的律师、医生，或开办工厂，或几乎是顺理成章地成为教授——当时的中国很缺理工科教授……

而学了中文的人，职业的选择几乎只有两个途径——要么留洋回来做教中文的教授；要么去办份同仁的文学报纸，或干脆做笔耕为生的自由职业者。

这最后一种人生，无论当时或现在，无论在任何国家、任何时代，都往往会导致人陷入艰涩的人生，是绝不如做演员的人生那么风光和滋润的。而办报办刊，没了广告的支持，连低微的收入也往往朝不保夕。尤其是某报某刊倘太过文学和文化起来，又往往就接近着慢性自杀了。而文人们，也就是学中文被认为学而有成的人们，又大抵地、偏偏地，几乎是一贯地、本能地，非将一报一刊渐渐办得文学和文化起来不可。结果也就可想而知。当然，幸而有他们那样心甘情愿地办着那样的报那样的刊，许许多多热爱文学的青年，才经由那样的报那样的刊的发现和培养，后来成了著名的诗人和作家；才为我们留下了那个时期的许多优秀作品。但他们自己的人生，确乎是清苦的。清苦到不得不经常以文艺的"界"的名义，向社会发出请求救济的呼吁。至于当教授，最初的收入是很丰厚的，比现在一般大学教授们所能达到的社会经济地位还要高出许多倍。那时大学少，教授少，国运不昌，却也还是养得起。可能凭"中文"资本当上教授者，毕竟凤毛麟角。何况，后来也都很落魄，"越教越瘦"了；相互间借点儿钱买米度日，是常事……

所以当年有"学中文有什么用"的质疑。

已然教着中文学着中文的，自然希望在讨论之中长长自己的志气，指出那"有用"的方面给社会看，给他人看，给自己看。

讨论和辩论出了一个乐观的结果没有呢？

当时没有。

而且，除了教着中文学着中文的人们自己，别人也根本没什么兴趣参加那个话题的讨论。

一九四九年以后，情况大为不同。

我国在发展经济建设的同时，大力发展文化事业。文化的事业，自然要依赖"中文"人才。于是，"中文"一下子变得很"吃香"了。

直至"文革"前，"中文"学子毕业后的工作，大抵是"坐在屋里"的那一种。当年因"风吹不着、雨淋不着、日晒不着"，多么令人羡慕自不待言。尤其，各行各业的工资是相同的。在工资相同的前提之下，中文毕业生从事"脑力劳动"的工作性质，其优人一等一比就比出来了。

"文革"十年就不去谈了。

"文革"后，中国人的工资还是基本相同的。"文革"的重灾区即文化的意识形态的领域，开始进入恢复期，需要大批的中文毕业生。那时的中文学子，和现在各大学的最热门学科的学子一样，往往还没毕业，其优秀者，已被最理想的文化乃至意识形态部门预招了。

　　到了九十年代中期，情况又大为不同了。中文毕业生过剩了，供大于求了。中国其他产业、行业开始日渐兴盛了。于是大学里的其他学科日渐热了起来，强大了起来。而中文受冷落了，萎缩了。中文学子因而一届比一届迷惘了，沮丧了，似连将来的人生都大成问题了。

　　尤其，中国的工资制度改变后，几乎一切与中文相关的职业，收入都处于社会的中下水平了。如果仅从这一点上比，自然越比越迷惘、越失望。"中文股"在社会职业股市的大盘上，似乎注定地将永远处于"熊市"了，眼见其他"职业股"指数一再上升，中文学子又怎能不自卑不忧患呢？

　　但我想指出的是，第一，中国人口太众，仅仅是中文学子供大于求吗？我看不是这样。要不了几年，几乎一切大学各学科的学子们，都将日渐地供大于求。只不过中文学子较早一点儿体会到供大于求的苦涩罢了。第二，既然几乎一切学科的学子们进出校园，都将面临供大于求的局面，那么，也就都必得有充分的"知识附加"和"知本转移"的自觉与能力。

　　不必问，我知道诸位中，将来想到外企工作的人很多。为什么一心想到外企？工资高嘛。在未来的几年，尤其是北京、上海这样的大城市，外企将会更多。但外企再多，也多不过想要到外企工作的学子。一方以加法增多，一方以乘法增多。于是一个事实是，除了少数高等人才，普遍的外企的工资，是下降了的。谁嫌工资少了吗？那么让开，后边排着长队呢！

二十年前，仅凭外语好，便是进入外企的通行证了。因为外国老板们不会中国话，对中国缺乏了解。会外语的中国人，在他们眼中是块宝。许多事儿他们都有点儿倚重于你，似乎离开你寸步难行。

十年前，仅凭外语好依然可以，但人家已不必倚重于你。你只不过是一般员工。你稍有不适，炒你的鱿鱼没商量。

现在，仅凭外语好，就不能成为进入外企的过硬的通行证了。因为外语已不再是少数受过高等教育的中国人的特长，而是许许多多中国大学毕业生的基本从业条件了。而某些老外，中国话也讲得很"溜"，对中国之风土民俗、人情世理，政治文化经济的方方面面，比刚跨出校门的中国大学生心中有数得多。

所以，一个问题是，你要到外企去工作吗？那么，除了你的英文水平，还要加上别的技能。

你首先要自问，接着要决定，再接着要去那样充实你自己。

这就是"知识附加"的思想自觉。在大学里就要开始。

对于中文学子，问题也是同样的，而且尤为重要——中文＋？

自然地，可以加上英语。这不太难。

但一个现象是，对于某些中文学子，在这个问题上所持的反而是一种"取代法"的思维。既因学着中文而迷惘，而沮丧，自然的便企图干脆舍弃了中文，以英文作为硬性从业资本取代之。而这在未来的求职竞争中，是相当不利的，甚至是相当有害的。

为了诸位的未来所谋，我对诸位的建议是，你们万不可以用"取代法"对待自己的中文学业。取而代之，只不过仍是1≈1。你们一定要有用"加法"打理自己未来人生的能动意识。

中文＋英文——这对于诸位不难。于是你们丰厚了自己一些。仅仅这样还不够，还要有另外一种能动意识，即从最广的意义上理解中文的超前意识。说超前，其实已不超前了。因为时代的迅猛发展，早已先于诸位的意识，将从前时代的、传统的中文理念扩展了，甚至可以说颠覆了。

只要我们客观地想一想，就一定会承认——其实中文学科毕业之学子的择业范围，比以往的时代不是更窄了，而是更宽了。对国内国外的公共关系、广告设计、一个企业的宣传策划活动、一个企业的文化环境、一切的文化公司……都仍为中文学子留有发挥能力的空间。即使广播电台、电视台，表面看人满为患，但据我所知，实缺有真能力的中文人才。

比如，你到了一个公司，人家为了试用你，对你说——请为我们的新产品想出一条绝妙的广告语吧！

你若回答——我学中文不是为了干这个的。

那么请你走人。因为能否想出一条绝妙的广告语，有时确乎直接证明的就是一种中文水平。连给一家公司起个朗朗上口的名字也是这样。

我有两位德国朋友，一男一女。男的中文名字叫"花久志"、女的中文名字叫"古思亭"。其实就是德文名字"华裘士"和"古斯汀"的谐音中文名字。尤其"古思亭"这一中文名字，起得何等好！能说和中文水平无关？

假设——一部外国电影，或一部外国电视剧，你能起出《翠堤春晓》《魂断蓝桥》《蝴蝶梦》这样的名字吗？中国曾是一个诗国，你想不出来，你学的那些唐诗宋词，在最起码的事情上，都没起什么作用啊！

又比如，你到了一个公司，人家要你为公司的什么纪念活动，设想会标——你若说，我不会，这不是我学的专业，是广告设计专业的事儿……

那么请你走人。在人家那儿，这叫"创意"。在人家那儿，这类"创意"，直接的就和中文有关。直接的就证明你的中文水平如何。事实上也是，体现于许多方面的许多一流的经典的"创意"，都与一个人的"活的"中文水平有关。

就说我们中国为申办二〇〇八年北京奥运会设计的会标吧，没有一种"活的"中文思维，是设计不成的。

不是中文过时了，没用了，是人再像从前那样理解中文，学了中文再抱着从前那样的中文就业观去择业的传统思想，与社会和时代不合拍了。而社会和时代，对于具有"活的"中文水平的人，那还是非常需要的。

在未来的时代，不但中文学科毕业的人要随时准备进行人生的成功的"知本转移"，其他学科毕业的人，也将不同程度地面临"知本转移"的社会和时代的考验。

在"知本转移"方面，我以为，中文学科毕业的人，其实反而具有主动优势，能动性、灵活性较之其他学科毕业的人更大些。

"知本"二字，是我从报上学的词，无非就是从业的知识资本，这里姑且用之。

据我所知，一些理工院校毕业的当代学子，反而在广播电台、电视台和文化企事业单位工作得很自信，都是"知本转移"的例子。

据我们所知，法国现在唯一的，也是现在全世界唯一的一位海军女中将，便是法国二十世纪七十年代的文学硕士。

如果让医学院牙科专业的学子毕业后来一次成功的"知本转移"，倘无其他骄人特长，意味着什么不言自明。

但，如果电视台公开招聘节目策划人，中文学子应聘时的表现，不应太逊于广播学院毕业的学生吧？这二者之间真的有什么大区别吗？从前是有的。如果人家的专业加上了较好的中文从业水平，当然表现得就比你好。如果你的中文水平高于对方，再附加上和对方差不多水平的电视节目创意能力，那说不定你比对方表现得更好了。实际工作中谁更是强者，那就得考察者拭目以待了。如果你的中文能力不是有水平，不是在"活的"中文能力方面较强，而是很"水"，甚至那一种能力被你在大学时期舍弃了，用仅有的英语能力"取代"了，结果以后不能从容面对"知本转移"的考验，那就怨不得别人，也怪不得中文了……

当然，大学里中文本身的教学，也存在着一个"活"起来、内容丰富起来、较紧密地结合社会和时代对中文之新要求的问题。

在今天，大学的中文教学，如果因时代和社会要求的压力，忙不迭地去迎合之，以直接的从业能力取代中文传统教学内容，未免太急功近利了，那是很不好的做法。那样，大学之中文系，就成"培训班"了。

但，倘大学的中文教学，一味承袭从前的传统教学内容一成不变，在今天，无论怎样说，也应视为对中文学子的不负责任。总而言之，大学之中文教学，也首先存在一个"中文＋？"的问题。我能告慰同学们的一点，那就是，几乎一切大学的中文系，都在思考、研究和实践着"中文＋？"。这一点，对于一切从事大学中文教学的人，也首先是一个"知识附加"的要求。正如我到了大学里，对自己，必须有一种中文知识系统化、全面化的"附加"要求。

诸位，最后我要说的是，尤其诸位学中文的同学们，打起精神来！电视剧《西游记》的主题歌唱得好——"敢问路在何方，路在脚下……"

是的，路在我们脚下，路在教者脚下；路在你们脚下，路在学者脚下。中文学科必须附加传统中文理念以外的东西。让我们共同来为此努力！

写作使人再次成长

　　人皆一命，这是常识，不管多么喜欢写作的人，不管这样的人成为作家以后文学成就有多大，其肉体生命也还是只有一条。就此点而言，他或她都不能例外于自然规律。

　　我的写作体会使我觉得，写作这件事，仿佛会使人经历再成长一次的过程。

　　婴儿期、童年、少年、青年、中年、老年——这是人人都要经历的成长过程。婴儿期的人是无为而被动的；童年和少年时期我们的人生开始为自己的生活感受涂上底色，但大抵，也仅仅是感受而已。到了青年时期，人开始有感慨有感悟了，于是生出思想。到了中年，人经历了世事的磨砺之后，思想往往发生嬗变。许多中年人都想再成长一次，但这又怎么可能？步入老年，不管曾多么乐观的人，往往也有难言的忧伤经常萦绕心头了，所谓"不羡神仙羡少年"的一种怅然。

　　然而喜欢写作的人不同。他或她通过写作这一件事，精神上、心理上足可以再成长一次。除了肉体生命，还有确确实实的一条精神生命伴随自己。他可以通过写作一次又一次地重新"成长"。

即使他已经是一位老人了，他也可以想象自己才刚出生，还是婴儿，并且将此种想象完成为作品，奉献给世人，使更多的人感受"重新成长"的愉悦。

从这个意义上讲，高尔基通过他的《母亲》《童年》《我的大学》"重新成长"，鲁迅通过《社戏》《从百草园到三味书屋》"重新成长"……

写自己，这是写作者精神生命的童年。

写他者，这是写作者精神生命的青年。

写社会，这是写作者精神生命的中年。

写人类命运之远忧近虑，这是写作者精神生命的老年。

大抵如此。

写作者的精神生命越到老年反而越襟怀宽大。

不喜欢写作的人，或以为苦。何必呢？打理好肉体生命之诸事，已然不易，干吗还非有一条什么"精神生命"与自己纠缠不清？

但喜欢写作的人明白——他或她的人生幸而也有"精神生命"的伴随，于是可以抵抗人人有时都难免会心生的虚无情绪，并奉献给他人一些自己的看法。

而这于己于人都往往是有益的。

关于爱情文学的"规律"

　　这个问题，可以肯定地告诉大家——不是我写作的强项。我也以小说、散文或杂感的文字形式对"爱情"说三道四过，但是从未认真思考爱情文学竟有哪些"规律"。

　　依我想来，倘爱情在现实生活之中是有"规律"的，那么将肯定反映于文学之中。

　　爱情在现实生活之中究竟有无"规律"呢？我认为是有的。是什么呢？

　　我想，首先是爱上了一个人，其次是也争取被那个人爱，最好是两件事同时发生。我只有这么可怜的一点儿常识。

　　同时发生的情况，通常叫双方"一见倾心"，甚而"相见恨晚"。

　　倘一方已"名花有主"，而另一方已为人夫，那么爱情对于双方，无疑地有点儿成为"事件"的意味了。这种"事件"，如果成为文学、戏剧或影视的"中心事件"，那么它们当然就是"言情"的了。言就是说，就是讲，就是写出来。这会儿我用这个词，毫无对爱情文学的轻慢企图。尽管非我强项。

比如《安娜·卡列尼娜》——在两句关于幸福的家庭和不幸的家庭的名言之后，托翁紧接着另起一行写道："奥布朗斯基家里，一切都混乱了。"为什么呢？因为"妻子发觉了丈夫和他们家从前的一个法国女家庭教师有暧昧关系，她向丈夫声明她不能再和丈夫在一个屋子里住下去了。这样的状态已经继续了三天……妻子没离开自己的房间一步，丈夫三天不在家了。小孩子们像失了管教一样在家里到处乱跑……"

安娜是赶往哥哥家平息风波的，结果她在火车上遭遇了渥伦斯基，也与她命运的悲惨结局打了个照面儿……

托尔斯泰为什么不从火车站直接写起？奥布朗斯基与渥伦斯基在站台偶见，他向后者讲起了他那社交界人人皆知的妹妹，以及他那在全世界都很有名望的妹夫……

又为什么不干脆从火车上写起？坐在同一包厢里的渥伦斯基的母亲——同样也是贵妇的女人，正向安娜讲她那风流无羁的儿子……

不是因为别的，正是因为，托翁他有意一开始就将某一类爱情的发生当成一类"事件"来展现……

我不太了解女人对男人有多少种爱的方式。对于爱情在男人这儿的方式，我也仅能说出如下，并且是小说告知我的几种。

第一，情欲占有式。比如《卡门》，比如《白痴》。书中的男人因长期占有不成，杀死了女人。无论在生活中，还是在文学中，我认为都是男人可耻的行径。当然，两部作品的意图并不在于道德谴责。前者的创作显然更是由于塑造典型人物卡门而激发的，后者在于揭示出男人病态的强占欲……

第二，情愫怜惜式。比如《红楼梦》。黛玉不是大观园里唯一的美少女，也不是最美的。宝玉对她的爱，有"人生观"比较一致的原因，但另一个原因也许是，黛玉是在大观园里错综复杂的人际关系中，最容易陷入孤单无依之境的一个"妹妹"。除了是姥姥的贾母，谁还会真的替她的人生着想呢？所以宝玉一定要对她负起怜香惜玉的责任。生活之中许多男人对女人的爱，往往萌生于此点，或大量掺杂有那样的成分。文学作品中自然便不乏例子。宝玉和黛玉之间，甚至有点儿柏拉图的意味。他梦见秦可卿，与袭人初试云雨情，但与黛玉，虽心心相印，却又并不耳鬓厮磨，眉目传情。即或传，传的也常是各自心思。他们仅在一起偷看过一次《西厢记》罢了。宝玉对黛玉，是较典型的怜惜式的爱。是怜惜，不是怜悯。怜悯往往是同情的另一种说法。而怜惜，我以为，几乎是一个有性别的词，几乎专用以分析男人对女人的爱情才比较恰当。对象或人或物，都属娇弱、精致、易受损伤的一类，故"惜"之。"惜"是珍视之意。"惜"而甚，遂生出"怜"。"怜惜"一词，细咀嚼之，有怕，有唯恐的意味。怕自己"惜"得不周，怕所"惜"之人或物，结果真的被损伤了。因为太过精致，便又是经不大起损伤的，属于须"小心轻放"一类。黛玉各方面都是个太过精致的人儿。故宝玉爱她，每爱得小心翼翼。在宝玉，是心甘情愿；在黛玉，是她最为满足的一种被爱的感觉。太过精致的人儿，所祈之爱，每是那样的……

第三，负罪式。比如《复活》。

第四，纨绔式。比如《悲惨世界》中芳汀的命运，便是由纨绔的大学生造成，他们"只不过是想开心开心"。

第五，背信弃义式。如《杜十娘》中的李甲。

第六，心胸狭隘的例子，如《奥赛罗》。自尊刚愎的例子，如高尔基的《马卡尔·楚德拉》——女人要求向她求婚的男人当众吻她的脚。她并不是不爱他，但她高傲成那样，是一种特质的草原游牧部落女人的高傲性格；结果他当场杀死了她，随后才跪下吻她的脚。义无反顾，宁要爱情不要王位的例子，那就算温莎公爵做得最干脆了……

女性对男人的爱，以文学作品而言，从前打动我的是《茶花女》和《简·爱》，《乱世佳人》也是不能不提的，那是双方都很执着的一种爱。执着，又企图驾驭对方。双方终于还是谁也没有驾驭得了谁，于是只有爱吧！某种爱有克服一切外在的和内心障碍的能量。

我理解诸位提出你们的问题，其实是在想——如果有些规律，循而写之，不是讨巧吗？那么，在现实生活中，有谁是预先谙熟了爱情的一切规律再开始恋爱的吗？循着所谓创作的规律去写作，那也只能写出似曾相识的作品。当然我也很不赞同"想怎么写就怎么写"的主张。无论在现实生活中，还是文学作品中，爱情发生和进行的过程本质上都是差不多的，甚至可以说是千篇一律，连在神话中都是这样。靠什么区别？靠情节。靠什么使那情节可信而又有吸引阅读的魅力？靠细节。诸位若有心表现校园里的爱情"事件"，常觉力有不逮的是什么？我猜首先是情节和细节两方面。情节司空见惯也没什么，爱情本身就是司空见惯的现象。但为一写而储备的细节也司空见惯，那就还不到该落笔的时候。如果根本没有什么细节储备，那就先别急着铺开稿纸。当然，现在诸位都不像我这样用笔写了，那就先别急着开启电脑。开启了，十指频敲，也是敲不出多少意思的。

有一种现象是，企图靠修辞替代细节，而那是替代不了的。

无论在现实生活中，还是文学作品中，爱情发生和进行的过程本质上都是差不多的，甚至可以说是千篇一律，连在神话中都是这样。靠什么区别？靠情节。靠什么使那情节可信而又有吸引阅读的魅力？靠细节。诸位若有心表现校园里的爱情"事件"，常觉力有不逮的是什么？我猜首先是情节和细节两方面。

一个好的细节，往往胜过几大段文字，反过来并不是那样。以为单靠情节就不必在细节上费心思，那也是徒劳的。谈开去，中国影视，在哪些方面往往功亏一篑？细节呀！人们对《英雄》颇多微词，以我的眼看，几乎没有剧情细节，而只有制作的细腻。

情节是天使，细节是魔鬼。

天使往往不太超出我们的想象，一旦出现，我们能接着预料到怎样；魔鬼却是千般百种的，总是比天使给我们的印象深得多……

我曾鼓励我的选修班的学生写校园爱情。校园里既然广泛发生着爱情，为什么不鼓励写呢？几名女生也写了，写得很认真。但我又不知如何看待，连意见也提不出来。因为我此前没思想准备，不知校园里爱情也进行得如火如荼，不了解当代学子的恋爱观，甚至也不了解诸位都在什么时候什么情况下约会……

所以在指导校园爱情文本写作方面，我很惭愧，自觉对不起我的学生。但以后我会以旁观的眼注视大学校园里的爱情现象。旁观者清，那时我或会有点儿建议和指导什么的……

小说是平凡的

×× 同志：

您促我写创作体会，令我大犯其难。虽中断笔耕，连日怔思，头脑中仍一片空洞，无法谋文成篇。屈指算来，终日孜孜不倦地写着，已二十余个年头了。初期体会多多，至今，几种体会都自行地淡化了。唯剩一个体会，越来越明确。说出写出，也不过就一句话——小说是平凡的。

诚然，小说曾很"高级"过。因而作家也极风光过。但都是过去时代乃至过去的事儿了。站在二十一世纪的门坎前瞻后望，小说的平凡本质显而易见。小说是为读小说的人们而写的。读小说的人，是为了从小说中了解自己不熟悉的人和事才读小说的；也是为了从小说中发现，自己以及自己所属的社会阶层的生活形态，在不同的作家看来是怎样的。这便是当代中国现实主义小说和读者之间的主要联系了吧？至于当代现实主义以外的小说，自然另当别论。但我坚持的是小说的现实主义和当代性，也就没有关于其他小说的任何创作体会。据我想来，伟大的现实主义小说，恰恰伟大在它和读者之间的联系的平凡品质这一点上。平凡的事乃是许多人都能做一做的，所以每一个时代都不乏一批又一批写小说的人。但写作又是寂寞的往往需要呕心沥血的事，所以又绝非谁都宁愿终生而为的事。所以今后一辈子孜孜不倦写小说的人将会渐少。一辈子做一件需要呕心沥血，意义说透了又很平凡的事，不厌倦，不后悔，被时代和社会漠视的情况下不灰心，不沮丧，不愤懑，不怨天尤人；被时代和社会宠幸的情况下不得意，不狂妄，不想象自己是天才，不夸张小说存在的价值和意义，这就很不平凡了。小说家这一种职业的难度和可敬之处，也正在于此。伟大的小说是不多的。优秀的小说是不少的。伟大也罢，优秀也罢，皆是在小说与读者之间平凡又平易近人的联系中产生的……

作家各自经历不同，所属阶层不同，瞩注时代世事的方面不同，接受和遵循的文学观念不同，创作的宗旨和追求也便不同。以上皆不同，体会你纵我横，你南我北，相背相左，既背既左，还非写出来供人们看，徒惹歧义，倒莫如经常自我梳理，自我消化，自悟方圆的好……

然不交一稿，太负您之诚意，我心不安。权以此信，啰（luó）唣（zào）三四吧！

我以为一切作家的"创作体会"之类，其实都是极个人化的。共识和共性当然是存在的。但因为是"共"的"同"的，尤其没有了非写出来的必要和意义。恰恰是那极"个人化"的部分，极有歧义的体会，对于张作家或李作家自己，是很重要的，很难被同行理解的，同时也是区别于同行的根本。它甚至可能是偏颇执拗的……

我写我认为的小说。文学是一个大概念，我似乎越来越谈不大清。我以写小说为主。我一向写我认为的小说，从不睥视别人在写怎样的小说。文坛上任何一个时期流行甚至盛行的任何一阵小说"季风"，都永远不至于眯了我的眼。我将之作为文坛的一番番景象欣赏，也从中窃获适合于我的营养。但欣赏过后，埋下头去，还是照写自己认为的那一种小说。

我认为的那一种小说，是很普通的，很寻常的，很容易被大多数人读明白的东西。很高深的，很艰涩的，很需要读者耗费脑细胞去"解析"的小说，我想我这辈子是没有水平去"创作"的。

我从小学五六年级起就开始读小说。古今中外，凡借得到的，便手不释卷地读，甚至读《聊斋志异》。读《聊斋志异》不认识的字太多，就翻字典。凭了字典，也只不过能懂个大概意思。到了中学，读外国小说多了。所幸当年的中学生，不像现在的中学生学业这么重，又所幸我的哥哥和他高中的同学们，都是小说迷，使我不乏小说可读。说真话，中学三年包括"文革"中，我所读的小说，绝不比我成为作家以后读的少。这当然是非常羞愧的事。成了作家似乎理应读更多的小说才对。但不知怎么，竟没了许多少年时读小说那种享受般的感受。从去年起，我又重读少年时期读过的那些世界名著。当年读，觉得没什么读不懂。觉得内中所写人和事，一般而言，是我这个少年的心灵也大体上可以随之忧喜的。如今重读，更加感到那些名著品质上的平易近人。我所以重读，就是要验证名著何以是名著。于是我想——大师们写得多么好啊！只要谁认识了足够读小说的字，谁就能读得懂。如此平易近人的小说，乃是由大师们来写的，是否说明了小说的品质在本质上是寻常的呢？若将寻常的东西，当成不寻常的东西去"炮制"，是否有点儿可笑呢？

我曾给我的近八十岁的老母亲读屠格涅夫的《木木》，读普希金的《驿站长》，读梅里美的《卡门》……

　　老母亲听《木木》时流泪了……

　　听《驿站长》时也流泪了……

　　听《卡门》没流泪。虽没流泪，却说出了这样的话——"这个女子太任性了。男人女人，活在世上，太任性了就不好！常言道，进一步山穷水尽，退一步海阔天空，干吗就不能稍退一步呢？……"

　　这当然与《卡门》的美学内涵相距较大，但起码证明她明白了大概……

　　是的，我认为的好小说是平易近人的。能写得平易近人并非低标准，而是较高的标准。大师们是不同的，乔伊斯也是大师，他的《尤里西斯》绝非大多数人都能读得懂的。乔伊斯可能是别人膜拜的大师，但他和他的《尤里西斯》都不是我所喜欢的。他这一类的大师，永远不会对我的创作产生影响。

　　我写字桌的玻璃板下，压着朋友用正楷为我抄写的李白的《将进酒》。那是我十分喜欢的。句句平实得几近于白话！最伟大最有才情的诗人，写出了最平易近人最豪情恣肆的诗，个中三昧，够我领悟一生。

　　我不能说明白小说是什么。但我知道小说不该是什么。小说不该是其实对哲学所知并不比别人多一点儿的人图解自以为"深刻"的哲学"思想"的文体。人类已进入二十一世纪，连哲学都变得朴素了。连有的哲学家都提出了要使哲学尽量通俗易懂的学科要求，小说家的小说若反而变得一副"艰深"模样的话，我是更不读的。小说尤其长篇小说，不该是其实成不了一位好诗人的人借以炫耀文采的文体。既曰小说，我首先还要看那小说写了什么内容，以及怎样写的。若内容苍白，文字的雕琢无论多么用心都是功亏一篑的。除悬案小说这一特殊题材而外，我不喜欢那类将情节故布成"文字方程"似的玩意儿让人一"解析"再"解析"的小说。今天，真的头脑深刻的人，有谁还从小说中去捕捉"深刻"的沟通？

我喜欢寻常的、品质朴素的、平易近人的小说。我喜欢写这样的小说给人看。

或许有人也能够靠了写小说登入什么所谓"象牙之塔"。但我是断不会去登的，甚至并不望一眼。哪怕它果然堂皇地存在着，并且许多人都先后登入了进去。

我写我认为的小说，写我喜欢写的小说，写较广泛的人爱读而不是某些专门研究小说的人爱读的小说，这便是我的寻常的追求。即使为这么寻常的追求，我也衣带渐宽终不觉，并且终不悔……

睽注平民生活形态。我既为较广泛的人们写小说，既希望写出他们爱读的小说，就不能不睽注平民生活形态。因为平民构成我们这个社会的大多数，还因为我出身于这一个阶层。我和这一个阶层有亲情之缘。

我认为，每个人都有他或她的"阶层"亲情。这一点体现在作家身上更是明显得不能再明显。商品时代，使阶层迅速分化出来，使人迅速地被某一阶层吸纳，或被某一阶层排斥。

作家是很容易在心态上和精神上被新生的中产阶级阶层吸纳的。一旦被吸纳了，作品便往往会很中产阶级气味儿起来。这是一种必然而又自然的文学现象。这一现象没什么不好。一个新的阶层一旦形成了，一旦在经济基础上成熟了，接下来便有了它的文化要求，包括文学要求。于是便有服务于它的文化和文学的实践者。文化和文学理应满足各个阶层的需要。

从"经济基础"方面而言，我承认我其实已属于中国新生的中产阶级阶层。我是这个阶层的"中下层"。作家在"经济基础"方面，怕是较难成为这个新生阶层的"中上层"的。但是作家在精神方面，极易寻找到在这个新生阶层中的"中上层"的良好感觉。

我时刻提醒和告诫我自己万勿在内心里滋生出这一种良好感觉。我不喜欢这个新生的阶层。这个新生的阶层，氤氲成一片甜的、软的、喜滋滋的、乐融融的，介于满足与不满足，自信与不自信，有抱负与没有抱负之间的氛围。这个氛围不是我喜欢的氛围。我从这个阶层中发现不了什么太令我怦然心动的人和事。

所以我身在这个阶层，却一向是转身背对这个阶层的。瞩注的始终是我出生的平民阶层。一切与我有亲密关系乃至亲爱关系的人们，几乎无一例外地仍生活在平民阶层。同学、知青伙伴、有恩于我的、有义于我的，比起新生的中产阶级阶层，他们的人生更沉重些，他们的命运更无奈些，他们中的人和事，更易深深地感动我这个写小说的人。

但是我十分清醒，他们中的大多数，其实是无心思读小说的。我写他们，他们中的大多数也不知道。我将发生在他们中的人和事，写出来给看小说的人们看。

我又十分清醒，我其实是很尴尬——我一脚迈入新生的中产阶级里，另一只脚的鞋底儿上仿佛抹了万能胶，牢牢地粘在平民阶层里，想拔都拔不动。我的一些小说里，自然而然地流露出了我的尴尬。

这一份尴尬，有时成为我写作的独特视角。

于是我近期的小说中多了无奈。我对我出身的阶层中许多人的同情和体恤再真诚也不免有"抛过去"的意味儿。我对我目前被时代划归入的阶层再厌烦也不免有"造作"之嫌。

但是我不很在乎，常想，也罢。在一个时期内，就这么尴尬地写着，也许正应了那句话——前不着村，后不着店，所以才继续地脚不停步地在稿纸上"赶路"。完完全全彻彻底底变成了中国新生的中产阶级的一员，即使仅仅是"中下层"中的一员，我也许就什么都写不出来了……

我是个"社会关系"芜杂的人。中国的作家，目前仍分为两大类——有单位的和没有单位的。有单位的比如我，从前是北影厂的编辑，如今是童影厂的员工。没单位的，称"专职"作家，统统归在各级作家协会。作家协会当然也是单位，但人员构成未免太单一。想想吧，左邻是作家，右舍也是作家。每个星期到单位去，打招呼的是张作家，不打招呼的是李作家。电话响了，抓起来一听，不是编辑约稿、记者采访，往往可能便是作家同行了。所谈，又往往离不开文坛那点事儿。

写小说的人常年生活在写小说的人之中，在我想来，真是很可悲呢。

我庆幸我是有单位的。单位使我接触到实实在在的，根本不写小说，不与我谈文学的人。一个写小说的人，听一个写小说的人谈他的喜怒哀乐，与听一个不写小说的谈他的喜怒哀乐，听的情绪是很不一样的。

我接触的人真的很芜杂。三十六行七十二业，都不拒之门外。我的家永远不可能是"沙龙"。我讨厌的地方，一是不干净的厕所，二是太精英荟萃的"沙龙"。倘我在悠闲着，我不愿与小说家交流创作心得，更不愿听小说评论家一览文坛小的"纵横谈"。我愿意做的事是与不至于反感我的人聊家常。楼下卖包子的，街口修自行车的，本单位的门卫，在对面公园里放风筝的老人，他们都不反感我，都爱跟我聊，甚至我儿子的同学到家里来，我也搭讪着跟他们聊。我并非贼似的，专门从别人嘴里不花钱就"窃取"了小说的素材。我不那么下作，也不那么精明。我只是觉得，还能有时间和一些头脑里完全没有小说这一根筋，根本不知道还有"文坛"这码子事儿的人聊聊家常，真不失一种幸福啊！多美妙的时光呢！连在早市上给我理过几次头的老理发师傅，也数次到我家串门儿，向我讲他女儿下岗的烦愁，希望我帮着拿个主意。但凡有精力，我真诚地分担某些信赖我的人的烦愁，真诚地参与到他们所面临的困境中去，起码帮他们拿拿主意。其实，我是一个顶没能力帮助别人的人。经常的做法是，为这些人的烦愁之事，转而去求助另外的一些人。而求人对我来说又是极令自己状窘之事，十之七八是白费了口舌，白搭了面子；偶能间接地帮助了别人，如同自己的困难获得了解决一样高兴。这种生活形态，牵扯了我不少时间和精力。但也使我了解到中下层人们的非常具体、非常实际的烦愁。他们的烦愁、他们的命运的无奈，都曾作为情节和细节被我写入我的小说里。比如《表弟》，比如《学者之死》。二十年前哈市老邻的儿子二小在现今走投无路——为了给已三十七岁的二小安排一条人生出路，我求过那么多人！还亲自到京郊的几处农村去"考察"，希望能为二小在那些地方找到安身立命之所。为使在我家做了两年保姆的四川女孩儿小芳的命运能有改变，我不惜以我的著作权为砝码——谁能帮助她在四川老家附近的县城解决职业，我愿降低条件同意出版我的文集。我为我的一名中学同学的工作问题向赵忠祥求过字；为我的另一名同学的儿子的上学问题向韩美林求过画；为我的一位触犯了刑法的知青战友做过保释人；我每年要想着给北大荒的一位"嫂子"寄几次钱——我当年在北大荒当小学教师，她的丈夫是校长。他们关心和呵护我，如同对待一个弟弟。她丈夫因患癌症去世了。她的儿子也死于不幸事件……

有朋友曾善意地嘲笑我，说：晓声，你呀你呀，我将你好有一比。

我问他比作什么。

他说：旧中国的某些私塾先生，较为善良的那一类。明明没什么能力，又偏偏地缺少自知之明，一厢情愿地想象自己是观世音，仿佛能普度众生似的……

我只有窘笑的份儿，承认他的比喻恰当。

我的生活形态，使我心中"囤积"了许许多多中国中下层人们的"故事"。一个个将他们写来，都是充满了惆怅、无奈和忧伤的小说。我只觉时间不够，精力不够，从没产生过没什么可写的那一种困乏。这在我的创作中带来的一个弊端乃是，惜时如金而又笔耕太匆的情况下，某些小说写得毛糙、遣词不斟、行文粗陋。

我意识到的，我就能改正。

以"冷眼向洋看世界"的目光观望别人的烦愁、别人的困境、别人的无奈以及命运，无疑是一种独特的写作视角，无疑能写出独特的好小说，无疑能自成风格，自标一派。

如我似的，常常身不由己地、直接地掺和到别人的烦愁、别人的困境、别人的无奈及别人的命运中去了，便写出了我的某些苦涩的、忧郁的，有时甚至流露出悲哀的小说。这也就是为什么，我近期的小说，以第一人称"我"的叙述方式铺展开来的多了。写那样的小说，在我简直只能以第一人称叙述，而不愿以第三人称叙述。因为我希望读者从中看到较为真切的人和事。一九九七年第一期《十月》发表的中篇《义兄》，也是这一创作心态下的产物。

但——我绝不将我的生活形态作为"经验"向别人兜售。事实上这一种生活形态利弊各一半，甚至可以说弊大于利。好在我已习惯了、接受了这一无奈的现实。谁若也不慎堕入了此种生活形态，并且没有习惯过，他的情绪恐怕会极其躁乱，一个时期内什么也写不下去。

真的，千万别变成我，变成我那是很糟的。感受生活的方式很多，直接地掺和到别人的烦愁、困境、无奈与命运中去，并非什么好方式。在我，是一种搞糟了的活法罢了。所谓还有"利"可言，实乃是"搞糟了的活法"中的"因势利导"。我还有许多学者朋友——经济学家、伦理学家、心理学家、法学博士……

我还认得一些企业界人士……

一旦有机会和他们在一起，我便接二连三地向他们讨教问题。有时也争论，甚至争论得面红耳赤。讨教和争论的问题，都是所谓"国家大事"——腐败问题、官僚体制问题、贫富悬殊问题、失业问题、法制问题、安定问题，等等。

在向他们讨教、和他们争论的过程中，我对国情的了解更多了一些、更宏观了一些、更全面了一些。他们一次次打消掉我的思想方法的种种片面和偏激，我一次次向他们提供具体的生活事例，丰富他们理性思维的根据。不是所有的作家都能和经济学家辩论经济问题。我和他们辩论时，也能如他们一样，扳着手指头列举出这方面那方面接近准确的数字。

这常令他们"友邦惊诧"，愕问我——晓声你是写小说的，怎么了解这么多？

我便颇得意地回答——我关注我所处的时代。

是的，我不讳言，我极其关注我所处的时代。关注它现存的种种矛盾的性质，关注它的危机的深化和转机的步骤，关注它的走向和自我调解的措施……

我认为——既为作家，既为中国的当代作家，对自己所处的当代，渐渐形成较全面的、较多方面的、较有根据的了解，不但是必要的，而且是重要的。因为，对时代大背景的认识较为清楚，才有一种写作的自信。起码自己能赞同自己——我为什么写这个而不写那个，为什么这样写而不那样写？

经常的情况之下，我凭作家的"良知"写作。

有人会反问——"良知"是什么？

我也不能给它下一个定义。

但我坚信它的的确确是有的。对于作家，有一点儿，比一点儿都没有好……

我不走"为文学而文学"的路。这一条路，据说是最本分的，也是最有出息的，最能造就伟大小说家的文学之路。

在当今之中国，我始终搞不大明白——"为文学而文学"，究竟是一条怎样的文学的路。

何况，我也从不想伟大起来。

我愿我的笔，在坚与柔之间不停转变着。也就是说，一方面，我愿以我的小说，慰藉中国中下层人们的心。此时它应多些柔情，多些同情，多些心心相印的感情。另一方面，我愿我的小说，或其他文学形式，真的能如矛，能如箭，刺穿射破腐败与邪恶的画皮，使之丑陋原形毕露。

我不知这一条路，该算一条怎样的文学的路？

而有一点我是知道的，我的绝大多数的同行，其实在走着和我一致的路。只不过他们不像我似的，常常自我标榜。我也并非喜欢自我标榜。没人非逼着我写什么说什么，我是从不愿对自己的创作喋喋不休的。被逼着说被逼着写，也就只有一而再，再而三地重复，重复的次数一多，当然也就成了自我标榜。好在和我走着一致的路的作家为数不少，那么我也就不仅仅是在为自己标榜了，也根本不会因伟大不起来而沮丧，反正又不只我自己伟大不起来。何况"为文学而文学"者，也未必就能真的伟大起来。或曰他们的伟大不起来，意味着"为文学而文学"的悲壮的自殉。那么我也想说，我辈的不为"文学"而文学，未尝不是为文学的极平易近人的生命力之体现而自耗。下场相差不太大，就都由着性子写下去的好。

我不认为商业时代文学就彻底完蛋了。

商业时代使一切都打上了商业的烙印。文学没有任何理由要求幸免。应该看到，商业时代使出版业空前繁荣了。这繁荣的前提之下，文学有相当一部分变质了。但总量上比较，变质的仅仅是一小部分。归根结底，商业时代不太可能毁灭一位有实力的作家，作家的创作往往终结于自身生活源泉的枯竭、创作激情的下降、才能的力有不逮，以及身体、精力、心理等各方面的"资本"的空虚。

我不惧怕商业时代，但我也尽量要求自己，别过分地去迎合它一个时期的好恶。

　　小说家没法儿和一个已然商业化了的时代"老死不相往来"。归根结底时代是强大的，小说家本人的意志是脆弱的。比如我不喜欢诸如签名售书、包装、自我推销、"炒作"等创作以外之事，但我时常妥协，违心地去顺从。以前很为此恼火，现在依然不习惯。一旦被要求这样那样配合自己某一本书的发行，内心里的别扭简直没法儿说。但我已开始尽量满足出版社的要求。不过分，我就照办。这没什么可感到羞耻的。

　　最后，我想说——我认为，归根结底，小说是为世俗大众的心灵需求而存在的。它的生命力延续至今，正是由于这一点。绝大多数名著的生命力延续至今，也正是由于这一点。这是我对小说的最基本的看法。如果有什么所谓"文学殿堂"的话，或者竟有两个———一个是为所谓"精神贵族"而建，一个是为精神上几乎永远也"贵族"不起来的世俗大众而建，那么我将毫不犹豫地走入后者。对前者断然扭转头无视而过。

　　我常寻思，配在前者中备受尊崇的小说家，理应都是精神上相当高贵的人吧？

　　我扫视文坛，我的任何一位同行，骨子里其实都不那么高贵，有些模样分明是矫揉造作的。

　　我更愿自己这一个小说家，在不那么美妙的人间烟火中从心态上、精神上、感情上，最大限度地贴近世俗大众，并为他们写他们爱看的小说……

小说平凡了以后

小说有过很不入流的时代。

是的，无论在中国还是在别国，都曾有过那样的时代；或者说那样的世纪更确切。

那样的世纪是诗的世纪。在那样的世纪，连散文和随笔的文学地位，也都在小说之上。比如《唐璜》和《浮士德》，其实更接近着是小说的体裁。文学家们似乎觉得用诗的形式来结构"长篇故事"才足以证明其才华。又比如更早的《荷马史诗》，这种以诗的形式演义历史的现象，从许多国家都可以找出例子。就说《圣经》吧，诗的成分、意味，也起码和小说的特征是平分秋色的。

但小说确乎很伟大。它只稍许比诗年轻一点点。虽然至今人们仍用"史诗性"三个字来称道伟大的小说，而伟大的小说却自有其与诗不同的伟大处——没有一首诗能像伟大的小说那样与人类的阅读习惯发生最亲密的接触。

二十世纪中叶以后，诗渐渐地寂寞了。

现在，小说也寂寞了。不但寂寞了，而且平凡了。发达的印刷业、传媒界，加上电视机、影碟机、电脑网络这些科技产品的问世，削减了小说以往对人类生活的影响，甚至挑战了人类古老的阅读习惯。毕竟，图像比单纯的文字对人眼具有更强大的吸引力。写小说这件事，已经像歌唱模仿秀一样，不再高不可攀。

我早在二十世纪八十年代就写过一篇相当长的文章发表于《光明日报》，题目是"奥林匹斯的黄昏"。那时小说还正在中国红得发紫着。那时我预见，在以后的二十年间，中国人的消遣心理，必将欣赏的愿望厚厚地压在底下。以后二十年间的小说，取悦于人们一般消遣的动意，也必日渐明显。

现在的小说总体上正是这样，尽管有我的许多同行继续努力地做着种种提升它性质的实践；却毕竟地、分明地，普遍之人们对小说的要求更加俗常了。

小说是在这一背景下平凡的。平凡的事物，并非便是已经不值得认真对待的事物。所有写小说的人，在动笔写一篇小说时的状态都无疑是相当认真的。对小说的理解决定着各自不同的认真尺度。在关于小说的一切说法中，经过思考，我最终接受了这样的理念——作家是时代的书记员，小说是时代的备忘录。于是有我现在的一系列小说"出生"，自然包括《档案》这样的小说……

文学八问

1. 您对自己二十年的文学创作有没有一个概括的评价？

答：较为勤奋。

2. 您觉得在自己的创作中最幸福的事情是什么？而最遗憾的又是什么？

答：谈不上幸福。但感到欣慰的时候总是有过的。那就是作品受到读者喜欢的时候。就一种心情而言，那欣慰其实与一切热爱自己职业的人因工作完成得较好受到称赞是一样的。没什么大的区别。遗憾的时候不少。自己没写好遗憾。自己认为写得不错却被读者拒绝也遗憾。被读者认为写得不错自己却明知没写好还遗憾。文学不像唱歌，一首歌演唱者在某种情况之下没唱好，失声，走调或唱错了词，被大喝倒彩，并非难以挽回的遗憾。下次在另一种情况之下，将同一首歌唱好就是了。而公开发表了的小说，一般是没有重写一遍再公开发表一次的机会的。只能在收入集子或再版时，做些文字的修改。改动甚大，失了原貌，便是另一篇作品了。我综观自己迄今为止的全部作品，每觉遗憾多多。因文字的粗糙而遗憾，因缺乏细节而遗憾，因开篇的平庸或因结尾的落入俗套而遗憾。诸种遗憾，当时写作过程中是意识不太到的。发表之初也是意识不太到的。这还不包括经某些读者公开或来信中所指出的用词不当、索引不确、记忆差误等问题。所以，我常生一念，恨不能将五六百万字的作品篇篇章章、行行句句地重新润色一遍。但这不是说做就有足够的时间和精力投入去做的事。我只能在此向读者保证——某天一定要开始做……

3. 您曾被认为是"知青文学"的代表，您怎样看待"知青文学"？

答：我不是什么"知青文学"的代表作家。确切地说，我只能算是"北大荒知青文学"的"代表"。"北大荒文学"是一个概念，这一文学"品种"从五十年代末六十年代初就产生于中国文坛了。比如《雁飞塞北》、《甸风云》以及由当年复转于北大荒的官兵作家们所创作的一系列优秀中短篇。电影方面还有《老兵新传》这样的经典之作。"知青文学"也是一个相当宽泛的文学概念。由于地域的不同，自然生活形态的不同，插队落户与兵团编制的不同，长期知青经历和短期经历的不同，知青作家们曾对"知青文学"进行过色彩纷呈大相径庭的实践。我的知青小说根本代表不了"知青文学"，充其量是组成部分。严格地说甚至也不能算是"北大荒知青文学"的"代表"。只不过我写得多了，评论界姑妄言之，媒介姑妄认可，读者姑妄信之，而我自由姑妄由之罢了。所谓"知青文学"，因与一代人的整体命运相关，故总被这一代人青睐着。我身为那总体中的一分子，主观感受太强，作品的主观色彩也太浓。我希望并期待有更客观视角更冷静理念思考更全面更成熟的大作品产生。这是我目前心有余而力不足的。

4. 曾在北大荒生活过近二十年，北大荒有许多东西还有待于我们进一步认识，您是否还有写北大荒的愿望？

答：我同意你的看法。我常有再写北大荒的愿望。而且是写长篇的冲动。但另一方面，我又总受当前社会生活的吸引，总有迫不及待地反映当前社会生活的激情迸发胸间。这种矛盾心态，我个人认为，其实与"浮躁"二字无关。更意味着是一种顾此失彼的无奈。所谓"鱼与熊掌，二者不可得兼"。故我某些小说，有意识地将当前人的社会生活与昨天的北大荒组合在一起，试图达到一种自己的创作满足感……

5．您是否写出了令自己满意的作品，如果没有，会在什么时候实现这个愿望？

答：有些作品当初是满意的，后来渐渐地不满意了，甚至常常很沮丧。嫌恶自己总在不断地写，又总写不出更好的作品。这种沮丧每每困扰着我，纠缠着我。我这个作者几乎从来没有过什么良好感觉。这一点我自己最清楚。毕竟自小读过名著，知道经典是什么水平。我要克服的不是自满，而是沮丧，而是内心深处的大的自卑。故我常阿Q式地安慰自己——总有一天我会写出自己很满意的作品。我有我的明智。那就是，眼高手低，自卑到不敢写下去了，不能写下去了，便成了一个彻底被自卑压倒的人了。自己满意的作品只能由自己一个字一个字写出来。为了拥有它，就得写下去……

6．您对中国当代文学有没有评价的愿望？

答：过去有。现在完全没有。现在精力大不如前了，所以要特别专一。连专一都未见得写得更好，怎肯分心？怎敢"花心"？

7．您觉得在市场经济条件下文学在社会中应有怎样的社会功能？

答：我个人认为，文学的社会功能从来是多样化的。这多样化的功能又从来不曾改变过。不曾被任何人的个人意志而转移。当然，这是指文学的世界性而言的。具体到某一个国家的某一个时期，文学的一些功能曾被限制过、偏废过；文学的另一些功能曾被夸张过、神圣过。两种情况，都不利于文学的繁荣。中国迎来了市场经济，这对文学并不是"天灾"，更非"人祸"。细细一想，许多世界名著和世界级的文学大师，也都是在他们各个国家的市场经济条件下诞生的。《茶花女》和《汤姆叔叔的小屋》对于文学爱好者有同样的意义。我也不会去比较金庸和雨果谁更伟大。金庸代表文学的一种功能，雨果代表另一种，林语堂代表第三种，而鲁迅代表最特殊的一种。市场经济更适合文学的诸种功能共存，所以市场经济不是文学的末日。作家应有重视任何一种文学功能的绝对自由，这样才有利于"百花齐放"。具体到中国。我个人认为，从前在"百家争鸣"方面精力消耗太大了。而且一争一鸣，最终必上纲上线。现在情况好多了，都明白"百花齐放"比"百家争鸣"更重要更有意义了。再争再鸣一百年，莫如一百年内每年多出一百部作品。多不可怕，多才有优胜劣汰的前提和余地。倘越"争鸣"作品越少，那样的"争鸣"就可以休矣……

8. 在剧烈的文化变革中，作家是不是还需要一种相对恒定的文化信仰？

答：当然需要。作家作为人没什么特殊性，所以"信仰"只能是相对的。好比包办婚姻的封建陋习消除了，男人女人都可以自由恋爱了，你怎么享受那"自由"的权利？你又怎么爱？爱什么？这就仁者见仁，智者见智了。就文学而言，仁智之见之争，古来由是。正因为有不同的文化和文学的信仰，才有不同的文化现象和文学现象。对于文化和文学根本不抱什么信仰，只作为一种适合于自己的职业行不行？就像开花店是一种职业行不行？我觉得不但行而且合情合理。我从前不是这种观点。现在是这种观点了。我不认为我的文化观和文学观因而低俗了。相反，我意识到，想象文化和文学是多么崇高的事，对于文化工作者是有害的，对于作家是有害的。因为那会想象自己不一般、不寻常——在文化特别发达了的今天，这具有自慕倾向和可笑性……

文艺三元素

　　文艺三元素：娱乐、审美、精神（情怀）影响力。人类的文艺的最古老的元素是娱乐的。先祖们在狩猎成功后手舞足蹈，亦吼亦叫，可视为初始的文艺；那是一种欢乐流露。从灵长类动物如猩猩、猴子身上，仍能看到这一现象。到了后来，最擅长者，于是演变为表演者，亦即娱乐提供者。而大多数人，成为娱乐观看者，即受众。

　　但一个人类历史发展的事实乃是，如果人类的精神意识状态一直停滞在对娱乐的需要，那么人类的社会中便断不会有后来的丰富多彩的文艺形式；人类的精神也不会受文艺的影响而提升，那么，人类其实文明不起来。

　　所以我们说，人类的文明，它不仅是科技的进步所推动的，还是人类文艺所熏陶的。地球上只有人类有审美需要；而正是审美需求，使文艺得以在人类社会中渐渐形成，也使人类在精神状态上产生飞跃。审美的基本内容，最初是形式的；体现为对色彩、线条、形状（态）、节律与场景的敏感。动物眼中的世界比我们少色彩。动物会对气味表现出强烈敏感的反应，但对世界上千般百种的线条现象、形状（态）现象、节律和场景却表现迟钝，或基本无动于衷。

动物对气味的敏感是生存层面的，实际上是对领地安全与饥渴直接相关的反应而已，而人对以上诸现象的反应，则体现为超生存层面的敏感。一种精神的而非物质的需要。初始这种需要是在解决了生存困扰之后的需要，后来即使在生存困扰之时也需要，因为人们发觉这种需要能减轻压力。男愁唱，女愁哭。

人类对色彩的敏感起源于对自然界的色彩的欣赏；人类对线条的敏感起源于对同类首先是女性身体类的欣赏，进而是对动物如鱼、牛、鹿、狮、虎、豹……

人类对形状（态）的敏感起源于对对称及圆、三角的欣赏，许多人类所创造的物体形状都是由对称原理及圆演化的。有了对对称的敏感，才有对不对称美的发现；有了对圆的欣赏才有对半圆、多角形状之美的发现。

滴水的声音，鸟叫的声音，日出，日落，这种种有节律的现象和自然景观，只有人类才能欣赏，从古至今，乐此不疲，也成为文艺的永恒内容。

但人类对文艺的要求还是没有满足，于是文艺又具有最后一项元素，即对文艺之精神影响力的需求，或曰教化功能。

中国当今之人一听教化往往逆反，以为对文艺的教化功能一旦表示认可，似乎便等于承认自己的精神、心灵低于他者，使他者认为自己是需要被教化的，从而凸显了他者的优越似的。于是反而拒绝，一味只求娱乐。

其实这种思想是不对的，其人也肯定不能成为一个有起码水平的文艺受众。

我个人是这样看待这一问题的——我，人也；他者，亦人也。

都是地球上的高等动物。

我们高级就高级在我们创造并享受文艺，而别类动物不能。我们的一个同类，运用文艺的形式载负了精神之影响力，代表全人类对文艺自觉性的提升能力。而我，理解了，接受了，并且持鼓励和赞成的态度，所以我也代表全人类对文艺的高级欣赏水平。提供此种文艺的他者，需要我这样的受众。而我这样的受众的存在，决定了他者的存在的意义。尤其是，当大多数人都更乐于接受娱乐文艺的时期，他者存在的意义和我存在的意义，成为多么不寻常的意义啊！

在我对他者表现出艺术创作力的敬意时，他者将会多么感谢我啊！

具体说，当《卢旺达饭店》的编、导、演以及投资方知道我们在中国一所大学的课堂上讨论分析他们的影片时，他们一定会觉得一切努力都是那么值得，他们不但会感激我们，还会对我们这样的受众回报以敬意。

如果我们如此看待问题，我们是不是就不会对"教化"二字逆反了呢？进言之，没有教化的真诚，他者又非拍这样一部影片干什么呢？而如果所有的他者都不拍这一类影片了，都去争拍既娱乐（取悦）又赚钱的影片，那么人类的文艺之功能，不是又回到先祖们初始时候的品相了吗？

关键在于，为什么精神、情怀或思想品德会影响我们，其主观愿望与艺术水准是否一致？而下面，我们就来进一步分析这一点。我曾教过你们两种评论之法：

一、比较。比较首先是和我们所看过的比较，其次才是和同类比较。倘我们看过的少，其中没有同类，只有他类——这种情况之下，还怎么比较呢？换言之，还能不能进行比较呢？

我的回答是，那也肯定会进行比较，而且能够进行比较。

因为当谁想要对某一艺术（作品）发表评论之言时，比较是他头脑中的第一反应。事实上，即使在当时，大家在看《卢旺达饭店》这一部影片时，也许某些同学的头脑中已经在下意识对比了。上一节课几位同学所言之感受，很可能也是他们当时之感受的进一步整理。

明明是两类不同的影片，又怎么进行比较呢？比较主观感觉之不同。不同是肯定的。思考那不同的原因，这一思考，实际上便是在对人与文艺之根本关系，即文艺对象与接受心理之间的关系进行思考了。于是思想到文艺三元素与我前边所谈的，与我们人类精神的提升自觉性的关系，思想到"教化"……

二、比较之后，可进行解构。我们觉得，起码我个人觉得，《卢旺达饭店》是无法解构的。关于解构，我曾作过芭比娃娃与老罗马表、一艘崭新的豪华游轮与弹痕累累的旧战舰的比喻。芭比娃娃解构之后一地鸡毛，豪华游轮解构之后是钢铁；战舰解构之后也是钢铁，但钢铁上那些弹痕，却是重大历史事件的见证——后者的不寻常意义解构不了。《列宁在十月》也是如此，你可能不赞成革命，但无法否定，它一定程度上再现了历史。而人类永远需要对历史再现与思考，不管是哪一种历史。

于是我们会觉得，《卢旺达饭店》好比是我们面对老罗马表、弹痕累累的战舰，其对人道主义的正面颂扬，使我们肃然，根本无法解构。

当然，对于文艺，最好还是与同类相比；那么，我们会自然而然地联想到《辛德勒的名单》《美丽人生》，甚至想到圣经……

沉思鲁迅

在阴霾的天穹上，凝聚着一团大而湿重的积雨云——我常想，这是否可比作鲁迅和他所处的时代的关系呢？那是腐朽到了糜烂程度而又极其动荡不安的时代。鲁迅企盼着有什么力量能一举劈开那阴霾，带给他自己也带给世人，尤其中国底层民众，又尤其许许多多迷惘、彷徨，被人生的无助和民族的不振困扰，连呐喊几声都将招致凶视的青年以光明和希望。然而他敏锐的、善于深刻洞察的眼所见，除了腐朽和动荡不安，还是腐朽和动荡不安。更不可救药的腐朽和更鸡飞狗跳的动荡不安。

他环顾天穹，深觉自己是一团积雨云而孤独。他是他所处的时代特别嫌恶然而又必然产生的一个人物。正如他嫌恶着它一样。

于是他唯有以他自身所蕴含的电荷，与那仿佛密不可破的阴霾，亦即那混沌污浊的时代摩擦、冲撞。中外历史上，较少有一位文化人物，自身凝聚过那么强大的能量。对于中国，那能量超过了卢梭之对于法国。然而相对于他所处的时代，那也只不过是一种凄厉的文化的声音而已。他在阴霾的天穹上奔突着、疾驰着，迫切地寻找着或能撕碎它的缝隙。他发出闪电和雷鸣，即使那时代的神经紧张，也义无反顾地消耗着自己。既不能撕碎那阴霾，他有时便恨不得撕碎自己，但求化作多团的积雨云，通过积雨云与积雨云，也就是自身与自身的摩擦、冲撞，击出更长的闪电和更响的雷鸣……

这，是否便是中国近代文化史上的鲁迅呢？

鲁迅当然是文学的。

文学的鲁迅留给我们的文本，不是多得足以"合并同类项"的文本中的一种，而是分明地区别于同时代任何文本的一种。鲁迅的文学文本，是迄今为止最具个性的文本之标本。它使我们明白，文学的"个性化"意味着什么。鲁迅更是文化的。

文化包括着文学。所以鲁迅是很"大"的。倘仅以文学的尺丈量鲁迅，在某些人看来，也许鲁迅是不伦不类的；而我想，也许所用之尺小了点儿。

仅仅鲁迅一个人，便几乎构成着中国近代文学和文化史上不容忽视的一页了——那便是文化的良知与一个腐朽到糜烂程度的时代之间难以调和、难以共存的大矛盾。

倘中国近代文学和文化史上无此页，那么我们今人对它的困惑将不是少了，而是多了。文学体现于个人，有时只需要一张写字桌。文化体现于个人，有时只需要黑板和讲台。文学家和文化，有时只需要阴霾薄处的似有似无的微光的出现，有时仅满足于动荡与动荡之间的假幻的平安无事。

文学和文化处在压迫它的时代，像吊兰一样，吊着活的。这其实不必非看成文学和文化的不争，也是可以换一个角度看成文学和文化的韧性的。

然而鲁迅要的不是那个。满足的也不是那个。倘是，中国便不曾有鲁迅了。鲁迅曾对他那时代的青年说过这样的话：第一是要生存，第二是要温饱，第三是要发展。其实在某些时代的某些情况之下，一切别的人，所起码需要的并不有别于青年们。

鲁迅的激昂，乃因他每每地太过沮丧于与他同时代的文化人士，不能一致地、迫切地、义无反顾地想他所想，要他所要。因而他常显得缺乏理解，常以他的"投枪和匕首"伤及原本不愿与他为敌，甚至原本对他怀有敬意的人。

于是使我们今人不得不面对这样一个事实——战斗的鲁迅有时候也是偏执的鲁迅……在四月的春寒料峭的日子里，在沙尘暴一次次袭扑北京的日子里，在停了暖气家中阴冷的日子里，我又沉思着鲁迅了。事实上，近几年，我一再地沉思过鲁迅。

这乃因为，鲁迅在近几年的大陆文坛，不知怎么，非但每成热点话题，而且每成焦点话题了。

不知怎么不对了。

细细想来，对于鲁迅重新进行评说的文化动向的兴起，分明是必然的。有哪一位中国作家，在半个世纪之久的中国，尤其是在八十年代以前的三十年里，其地位被牢牢地神圣地巩固在文化领域乃至社会思想理论领域甚至政治意识形态领域呢？除了鲁迅，还是鲁迅。在中国，在八十年代以前的三十年里，在以上三大领域，鲁迅实在是一个仅次于毛泽东的名字。

又，鲁迅生前论敌甚多，这乃是由鲁迅生前所贯操的杂文文体决定了的。或曰造成的。杂文是议论文体。既议人，则该当被人议。既一一议之，则该当被众人议。纵然论事，也是难免议及人的。于是每陷于笔战之境。以一当十的时候，便形成被"围剿"的局面。鲁迅的文笔尖刻老辣，每使被议者们感到下笔的"狠"。

于是招致以眼还眼，以牙还牙。鲁迅是不惧怕笔战的。甚至也不惧怕孤家寡人独自"作战"，而且具有以一当十百战不殆的"作战"能力，故在当时的中国文坛，形象就很无畏。"东方不败"的一种形象。又因他在当时所主张的是"普罗文化"亦即"大众文化"，而"大众"在当年又被简单地理解成"无产阶级"，并且他确乎地为他的主张每每剑拔弩张、奋不顾身，所以后来受到毛泽东的高度评价，称颂之为"伟大的无产阶级文化的战士和旗手"。

有人对鲁迅另有一番似乎中性的客观的评价。那就是林语堂。

他曾写道：与其说鲁迅是文人，还莫如说鲁迅是斗士。所谓斗士，善斗者也。闲来无事，以石投狗，既中，亦乐。

大致是这么个意思。

林语堂曾与鲁迅交好过的。后来因一件与鲁迅有关而与自己一点儿关系都没有的稿费争端之事，夫妇二人欣然充当斡旋劝和的角色，结果却说出了几句使鲁迅大为反感的话。鲁迅怫然，林语堂亦怫然，悻悻而去。鲁迅在日记中记录当时的情形是用"相鄙皆见"四个字形容的。

从某些人士的回忆录中我们知道，鲁迅其后几日心事重重，闷闷不乐。

鲁迅未必不因而失悔。

而林语堂关于"斗士"的文字，发表于鲁迅逝后，他对鲁迅曾是尊敬的。那件事之后他似乎收回了他的尊敬。而且，二人再也不曾见过。

林语堂不是一位尖刻的文人。然其比喻鲁迅为"斗士"的文字，横看竖看，显然地流露着尖刻。但若仅仅以为是百分之百的尖刻，又未免太将林语堂看小了。我每品味林氏的文字，总觉也是有几分替鲁迅感到的"何必"的意思在内的。而有了这一层意思在内,"斗士"之喻与其说是尖刻,莫如说是叹息了。起码,我们后人可以从文字中看出,在林语堂眼里,当时某些中国文坛上的人,不过是形形色色的"狗",并不值得鲁迅怎样认真地对待的。如某些专靠辱骂鲁迅而造势出名者。那样的某些人,在世界各国各个时期的文坛上,是都曾生生灭灭地出现过的,是一点儿也不足为怪的。

鲁迅讨伐式或被迫迎战式的杂文,在其杂文总量中为数不少。比如仅仅与梁实秋之间的八年论战(与抗日战争的年头一样长①),鲁迅便写下了百余篇长短文。鲁迅与论敌之间论战,有的发端于在当时相当严肃相当重大的文学观的分歧和对立。论战双方,都基于某种立场的坚持。都显出各所坚持的文学的,以及由文学而引起的社会学方面的文人的或曰知识分子的责任感。有的摆放在今天的中国文坛上,仍有促使我们后代文学和文化人士继续讨论的现实意义。有的由于时代的演进,自行化解,自行统一,自行达成了共识,已无继续讨论,更无继续论战的现实意义。而有的论战的发端,即使摆放在当时来看,也不过便是文化人和知识分子之间的一向文坛常事。孰胜孰败,是没什么非见分晓的大必要的……

然而一九四九年以后,鲁迅的名副其实的论敌们,或准论敌们,或虽从不曾打算成为鲁迅的论敌,却被鲁迅蔑斥为"第三种文人"者,都纷纷转移到香港、台湾乃至海外去了……

并且,近当代的中国文学史,曾几乎以鲁迅为一条"红线",

---

① 此处有误。抗日战争的年限应指 1931 年至 1945 年,共 14 年。

进行了相当细致的梳理和相当彻底的删除。其结果是，一些与鲁迅同时代的文化人士和文化学者，从近当代的中国文学史上销声匿迹了。他们的书籍只有在极少极少的图书馆里才存有。有的文学史书虽也记载了当时中国文坛的风云种种，但也只不过是一笔带过的，仿佛铁板钉钉的结论。而且是纯粹政治性的、异化了文学内容的结论。致使我们这一代人曾面对的文学和文化的历史，一度是以残缺不全而充完整的。甚至可以说，那是一种史的"半虚无"现象……

然而我确信，鲁迅若活到了一九四九年以后，他是绝不会主张对他的论敌、准论敌，以及被他蔑斥的"第三种文人"实行一律封杀的。我读鲁迅，觉得他的心还是特别有人文主义的。并且确信，鲁迅是断不至于也将他文坛上的论敌们，视为不共戴天的仇敌，时刻欲置于死地而后快的。他虽写过《论"费厄泼赖"应该缓行》，那也不过是论战白热化时文人惯常的激烈。正如梁实秋当年虽也讽鲁迅为"一匹丧家的'乏'牛"，但倘自己得势，有人主张千刀万剐该"牛"，甚或怂恿他亲自灭掉，梁实秋也是会感到侮辱自己的。

我近日所读关于鲁迅的书，便是华龄出版社出版的《鲁迅梁实秋论战实录》。正是这一本书，使我再次沉思鲁迅，并决定写这一篇文字。书中梁实秋夫妇与鲁迅孙子周令飞夫妇的台北合影，其乐融融，令人看了大觉欣然。往事作史，尘埃落定，当年的激烈严峻，现今竟都变得轻若绕岭游云了。我想，倘鲁迅泉下有知，必亦大觉欣然吧？

鲁、梁当年那一场持久论战，在我读来既是必然发生的"战役"，也未尝不是"剪辑错了的故事"。

鲁迅的经历，决定了他是一位深深入世，抛尽了一切出世念头，并且坚定不移地确定了自己入世使命的文化知识分子。

鲁迅书中曾有这样的话：

> 说从前好的，自己回去；
> 说现在好的，留在现在；
> 说将来好的，随我前去！

那与其说是豪迈的鼓呼，毋宁说是孤傲的而又略带悲怆意味的个人声明——他与他所处的"现在"，是没什么共同语言的。他对社会、国家和民族的寄托，全在将来！而他的眼从"现在"的大面积的深而阔的伤口里，已看到正悄悄长出的新肌腱的肉芽！

曾有他的"敌人"们这样地公开暗示他的"赤"化，"然而偏偏只遗下了一种主义和一种政党没嘲笑过一个字，不但没有嘲笑，分明地还在从旁支持着它"。

梁实秋在与鲁迅的论战中引用了那很阴险的文字，并在文中最后质问："这'一种主义'大概不是三民主义吧？这'一种政党'大概不是国民党吧？"

这不能不说是比"资本家的'乏'走狗"更狠的论战一招。因为这等于将鲁迅推到了国民党特务的枪口前示众。文人之间的意气用事，由此可见一斑。这一种文化现象，也是非常"中国特色"的。而且在后来的"文革"中登峰造极。此点与西方是不尽相同的。在西方，文人或文化知识分子虽也每每势不两立，但政治的嘴脸一旦介入其间，那是会适得其反。论战的双方，要么有一方开始缄默，要么双方同时表达对政治干涉的反感。比如

"二战"前后的美国，一批知识分子同样被列入了亲苏的政治"黑名单"，但他们的某些文化立场上的"敌人"，也有转而替他们向当局提出抗议的……

今天，我们当代中国之文化人和文化知识分子，与其非要从鲁迅身上看清他原来也不过怎样怎样，还莫如以历史为镜、为鉴，照出我们自己之文化心理上的不那么文化的疤癣。

当然，鲁迅斥梁实秋为"资本家的'乏'走狗"，也是只图一时骂得痛快，直往墙角逼人。研读梁实秋与鲁迅的论战文字，谁都不难得出一个公正的结论，即梁实秋谈的是纯粹的文学和文化之事，如其在大学讲台上授课。二十四岁从美国哈佛大学文学院获得了硕士学位归国任教的梁实秋，当年显然是属于这样一类知识分子——只要垫平一张讲课桌由其讲授文学的课程，课堂以外之事是既不愿关心更不愿分心而为的。当年此类文化知识分子为数是不少的。《青春之歌》中的余永泽，身上便有着他们的影子。当然在持革命人生观的当年的青年们看来，那是很不可取的。其实，倘我们今人平静地来思考，却更应该从中发现这样一种人类普遍的生存规律，那就是，只要天下还没有彻底地大乱，甚或，虽则天下业已大乱，但凡还有乱中取静的可能，人类的多数总是会一如既往地做他们想做和一向做的事情的：小贩摆摊、游民流浪、瘾君子吸毒、妓女卖淫、工人上班、农夫下田、歌女卖唱、叫花子行乞、私塾先生教三字经百家姓千字文、大学教授备课授课、学子们孜孜以学……哪怕在集中营里，男人和女人也要用目光传达爱情；哪怕在前线的战壕里，有浪漫情怀的士兵，也会在冲锋号吹响之前默诵他曾喜欢过的某一首诗歌……梁实秋的"悠悠万事，唯文学为大"，正符合着人性的较普遍之规律。深刻如鲁迅者，认为这是苟活着并快乐着。但是若换一种宽厚的角度看待之，未尝不也是人性的普遍性的体现。对于梁实秋的"文学经"的种种理论，鲁迅未必能全盘驳倒批臭。因为分明地，仅就文学的理论而言，梁实秋也在不遗余力地传播着他自美国接受的一整套体系，并且认为这是他的使命和责任。正如鲁迅认为自己做"普罗文学"的主将和旗手是义不容辞之事。

如果说鲁迅倡导"普罗文学"，即"大众文学"，无论当时或现在都有积极的意义；那么他根本否定"第三种文人"也就是根本否定第三种文学和文化，亦即超阶级意识的文学和文化的存在价值，则是大错特错了。在此点上鲁迅其实是自相矛盾的。因为他甚至连对古代艳情禁毁小说都曾笔下留情，表现包容的一面。在此点上，他使本来尊敬他的某些人，后来也对他敬而远之了。而此点对中华人民共和国成立以后的中国文学和文化的负面影响之深远，当然是鲁迅所始料不及的吧？令我们今人重审鲁、梁之间当年的"持久战"，不能不替我们这一代人特别崇敬的鲁迅感到遗憾，甚至感到几分尴尬。

如果说梁实秋传播经典文学之所以成为经典的某些确是真知灼见的理论，尤其试图引西方的文学理论指导中国的文学实践，此念虔诚，并且是有功之举；那么他当年同时以极为不屑的态度嘲讽"大众文学"的弱苗是在今天也有必要反对的。按他当年的标准，《阿Q正传》《骆驼祥子》《祥林嫂》《为奴隶的母亲》《八月的乡村》等简直就登不了文学的大雅之堂了。

而可以肯定的是，梁实秋现在会放弃他当年的错误的文学立场的。他比鲁迅幸运。因为他毕竟有矫正错误的机会。永远沉默了的鲁迅，却只有沉默地任后人重新评说他当年的深刻所难免的

今天，我们当代中国之文化人和文化知识分子，与其非要从鲁迅身上看清他原来也不过怎样怎样，还莫如以历史为镜、为鉴，照出我们自己之文化心理上的不那么文化的疤癣。

偏激和片面而已。正应了"文章千古事，落笔细思量"一句话。想想，令我替文人们悲从中来……一位在自身所处的时代鱼缸里的鱼似的，游弋在文学的而且是所谓高雅的那一种文学的理论中；一位在自身所处的时代，备感周遭伪朽现实的混浊，以及对自己造成的窒息。一位在当年专以文学论文学；一位在当年借杂文而隐论国家，隐论民族——根本是表象上"杀作一团"，实质上狭路撞着各不礼让的一场论战，是文学和文化在那个时代空前浮躁的一种现象。正如今天的文学和文化也受时代的影响难免浮躁。

俱往矣！

社会之所以不管怎样地病入膏肓，却毕竟地总还"活"着，乃因有人在不懈地做着对我们和我们的下一代极为重要之事；而时代之所以变革，则乃因有勇猛的摧枯拉朽者。

两者中都有值得我们钦佩的。鲁迅——旧中国阴霾天穹上，一团直至将自己的电荷耗尽为止的积雨云。鲁迅又如同星团，而别人，在我看来，即或很亮过，也不过是星。星团大过于星……

沉思闻一多

多么异常呵，想到一位写了那么多好诗的诗人，首先想到的竟不是他的诗，而是他的死！

他那些如丝一样缠绵，如泉一样明澈，如花一样美丽，如火一样热烈，如瀑布一样激情悬泻，如儿童的哭诉一样打动人心的诗呵——在诗人死后五十六年的这一个夏季，在一个安静的中午，我首先想到的竟不是他的诗，而是他鲜血溅流的死！

斯时亮丽的阳光，洒在他的诗集，和他厚厚的年谱上。

而诗人的死，竟是因为，他不但爱诗，而且，像爱诗一样爱我们的国！

多么压抑呵，想到闻一多，首先想到的竟不是他的才华，不是他的学者气质、教授风范，甚至也不是他那为我们后人所极为熟悉的，嘴角叼着烟斗忧郁地思考着的样子，而是他付出了生命代价的拍案而起！

就因为他的拍案而起，他就成了敌人——成了他所处的时代的特务们的敌人！成了特务们背后的戴笠们的敌人！成了戴笠们背后的蒋介石们的敌人！进而成了整个独裁统治机器的敌人！

而诗人竟也就索性倔然傲然地，以自己是一个敌人的姿态，挺立在他的立场上无所畏惧地挑战了：

"今天，这里有没有特务！你站出来，是好汉的站出来！你出来讲！凭什么要杀死李先生！……"

"前脚跨出大门，后脚就不准备再跨进大门！"

而诗人原本是那么善良，那么主张平和，那么对世界充满了理想主义的憧憬；连是诗人，也曾是一位打算一生"为艺术而艺术"的"新月派"的诗人，即使面对专制得特别黑暗的现实，也不过仅仅将他的一捧捧悲愤揉入他的诗句里……

这样的一位近代诗人惨遭杀害，那么古代的诗人杜甫也就该当被砍头了！

然而杜甫却并非死于非命。

然而闻一多却被子弹像射击敌人一样地杀害了，而且是卑鄙的背后射击。

想来，那样的一个时代，它确乎地已走到了尽头。

想来，那样的一种独裁统治，它确乎地已该灭亡。

想来，一种连抒情诗人也被逼得变成了斗士的时代和政治，肯定是一种坏到了极点的时代和坏到了极点的政治。虽然它本身坏到了那样一种程度，是由于诸多内外矛盾的冲撞。虽然在那样一种情况之下，连诗人也变成了斗士，往往意味着是历史的决定。正如普罗米修斯的盗火，是由于听到了人间的吁救之声。

想来，一种好的时代和政治，它似乎应该是没有什么斗士的时代。那时诗人只爱诗不再是逃避现实的选择。那时诗人只爱诗也即意味着爱国。那时诗即诗人的国，而且不被误解。

那时如闻一多一样的诗人，将以另外的一颗心灵感觉着《红烛》，将以另外的一双眼睛注视着他的《发现》。

想来，尽管我们后人将诗人之死祭在肃然起敬的坛上，尽管诗人当得起我们后人永远的缅怀和纪念，尽管我们永远称颂诗人的无所畏惧——但是一想到诗人被特务的子弹射杀这一种事情，我们还是会不禁地一阵阵心痛啊！正如闻一多是那样地心痛李公朴的死。正如李公朴们是那样地心痛万千底层百姓的挣扎着的生存……

多么自然呵，在首先想到诗人的死之后，我更感动于他的《红烛》了；我也更理解他的《发现》了，更能体会到他面对《死水》的喟叹了，更能以珍惜的心情看待他那些极浪漫极抒情的诗篇了。由那么纯粹的浪漫和抒情到《发现》的如梦初醒到面对《死水》的嫌恶，该是何等痛苦的一个过程啊！如果这过程反过来，无论对诗人还是对一个国家，该是多么值得庆幸的事啊！中国为此，成了世界近代史上付出生命代价最巨大的一个国家。而尤以诗人闻一多的死，在当时最震骇了它。

因为诗人只不过对暗杀的行径，表达了他作为一个国人终于难以遏制的愤慨。

　　　红烛啊！
　　　这样红的烛！

　　　诗人啊，
　　　吐出你的心来比比。
　　　可是一般颜色？

写出这样诗句的诗人，仿佛早已预示下了，他将为他爱诗般爱着的国，溅淌出比红烛的颜色更红的鲜血……

　　　　我来了，我喊一声，迸着血泪，
　　　　"这不是我的中华，不对，不对！"
　　　　我来了，因为我听见你叫我；
　　　　鞭着时间的罡风，擎一把火，
　　　　我来了，不知道是一场空喜。
　　　　……
　　　　那不是你，那不是我的心爱！
　　　　我追问青天，逼迫八面的风，
　　　　我问，拳头擂着大地的赤胸，
　　　　总问不出消息；我哭着叫你，
　　　　呕出一颗心来，——在我心里！

　　写出这样诗句的诗人，分明地已在宣告着，他为着他的国，是肯于连地狱也下的。一切诗人之所以是诗人，皆发乎于对诗的爱。却并非所有爱诗的诗人都同时爱国。有的诗人仅仅爱诗而已，通过爱诗这一件事而更充分地爱自己；或兼及而爱自然，而爱女人，而爱美酒……这样的诗人，永远都是任何一个时代所不伤害的，甚至是恩宠有加的。这样的诗人的命况永远是比较安全的。即使沦落，也起码是安全的。有的诗人，却被时代选择了去用诗唤醒大众和民族。他们之成为斗士，乃是不由自主的责任。因为他们之作为诗人，几乎天生地已有别于别的诗人。当他们感觉他们的诗已缺乏斗士摧枯拉朽的力量，他们就只有以诗人之躯，拼着搭赔上他们的鲜血和生命了。

相对于一个国家，如爱诗爱自然爱女人一般爱国的诗人，都有着诗人的大诗心。

相对于我们的世界，如爱诗爱自然爱女人一般用诗鼓呼和平的诗人，都是更值得世界心怀敬意的。在他们的诗面前，在他们那样的诗人面前。

台湾有一位诗人叫羊令野，他写过一首咏叹红叶的诗：

　　我是裸着脉络来的，
　　唱着最后一首秋歌的，
　　捧着一掌血的落叶啊！
　　我将归向，我最初萌芽的土地……

闻一多，一九四六年的中国之一片"捧着一掌血的落叶"！一支迎着罡风奋不顾身地点燃了自己于是骤然熄灭的红烛！

他原本是"裸着脉络"为诗而来到世界上的，却为他的国的民主和伸张政治之正义，而卧着自己的血归于他"最初萌芽的土地"。那土地在一九四六年千疮百孔。

在世界近代史上，他是唯一一位被人用子弹从背后卑鄙地射杀的诗人。

虽然我们想到他时，首先想到的是他的死，其后才是他的诗——却也正因为这样，他的诗浸着和红烛一样红的血色，渲透了文学的史，染红了当作"中华人民共和国"的一个新国家之诞生的生命史……

闻一多这个名字因而本身具有了交于一切诗的诗性……

关于王小波

确实，我在向你们谈论一位具有写作才华的人。进言之，是在向你们谈论一位具有特殊写作才华的人。这一种特殊性，在他的几部作品出版以前，是中国现当代小说写作现象中少见的。我不敢肯定地说完全没有。我虽然自信是很关注小说写作现象，但我的阅读范围毕竟是极其有限的。

这个人就是王小波。

大家都知道的，他已于一九九七年去世了。

我向诸位谈论他，一是因为他的才华；二是因为他的作品一经出版，就首先在各大学学子中引起一阵"王小波热"，而至今他的作品的影响依然存在。那么我作为讲当代文学课程的教师，向你们分析他特殊的写作才华和他作品的与众不同，实在是教学义务之内的事。

我认为，一个人只要写出了超过一百万字的小说，只要其作品在一定范围的读者中产生影响，便总是有几分写作才能的。当然也不一定非得超过一百万字。我其实强调的是那一种可持续性的写作才能，王小波具有它。倘他现在还活着，我相信他会有更好的作品问世。而据我看来，某些人并不具有可持续性的写作才能。他们在特定的时代，写了几篇或仅仅一两篇作品后，就再写不出什么来了。他们写的仅仅是演绎的个人经历罢了。个人经历演绎完了，那一份写作的才能也就丧失掉了。不可持续证明他们之写作才能的单薄。诸位肯定注意到了，我谈论王小波时，用的是"才华"一词。我认为相对于写作这一件事，可持续的才能才接近是一种才华，否则只不过是才能。

对于我，至今有如下几位作家我是刮目相看的。

一是湖南的女作家残雪。她的小说有显见的意识流风格，文字也很特别。既不同于同代的男女作家，也不同于后来的"新生代"作家，给我一种神经质的印象。她笔下的许多文句，仿佛一个极其敏感的人对她的下意识的记录，足令阅读者的神经也随之敏感。我曾戏言——有了二十余年写作实践的自己，几乎可以模仿古今中外不少作家的风格写一两篇"仿作"。这里指的是短篇，中篇很难，长篇不行。比如模仿蒲松龄，写一篇文言文的关于花精鬼魅的小说，能不能呢？能。比如模仿屠格涅夫，以翻译体写一篇《木木》那类的短篇，也能。但读过残雪早期的一些小说后，我对自己老老实实地承认——我的这位女同行的作品，我是根本无法模仿的。无法模仿她的写作思维，无法模仿她的语言。别人特殊到了自己连模仿一下都不可能，所以刮目相看。

《围城》那样的小说也是我根本模仿不来的。书中的幽默气质和睿智的比喻，显示出一种禀赋。属于人的禀赋的东西，那是别人模仿不到的。

《尤里西斯》对于我来说更是只有刮目相看的一部书。我也得老老实实地承认我并不喜欢这一部大名鼎鼎的书。它完全不符合我的阅读胃口。我之所以硬是耐心地将它读完了，乃因国外评论它是一部"登峰造极"的优秀小说。而我读完了还是怎么也喜欢不起来。也没读出它优秀在哪儿，足见我的浅薄和没出息。甚至也可以说，我挺排斥它的。但对残雪和钱锺书的书，我却是亲和的。

王小波是迄今为止第四位令我刮目相看的同行。他的作品我也是根本无法模仿的。指他的小说。他的小说之所以给我"具有特殊写作才华"的印象，乃因我也同样从中看出了属于先天禀赋而非后天实践经验的东西。

那么，王小波的写作才华到底特殊在哪几方面呢？

我认为，如下：

第一，逻辑学对小说写作思维和小说文体的介入。在我看来这是王小波小说最主要的特别之点。逻辑是古典哲学的筋脉。逻辑学在基础的水平上是研学古典哲学的入门之学；而在高级水平上是提升哲学认知价值的辅助学问。王小波小说中的逻辑学现象，并不是多么高级的那一类，而是很基础的，ABC的，"三段论"那一类的。即假设"A=B"或"A ≠ B"那么 A 将与 C 关系怎样怎样的那一类。在代数中即为"推导"。我一向认为，基础逻辑常识是很枯燥乏味的。但王小波信手拈来地将其写进小说中，读来竟饶有趣味。有时甚至妙趣横生。他或者以此分析"自己"即小说中"我"的心理；或者以此分析笔下人物，于是"我"和笔下人物命运的两难之境跃然纸上。心理分析是小说家写人物的常规方式，但是直接地将逻辑学的 ABC 常识引入了分析人物，仿佛使作者和读者顿时都变成了孩子。而作者本人尤其像一个大儿童，天真、郑重其事，对读者有很大的亲和吸引力，使小说之字面呈现较高的可笑性。而这就是"趣"。"趣"是当代小说读者读小说的一种越来越显然的要求。王小波深谙此点，尽量给读者以满足。他的父亲是逻辑学教授，分明地，他对逻辑学的兴趣乃受其父影响。大概是基因里带来的，也可以说是一种先天禀赋。就我的阅读范围而言，从王小波的小说中第一次读到逻辑学意味，此前从没有的一种阅读感觉。

第二，哲学对小说思维和小说文体的介入。王小波是在国外留过学的。他既然对逻辑学感兴趣，对哲学感兴趣便顺理成章了。将自己的小说本能地注入哲学意味，也就成了他小说的另一特点。八十年代晚期，国内的某些小说家也有刻意追求小说之哲学意味的。那样写往往是为了证明自己的深刻，但其深刻却每给我以故作的印象。王小波并不。哲学意味在他的小说里，其实也首先体现于一个"趣"字。中国特色的人生现象或社会现象，一经由他信手拈来，借西方哲学的光来照射，呈现出比就人论人、就事论事更大的荒唐性。

逻辑学也罢，哲学也罢，对小说家也很可能是陷阱，介入小说里，弄巧成拙即变为卖弄。王小波在那陷阱边上跃来跃去，显得较为自如。每当我就要以为他在卖弄了，他便适可而止，明智地将笔触转向正常的，也就是我们习惯了的叙述方面去了。逻辑学也罢，哲学也罢，在他的小说里是点到为止之事。与其说是为了表现什么深刻，还莫如说是为了逗读者开心。在这一点上，他有点儿像周星驰。周星驰在"周氏"电影中，往往也正儿八经地作深刻状。很哲学的一副样子。比如《大话西游》中他演的孙悟空就很哲学。但周星驰迷们看他演的电影，不是去看深刻，而是去看周星驰式的"深刻"所呈现的那一种好玩状态。喜欢看"周

逻辑学也罢，哲学也罢，对小说家也很可能是陷阱，介入小说里，弄巧成拙即变为卖弄。王小波在那陷阱边上跃来跃去，显得较为自如。每当我就要以为他在卖弄了，他便适可而止，明智地将笔触转向正常的，也就是我们习惯了的叙述方面去了。

氏"电影的，想必也较喜欢读王小波的书。反言之，谁如果喜欢读王小波的书，那么对周星驰的电影大约也情有独钟吧？如果谁喜欢"周氏"电影竟不喜欢王小波的书，那么其人一定……我再写下去，便近乎王小波那种游戏逻辑学了。但我难得其趣。因为他天生似乎是乐观的，而我天生是悲观的；他天生是幽默的，我天生是忧郁的……

第三，王小波式的语言是我所少见的。其语言的特殊风格在他自己视为"宠儿"的《黄金时代》中，并没给我这个读者留下什么"特别"的印象。我斗胆说一句——我觉得那一本书里所呈现的也只不过是很一般的语言水平。内容也很一般。我这一代作家笔下常见的内容而已。但是到了《青铜时代》，在我看来不一般了。也不是全书章章节节的语言都不一般，而是某些片段的语言特点不一般。一行行、一页页的短句，简练又急促地扑面而来。那情形给我这么一种感觉——仿佛作者不是在写小说，像是坐在辩论席上的主辩者。他要在规定之时间内进行决定胜负的陈述和驳辩；他必得在规定之时间内最大限度地说明自己一方的立论根据，最大限度地援引有利于自己一方的信息量，并且一举驳倒对方。仿佛那又是在对抗驳论的时刻，只要他稍一停顿，便会给对方打断自己的机会，结果话语主动权被对方抢去了似的。正是这么一种行文风格，如同磁石般吸引住读者的眼，使之深受作者影响地急促地读下去。当然地，我们又看出，那急促体现于作者只不过是一种假象。实际上他从容得很。叙述的间或，绝不忘得幽默时便幽一默，能调侃时则调侃，为的是缓解一下我们的阅读神经。这一种语言风格，到了《白银时代》，更趋成熟、自然，也显得细致优雅了。如果说《青铜时代》的王小波给人以某类评书艺人似的印象，那么到了《白银时代》，尤其他的前十几页，则给人以唯美古典主义小说家的印象了。那十几页的描写真是好。我喜欢得不得了。其间不乏精妙比喻，使我联想到《围城》。而《围城》是不怎么写景物的，王小波却有一流的写景写物的能力……

第四，王小波是学历史的，他善于将历史和现实编织在一起。时空交错的写法在他显然是一种愉快的写法。仿佛天生善于此道，轻车熟路一般。而《青铜时代》，却是他第一次以那样的写法完成的书。

第五，他的知识结构是多方面的。对自然科学知识了解颇丰，信手拈来，而且用得恰到好处。比如《白银时代》中形容"我"为蛇颈龙和响尾蛇。我对动物也感兴趣，但响尾蛇在夜间用脸"看"周围，则是从他的小说中获得的知识……

第六，关于比喻。前边提到了一下，这里还要格外提到。他真是格外善于比喻。有些比喻之精妙，依我看不在钱锺书之下……

诸位，关于王小波的写作才华，大致归结如上。一位如此有才华的作家，他的早逝，是令人扼腕叹息的，也是令人心疼的。倘说是中国当代文坛的一种损失，算不得肉麻的奉承。奉承他并不能抬高我。

但我所感觉到的一种遗憾乃是，王小波作品本身的文学价值究竟有多大？

我为什么要提这样的问题呢？

因为据我想来，一位作家的才华是一回事，他的作品的文学价值也许是另一回事。

举个不怎么恰当的例子——好比一个人天生具有一副能成为

大歌唱家的好嗓子，却并不意味着从他口中不管唱出一首什么歌都是经典歌曲。天生有好嗓子的人，除非禁止他唱歌，而只要他一开口唱歌，别人便会听出他嗓子好，听出他的音域、音质的一流特点。即使他唱的是"文革"时期的"语录歌"，或解放前的"提起那松老三，两口子卖大烟"之类，也还是不能埋没他的好嗓子。一位作家也是如此，除非禁止他写，否则，哪怕他写的只不过是一封致贺信，或犯罪交代书，都能看出他的写作才能和才华来。有才华的作家，你只要让他写五千字以上，不管写的是什么，只要不是抄菜单，他的写作才华都必有所呈现。哪怕他自己一遍一遍告诫自己千万别流露才华都不行。但我们看出他的才华的同时，并不意味着他所写的一概都具有了与他的写作才华相一致的重要价值。

我对于写作这一件事所持的观念骨子里是比较传统的。我认为一部好书一定是这样的书——有意义而且有意思。意义是传统观念上的社会认识价值、审美价值和弘扬人文精神的价值等，意思就是那种时下常说的可读性。可读性是一个包含多方面成分的概念。王小波的小说具有较大的可读性，这一点不容置疑。但王小波小说的意义何在呢？而这就是我说不清楚的了。真的难以像对他的才华那么说得自信而且比较周到。关于他的写作才华，其实由于时间关系，我并没有展开来细说。世上有没有虽然有意义但没意思的小说呢？我以为是有的。比如车尔尼雪夫斯基的《怎么办》，在我看来就是那么一类书。在当时，它的意义真是很大，通过三角爱情关系探讨人性所能达到的"利他主义"的道德高度，这样的书能说意义小吗？但那真是一部叙述和描写都极为沉闷的小说，比《似水流年》还需要阅读的耐性。世上有没有挺有意思但没什么太大意义的书呢？从前留下的这样的小说极少，因为可能被时间筛掉了，也可能还有我这样一类人的罪过。由于强调意义，或由于对意义心存偏解，一旦有机会梳理文学的史，就给埋没了。但据我所知，现在只在乎有意思没意思，忽视甚至轻蔑意义的写作倾向多起来了，甚至在大学里也是。现在我也是大学里的一分子，对此现象多少有点儿发言权。大学学子中盛行自娱写作，认为自娱就是一种意义。有意思本身就是一种意义。一旦出版，由自娱而娱人，便等于有了社会的广泛的意义。这么看待写作这件事对不对呢？有一定的逻辑上的道理，绝不能说全然不对。在当今时代，普遍人的心理压力都很大，电影娱人，电视剧及电视节目娱人，小说娱人，当然是一种意义。王小波是从大学里出来的"自由作家"，我以为，他对写作这件事的观点，是很受大学里盛行的那一种写作观点的影响的。他在他的《黄金时代》的"后记"中强调，他之写小说不是为了教诲不良青年的，也拒绝接受好小说必得有一个"积极向上"的主题的观点。

而我要解释的是，我所强调优秀小说的"意义"，当然不是指什么教诲不良青年的功能；也当然不是指什么"积极向上"的主题，而是指我如上所谈的那些传统小说观念方面的意义元素。

其实，我认为王小波是很在乎"意义"的，而绝非那类只一味追求可读性的作家。否则，他的第一部小说就不会是《黄金时代》，而直接是《青铜时代》了。《黄金时代》的内容是有意义的。正因为有意义，许多作家在王小波之前写过了同样的内容。王小波就同一内容写在其后，情节上有些自己的考虑，但思想性并未突破前人，才华也没得以充分展现。

王小波的写作才华在《青铜时代》中得到了相当充分的展现，

但其内容，比如历史上殉葬的红拂，被酷刑处死的无双、鱼玄机等女性的命运，究竟意味着些什么，我还没想清楚。我对《青铜时代》的一种思想是清楚的，那就是古代男权的邪恶。这其实也是一种世界史上的丑陋现象。王小波将此点写得很明白。但我以为，凭他的才华、他思想的睿智、他的历史知识，是应该为我们提供多一些的"东西"的。

我的总体的感觉是：

王小波写《黄金时代》，本能地意识到一种意义，但写得有意思的水平还不是特别高明。

王小波写《青铜时代》，写得"有意思"的才华一下子变得很高明，但是对意义却并没有提炼出相应的"高明"，给我的印象是陷在"有意思"的泥潭里了。而且，我再斗胆说一句，恰恰是在一些不值得大费笔墨细写的方面……

王小波写《白银时代》，写作的才华已令我钦佩之至，但我实在是不太喜欢那个"师生恋"的故事。与"道德"二字毫无关系。我看过几部外国的"师生恋"内容的电影，很喜欢。要以传统的小说方式讲好一个故事不容易，以现代的方式更不容易。王小波选择的是后一种方式，我想，大约他自己比我更能体会其中的不容易吧？

而我的切身感受是，但凡是个作家，总在想着的关于写作的问题主要是两个——怎么写？写什么？经验不够丰富的作家想怎样写多一些。

像王小波那么有才华的作家想写什么则必然多一些，大抵如此。而且，越是有才华的作家，越是生活积累和人性感受充分的作家，越是对写什么掂量来掂量去的。因为他明白，他的才华只有体现于或曰载于特别有价值的内容，才更令人钦佩。

我听到过不少关于盛赞王小波的"三部曲"的话语。而我却从他的"三部曲"中似乎看到另一种真相，即作家对他所写的那些内容并不感到极其欣慰。他所写的只不过是他的灵感仓促情况之下紧紧抓住的一种内容，而不是他掂量来掂量去之后的决定。

当然，也许完全错了的是我。也许王小波认为，写作这一件事，本该是很随意的事，根本犯不着掂量。我前边已声明过，我对写作这一件事的观念是很传统的，也可以说是很守旧的、落伍的。所以即使对一位有才华的作家，也难免凭主观臆断，妄作评价。

而我所了解的一点点情况是，王小波自己说他的《黄金时代》是他的"宠儿"，某些读者津津乐道的却是他的《青铜时代》。《青铜时代》里塞入了太满的关于性和专施于小女子们的酷刑。那也许"有意思"，但在我看来，则恰恰是抵消王小波写作才华的"杂质"。而这一点，是否也是王小波不愿说《青铜时代》是他的"宠儿"的原因呢？

具备一流写作才华的王小波已然英年早逝，我在充分地虔诚地肯定他的写作才华的同时，却没有对他的作品像他的妻子李银河博士那么满怀深情地去高度评价，这使我不安。我无意贬低他的作品的价值，因为这根本抬高不了我自己。正如我也满怀深情和敬意地谈论他的写作才华抬高不了我一样。我只不过是凭着我老老实实的态度有一说一、有二说二。

王小波如果地下有灵，也许会嘲讽我。也许竟不，竟认为我倒真的比较客观也相比而言仍有较体恤地理解了他。理解了一位有一流写作才华的作家，要寻找到足令自己欣慰的写作内容的那份期盼和不容易。

最后我想说的是，对王小波收在《沉默的大多数》一书中的文章，我都认真拜读了，都比较喜欢。在那一本书里，我认为，他的才华、他的睿智、他的思考成果，才真正地与内容相协调了，溶解在内容之中了。或反过来说，那一本书的内容，因他的才华和睿智而显得格外有意义了。

唉，好小说总是比好文章更难一筹，对于具有一流写作才华的作家也是如此……

第二章

文化与文明

文化是我们另外的故乡

　　我这一种想法，或我这一种说法，大约是不会引起太多歧义的吧？

　　"人文伊始，文化天下"——其实意思也就是，自从世界上有了人类活动的现象，于是文明普及开来，遂有文化。

　　将文化边缘了的国家或民族，肯定难以强盛。即使强盛一时，终也不会长久。

　　而被文化边缘化了的国家或民族，无疑是可悲的。

　　虽然，文化之载体现已变得特别多样，但书籍这一最古老的文化载体仍对传播文化内容发挥着极其重要的作用，估计也是没有太多歧义的。

　　北京图书馆[①]作为中国目前唯一的国家级图书馆，发起和认认真真地进行"文津图书奖"评选活动，所秉持的正是以上思想，并且也正是"文津图书奖"评委们的一致思想。

　　虽然，此次评选活动才是第二次，但是我们可以高兴地告诉

---

① 北京图书馆一般指中国国家图书馆。

大家，参选的书籍比第一次增多了二百余册。十部获奖图书，乃是从五百余部参选图书中经过几番投票认认真真地评选出来的。

五百余部参选图书是这样汇总的——三分之二左右是由全国各出版社积极选送的；三分之一中的大部分是由国家图书馆的具体工作人员根据年度全国出版信息按种类比例筛选的；另有少数，是评委们推荐的。评选过程是投票方式。一旦有两位以上评委对结果并不满意，那么便展开讨论，各抒己见，之后再投票，直至全体评委对结果基本满意为止。

而评选规则是这样的——小说、诗歌仍不列入评选范围，因为此两类图书已设有全国性的优秀文学奖。我们有自知之明，深感以我们的水平恐怕难负众望。但是评选活动并不完全排斥文学属性的图书，某些传记类、散文类、纪念文集类图书，仍包括在评选范围之内。比如首届"文津图书奖"中，就有一部旨在纪念胡耀邦同志的文集高票数获奖，而那是一部传记内容与回忆、纪念内容相结合的图书。至于散文类图书，我们的评选原则有以下三点：一、获全国散文集优秀文学奖之外的图书；二、同样具有良好的文学品质；三、其内容使普通民众感到亲切，同时有助于提升民众情怀修养和精神风貌的图书。一言以蔽之，是具有"人文"普及性的散文类图书。

我们盼望在下一届评选中，会有那样的散文类图书获奖。

我们很高兴地告诉大家，在此次评选活动中，有两部书以特别关注社会现实的内容获得评委们的重视，便是《中国教育公平的理想与现实》和《医事：关于医的隐情与智慧》两部书。

对于在这两个社会现实问题面前备感困扰的人们，我们相信两部书能够提供更全面更客观当然也更理性的认识，并引发思考；

在公众意识方面，可进一步形成有利于改革两种社会现实问题的条件。

我们也愿借此机会，向国家公职人员，向教育工作者、医务工作者等推荐以上两部书。我们认为，归根结底，对于教育事业均衡发展及医疗资源合理共享这两种社会现实问题，以上人士应比公众负有更大更多的改革热忱和责任。尽管，两部书的作者并没在书中提供出什么灵丹妙药式的解决方案，但我们认为这是完全可以原谅的不足。毕竟，事关一个十三亿多人口大国的严重的社会现实问题的解决，不是哪两个人的头脑所能形成完整方案的。有时候，将问题所在方方面面现象和原因予以综合和分析，实在也是书籍的意义。

在此次获奖的十部书中，自然仍有《上帝掷骰子吗》等四部科普类图书，以生动形象而又具有文学色彩的个性化风格所著的科普类图书，是我们在两次评选活动一如既往地予以关注的。我们非常希望我国的青少年通过阅读这一类图书，培养起对科学的浓厚兴趣。因为中国的将来，需要更多有志于科学，肯于献身科学的才俊。因为科学和文化水平，决定中国目前的崛起和腾飞能达到多高、多久、多远。

《中华文明史》（1～4卷）、《最有价值的阅读》、《万古江河：中国历史文化的转折与开展》等书籍，是此次获奖的人文类书籍。我们很希望做家长的也来读这一类书籍。依我们想来，在中国现行教育体制和模式之下，仅仅将儿女交付给学校教育来培养，显然对下一代的良好成长是不够的。家长们也应特别能动性地负起引导孩子良好成长的责任，而这就不仅需要家长们在物质方面关爱和满足自己孩子的诉求，更需要也在文化方面予以引导和满足。

那么，自己首先拥有一定的文化知识，显然也就更大程度地掌握了与孩子们进行文化知识交流的主动性。

我们自我调侃地感叹，我们所参与之事，类似售楼小姐之推荐楼盘。

但我们又十分欣慰地认为，我们所推荐的"楼盘"，乃是世界上空间最大的"楼盘"，几乎可以用大到是世界的一部分来形容。比之于目前房产商们的评价，我们所推荐的"楼盘"，也实在可以说是性价比较合乎商业原则的了。

每部好书的封面都如同一扇门；谁打开它，就如同从某一个方向迈入了科学和文化知识的世界。在那个世界里，知识的"楼盘"是无形的，于是便也似乎是无限大的。

因为好书的特征是这样的——当人读完并合上它的时候，必将引导人思想。而思想的领域是无限的……

指证中国文化之摇篮

　　我以我眼回顾历史，正观之，侧望之，于是，几乎可以得出一个特别自信的结论——所谓中国文化之相对具体的摇篮，不是中国的别的地方，也不是许多中国人长期以来以为的中国的大都市。不，不是那样。恰恰相反，它乃是中国的小城和古镇，那些千百年来在农村和大城市间星罗棋布的小城与古镇。

　　仅以现代史一页为例，我们所敬重的众多彪炳史册的文化人物，都曾在中国的小城和古镇留下过童年和少年时期成长的身影。小城和古镇，也都必然地以它们特有的文化底蕴和风土人情濡染过他们。开一列脱口而出的名单，那也委实是气象大观。如蔡元培、王国维、鲁迅、郭沫若、茅盾、叶圣陶、郁达夫、丰子恺、徐志摩、废名、苏曼殊、凌叔华、沈从文、巴金、艾芜、张天翼、丁玲、萧红……

　　这还没有包括一向在大学执教的更多的文化人士，如朱自清、闻一多们。而且，也没有将画家们、戏剧家们、早期电影先驱者们以及哲学、史学等诸文化学科的学者加以点数……

　　我要指出的是，小城和古镇，不单是他们的出生地，也是他们初期的文化品格和文化理念的形成地。看他们后来的文化作为，那初期的烙印都是印得很深的。

小城和古镇，有德于他们，因而，也便有德于中国之近代的文化。

摇篮者，盖人之初的梦乡的所在也。大抵，又都有歌声相伴，哪怕是愁苦的，也是歌，必不至于会是吼。通常，也不一向是哀哭。

故我以为，"厚德载物"四个字，中国之许许多多的小城和古镇，那也是绝然当之无愧的。它们曾"载"过的不单是物也，更有人也，或曰人物。在他们还没成人物的时候，给他们以可能成为人物的文化营养。

小城和古镇的文化，比作家常菜，是极具风味的那一种，大抵加了各种佐料腌制过的；比作点心，做法往往是丝毫也不马虎的，程序又往往讲究传统，如糕——很糯口的一种；比作酒，在北方，浓烈，"白干"是也，在南方，绵醇，自然是米酒了。

小城和古镇，于地理位置上，即在农村和城市之间，只需年景太平，当然也就大得其益于城乡两种文化的滋润了。大都市何以言为大都市，乃因它们与农村文化的脐带终于断了。不断，便大不起来。既已大，便渐生出它自己必备的文化了。一旦必备了，则往往对农村文化侧目而视了。就算也还容纳些个，文化姿态上，难免地已优越着了。而农村文化，于是产生自知，敬而远之。小城和古镇却不同，它们与农村在地理位置上的距离一般远不到哪儿去。它们与农村文化始终保持着亲和关系。它们并不想剪断和农村文化之间的脐带，也不以为鄙薄农村文化是明智之举。因为它们自己文化的不少部分，千百年来，早已与农村文化胶着在一起，撕扯不开了。正所谓藕断丝连，用北方话说——"打断骨头连着筋"。另一方面，小城和古镇，是大都市商业的脚爪最先伸向的地方，因为这比伸入国外去容易得多，便利得多。大都市的商业的脚爪，不太有可能越过阻隔在它和农村之间的小城和古镇，直接伸向农村并达到获利之目的。它们在商业利益的驱使下，不得不与小城和古镇发生较密切的关系。有时，甚至不得不对后者表示青睐。于是，它们便也将大都市的某些文明带给小城和古镇了。起初是物质的，随之是文化的。比如小城和古镇起先也出现留声机的买卖了，随之便会有人在唱流行歌曲了。而小城和古镇的知识起来了的青年们，他们对大都市里的文明自然是心向往之的。既向往物质的，更向往文化的。他们对大都市里的文明的反应是极为敏感的。而只有对事物有敏感反应的人，其头脑里才会有敏感的思想可言。故一个小城和古镇中的知识起来了的青年，他在还没有走向大都市之前，已经是相当有文化思想的人了，比大都市中的知识起来了的青年们更有文化思想。因为他们是站在一个特殊的文化立场，即小城和古镇的文化立场；进言之，乃是一种较传统的文化立场来审视大都市文明的。那可能保守，可能偏狭，可能极端，然而，对于文化人格型的青年，立场和观点的自我矫正，只不过是早晚之事。他们有自我矫正的本能和能力。他们一旦成为大都市中人，再反观来自的小城和古镇，往往又另有一番文化的心得。古老的和传统的文化与现代的和新潮的文化思想，在他们的头脑中发酵，化合，或扬或弃，或守或拒，反映到他们的文化作为方面，便极具个性，便凸显特征，于是使中国的现代现象由而景观纷呈。何况，他们的文化方面的启蒙者，亦即那些小城里的学堂教师和古镇里的私塾先生，又往往是在大都市里谋求过人生的人，载誉还乡也罢，失意归里也罢，总之是领略过大都市的文化的。他们对大都市文化那一种经过反刍了的体会，也往往会在有意无意之间哺予他们所教的学生们。

　　谈论到他们，于是才谈论到我这一篇短文的自以为的要点，那便是，我以我的眼看来，我们中国之文化历史，上下五千年，从大都市到小城到古镇，原本有一条自然而然形成的链条；一个世纪又一个世纪、一代又一代形形色色的文化人归去来兮往复不已的身影，作为其中典型的代表人物是孔子。他人生的初衷是要靠了他的学识治国平天下的，说白了那初衷是要"服官政"的。当不成官，他还有一条退路，即教书育人。在还有这一条退路的前提之下，才有孔门的弟子三千、贤者七十二。他们中之大多数，后来也都成了"坐学馆"的人或乡间的私塾先生。而且其学馆，又往往开设在躲避大都市浮躁的小城和古镇。小城和古镇，由而代代才人辈出，一个世纪又一个世纪地输送往大都市；大都市里的文化舞台，才从不至于冷清。又，古代的中国，一名文化人士，一辈子为官的情况是不多的。脱下官袍乃是经常的事。即使买官的人，花了大把的银子，通常也只能买到一届而已。即使做官做到老的人，一旦卸却官职，十有七八并不留居京都，而是举家还乡。若他们文化人的本性并没有因做官而彻底改变，仍愿老有所为，通常所做第一件第一等有意义的事，便是兴教办学。而对仕途丧失志向的人，更甘于一辈子"坐馆"，或办私塾。所谓中国文化人士传统的"乡土情结"，其实并不意味着对农村的迷恋，而是在离农村较近的地方固守一段也还算有益于他人有益于国家民族的人生，即授业育人的人生。上下五千年，至少有三千年的历史中，每朝每代，对中国文化人士的这一退路，还是明白应该给留着的。到了近代，大清土崩瓦解，民国时乖运戾，军阀割据，战乱不息，强寇逞凶，疆土沦丧——纵然在时局这么恶劣的情况之下，中国之文化人士，稍得机遇，那也还是要力争在最后的一条退路上孜孜以求地做他们愿做的事情的……

然而，在一九四九年以后的历次政治运动中，他们连一心想要做的都做不成了。他们配不配做，政治上的资格成了问题。一方面，从大都市到小城到古镇到农村，中国之一切地方，空前需要知识和文化的讲授者、传播者；另一方面，许许多多文化人士和知识分子在运动中被无情地打入另册，从大都市发配甚或押遣原籍，亦即他们少年时期曾接受过良好文化启蒙的小城和古镇。更不幸者，被时代如扫垃圾一般扫回到了他们所出生的农村。然后是"反右"，再然后是"文革"，文化人士和知识分子魂牵梦绕的故乡，成了他们的人生厄运开始的地方。而农村、古镇、小城、大都市之间，禁律条条，人不得越雷池半步……

一条由文化人士和知识分子的自然流动所形成的文化的循环往复的链条，便如此这般地被钳断了，受到文化伤害最深重的是小城和古镇。从前给它们带来文化荣耀感的成因，一经彻底破坏，在人心里似乎就全没了意义和价值……

碎玉虽难复原，断链却是可以重新接上的。

今天，我以我的眼看到，某些以文化气息著称的小城和古镇，正在努力做着织结文化经纬的事情。总有一天，某些当代的文化人士和知识分子，厌倦了大都市的浮躁和喧嚣，也许还会像半个多世纪以前那样，退居故里。并且，在故里，尽力以他们的存在，氤氲一道道文化的风景。

是啊，那时，中国的一些小城和古镇，大概又会成为中国之文化的摇篮吧？

百年文化的表情

　　千年之交，回眸凝睇，看中国百余年文化云涌星驰，时有新思想的闪电，撕裂旧意识的阴霾；亦有文人之呐喊，儒士之捐躯；有诗作檄文，有歌成战鼓；有鲁迅勇猛所掷的投枪，有闻一多喋血点燃的《红烛》；有《新青年》上下求索强国之道，有"新文化运动"势不两立的摧枯拉朽……

　　俱往矣！

　　历史的尘埃落定，前人的身影已远，在时代递进的褶皱里，百余年文化积淀下了怎样的质量？又向我们呈现着怎样的"表情"？

　　弱国文化的"表情"，怎能不是愁郁的？怎能不是悲怆的？怎能不是凄楚的？

　　弱国文人的文化姿态，怎能不迷惘？怎能不《彷徨》？怎能不以其卓越的清醒，而求难得之"糊涂"？怎能不以习惯了的温声细语，而拼作斗士般的仰天长啸？

　　当忧国之心屡遭挫创，当同类的头被砍太多，文人的遁隐，也就是自然而然的了。

倘我们的目光透过百年，向历史的更深远处回望过去，那么遁隐的选择，几乎也是中国古代文人的"时尚"了。

那么我们就不能不谈《聊斋志异》了。蒲松龄作古已近三百年，《聊斋志异》成书面世二百四十余年。所以要越过百年先论此书，实在因为它是我最喜欢的文言文名著之一。也因近百年中国文化的扉页上，分明染着蒲松龄那个朝代的种种混杂气息。

蒲公笔下的花精狐魅、鬼女仙姬，几乎皆我少年时梦中所恋。

《聊斋志异》是出世的。

蒲松龄的出世是由于文人对自己身处当世的嫌恶。他对当世的嫌恶又由于他仕途的失意。倘他仕途顺遂，富贵命达，我们今人也许——就无《聊斋志异》可读了。

《聊斋志异》又是入世的，而且入得很深。

蒲松龄背对他所嫌恶的当世，用四百九十余篇小说，为自己营造了一个较适合他那一类文人之心灵得以归宿的"拟幻现世"。美而善的妖女们所爱者，几乎无一不是他那一类文人。自从他开始写《聊斋》，他几乎一生浸在他的精怪故事里，几乎一生都在与他笔下那些美而善的妖女眷爱着。

但毕竟地，他背后便是他们嫌恶的当世，所以那当世的污浊，漫过他的肩头，淹向着他的写案——故《聊斋志异》中除了那些男人梦魂萦绕的花精狐魅，还有《促织》《梦狼》《席方平》中的当世丑类。

《聊斋志异》乃中国古代文化"表情"中亦冷亦温的"表情"。他以冷漠对待他所处的当世，他将温爱给予他笔下那些花狐鬼魅……

《水浒传》乃中国百年文化前页中最为激烈的"表情"。由于它激烈，自然被朝廷所不容，列为禁书。它虽产生于元末明初，所写虽是宋代的反民英雄，但其影响似乎在清末更大，预示着"山雨欲来风满楼"……

而《红楼梦》，撇开缠绵悱恻的爱情故事的主线，读后确给人一种盛极至衰的挽亡感。

此外还有《儒林外史》《官场现形记》《二十年目睹之怪现状》《老残游记》《孽海花》——构成着百年文化前页的谴责"表情"。

《金瓶梅》是中国百年文化前页中最难一言评定的一种"表情"。如果说它毕竟还有着反映当世现实的重要意义，那么其后所产生的不计其数的所谓"艳情小说"，散布于百年文化的前页中，给人，具体说给我一种文化在沦落中麻木媚笑的"表情"印象……

百年文化扉页的"表情"是极其严肃的。

那是一个中国近代史上出政治思想家的历史时期。在这扉页上最后一个伟大的名字是孙中山。这个名字虽然写在那扉页的最后一行，但比之前列的那些政治思想家都值得纪念。因为他不仅思想，而且实践，而且几乎成功。

于是中国百年文化之"表情"，其后不但保持着严肃，并在相当一个时期内是凝重的。

于是才会有"五四"，才会有"新文化运动"。

"新文化运动"是中国百年文化"表情"中相当激动相当振奋相当自信的一种"表情"。

鲁迅的作家"表情"在那一种文化"表情"中是个性最为突出的。《狂人日记》振聋发聩；"彷徨"的精神苦闷跃然纸上；《阿Q正传》和《坟》，乃是长啸般的"呐喊"之后，冷眼所见的深刻……

"白话文"的主张，当然算是"新文化运动"中的一个事件。倘我生逢那一时代，我也会为"白话文"推波助澜的。但我不太会是特别激烈的一分子，因为我是那么欣赏文言文的魅力。

"国防文学"和"大众文学"之争论，无疑是近代文学史上没有结论的话题。倘我生逢斯年，定大迷惘，不知是该支持鲁迅，还是该追随"四条汉子"。

这大约是近代文学史上最没什么必要也没什么实际意义的争论吧？

"内耗"每每也发生在优秀的知识分子们之间。

但是于革命的文学、救国的文学、大众的文学而外，竟也确乎另有一批作家，孜孜于另一种文学，对大文化进行着另一种软性的影响——比如林语堂（他是我近年来开始喜欢的）、徐志摩、周作人、张爱玲……

他们的文学，仿佛中国现代文学"表情"中最超然的一种"表情"。

甚至，还可以算上朱自清。

从前我这一代人，具体说我，每以困惑不解的眼光看他们的文学。怎么在国家糟到那种地步的情况之下还会有心情写他们那一种闲情逸致的文学？

现在我终于有些明白——文学和文化，乃是有它们自己的"性情"的，当然也就会有它们自己自然而然的"表情"流露。表面看起来，作家和文化人，似乎是文学和文化的"主人"，或曰"上帝"。其实，规律的真相也许恰恰相反。也许——作家们和文化人们，只不过是文学和文化的"打工仔"。只不过有的是"临时

于是中国百年文化之"表情",其后不但保持着严肃,并在相当一个时期内是凝重的。

　　于是才会有"五四",才会有"新文化运动"。

　　"新文化运动"是中国百年文化"表情"中相当激动相当振奋相当自信的一种"表情"。

工"，有的是"合同工"，有的是"终身聘用"者。文学和文化的"天性"中，原有愉悦人心，仅供赏析消遣的一面。而且，是特别"本色"的一面。倘有一方平安，文学和文化的"天性"便在那里施展。

这么一想，也就不难理解林语堂在他们处的那个时代与鲁迅相反的超然了，也就不会非得将徐志摩清脆流利的诗与柔石《为奴隶的母亲》对立起来看而对徐氏不屑了，也就不必非在朱自清和闻一多之间确定哪一个更有资格入史了。当然，闻一多和他的《红烛》更令我感动，更令我肃然。

历史消弭着时代烟霭，剩下的仅是能够剩下的小说、诗、散文、随笔——都将聚拢在文学和文化的总"表情"中……

繁荣在延安的文学和文化，是中国自有史以来，气息最特别的文学和文化，也是百年文化"表情"中最纯真烂漫的"表情"——因为它当时和一个最新最新的大理想连在一起。它的天真烂漫是百年内前所未有的。说它天真，是由于它目的单一；说它烂漫，是由于它充满乐观……

中华人民共和国成立后，前十七年的文学和文化"表情"是"好孩子"式的。偶有"调皮相"，但一遭眼色，顿时中规中矩。

"文革"中的文学和文化"表情"是面具式的，是百年文化中最做作最无真诚可言的最讨厌的一种"表情"。

"新时期文学"的"表情"是格外深沉的。那是一种真深沉。它在深沉中思考国家，还没开始自觉地思考关于自己的种种问题……

八十年代后期的文学和文化"表情"是躁动的，因为中国处在躁动的阶段……

九十年代前五年的文化"表情"是"问题少年"式的。它的"表情"意味着——"你"有千条妙计，"我"有一定之规……

九十年代后五年的文化"表情"是一种"自我放纵"乐在其中的"表情"。"问题少年"已成独立性很强的"青年"。它不再信崇什么。它越来越不甘再被拘束，它渴望在"自我放纵"中走自己的路。这一种"自我放纵"有急功近利的"表情"特点，也每有急赤白脸的"表情"特点，还似乎越来越玩世不恭……

据我想来，在以后的三五年中，中国当代文学和文化，将会在"自我放纵"的过程中渐渐"性情"稳定。归根结底，当代人不愿长期地接受喧嚣浮躁的文学和文化局面。

归根结底，文学和文化的主流品质，要由一定数量一定质量的创作来默默支撑，而非靠一阵阵的热闹及其他……

情形好比是这样的——百年文化如一支巨大的"礼花"，它由于受潮气所侵而不能至空一喷，射出满天灿烂，花团似锦；但其断断续续喷出的光彩，毕竟辉辉烁烁照亮过历史，炫耀过我们今人的眼目。而我们今人是这"礼花"的最后的"内容"……

我们的努力喷射恰处人类的千年之交。

当文学和文化已经接近着自由的境况，相对自由了的文学和文化还会奉献什么？又该是怎样的一种"表情"？什么是我们该对自己要求的质量？

新千年中的新百年，正期待着回答……

关于传统文化之断想

当下，"弘扬传统文化"一说，似乎方兴未艾。

窃以为，"传统"一词，未尝不也是时间的概念——意指"从前的"。而"从前的"，自然在"过去"里。"过去"并没有过去，仍多少地影响着现在，是谓"传统"。又依我想来，"传统文化"无非就是从前的文化。从前的文化中，有精华，也有糟粕。倡导"弘扬传统文化"者，自然是指从前的文化中的精华，这是不消说的。然而"文化"是多么广大的概念呀，几乎包罗万象。故两个人甚或几个人都在谈论着文化，却可能是在谈论完全不同的两码事。

我自然是拥护弘扬优秀的传统文化的。但我同时觉得，对于外国的文化包括西方的文化，"拿来主义"依然值得奉行，我这里指的当然是他们的优良的文化。我不赞成以"传统文化"为盾，抵挡别国文化的影响。我认为这一种"守势"的文化心理，也许恰恰是文化自卑感的一种反应。

"弘扬传统文化"也罢，"拿来主义"也罢，还不是因为我们对自己文化的当下品质不甚满意吗？弘扬传统文化，能否有利于提升我们自己的文化的当下品质呢？答案是肯定的——能。能否解决我们自己的文化的当下一切品质问题呢？答案是否定的——不能。我们说传统文化博大精深，几乎包罗万象；但也就是几乎而已，并不真的包罗万象。

以电影为例，这是传统文化中没有涉及的。以励志电影为例，这是我们当下国产电影中极少有的品种，有也不佳。但励志，对于当下之中国，肯定是需要着力弘扬的一种精神。

一方面，我们需要；另一方面，我们自己产生的极少，偶见水平也并不高——那么，除了"拿来"，还有另外的什么法子呢？"拿来"并不等于干脆放弃了自己产生的能动性。"拿来"的多了，对自己产生的能动性是一种刺激。而这一种刺激，对我国励志电影的水平是很有益的促进。

《当幸福来敲门》是一部美国励志电影，片中没有美女，没有性，没有爱情，没有血腥、暴力和大场面等商业片一贯的元素。它所表现的只不过是一位黑人父亲带着他的学龄前儿子，终日为最低的生存保障四处奔波，每每走投无路的困境以及他对人生转机所持的不泯的百折不挠的进取信念罢了。然而它在全美去年①的票房排行榜上名列前茅，使某些商业大片对它的票房竞争力不敢小觑。

然而我们的官方电影机构却不知为什么并没有引进这样一部优秀的电影。我们引进的眼似乎一向是瞄着外国尤其美国的商业大片的，并且那引进的刺激作用，或曰结果，国人都是看到了的。人家明明不仅只有商业大片，还有别种电影，我们视而不见似的，

---

① 《当幸福来敲门》于 2006 年 12 月 15 日在美国上映。

还"惊呼"美国商业大片几乎占领了中国电影院线，这是不是有点儿强词夺理呢？

我想，怎么分析这样一种文化心理才对，是犯不着非从古代思想家那儿去找答案的，更犯不着非回过头去找什么药方。非那么去找也是瞎忙乎。问题出在我们当代中国人自己的头脑里。我们当代中国人患的究竟是一种什么样的文化病，还是要由我们当代中国人自己来诊断，自己来开药方的好。

话又说回来，引进了《当幸福来敲门》又如何？在美国票房排行名列前茅，在中国就必然也名列前茅吗？恐怕未必。

那么另一个问题随之产生了——我们中国人看电影的心理怎么了？是由于我们普遍的中国人看电影的眼怎么了，我们的引进电影的眼才怎么了吗？或者恰恰反过来，是由于我们引进电影的眼怎么了，我们普遍的中国人看电影的眼才怎么了吗？

我想，只归咎于两方面中的哪一方面都是偏激的，有失公正的。于是我想到了我们古代的思想名著《中庸》。我将《中庸》又翻了一遍，却没能寻找到能令我满意的答案。这使我更加确信，"包罗万象"只不过是形容之词。

面对当下，传统是很局限的。孔孟之道真的不是解决当下中国问题，哪怕仅仅是文化问题的万应灵丹。

顺便又从《论语》中找，仍未找到，却发现了一段孔子和子贡的对话——"子贡欲去告朔之饩羊。子曰：'赐也，尔爱其羊，我爱其礼。'"

礼，我亦爱也。似乎，国人皆爱。但是如果今天有许多人以爱礼为冠冕堂皇的理由，主张重兴祭庙古风，而且每祭必须宰杀活禽活畜，我肯定是坚决反对的。我倒宁肯学子贡，"去告朔之饩羊"。吾国人口也众，平常变着法儿吃它们已吃得够多了，大可不必再为爱的什么"礼"，而又加刃于禽畜。论及礼，尤其是现代的礼，我以为还是以不杀生不见血的仪式为能接受的。

我啰嗦以上的一些话，绝不意味着我对传统文化有什么排斥，更不意味着我对古代思想家们心怀不敬。

我认为，如果我们觉得我们对于传统文化理应采取亲和的态度，那么我们首先应该从最普通的也最寻常的角度去接近之、理解之。如果我们觉得对于古代思想家们应满怀敬意，那么我们应该学习他们以思想着为快乐的人生观。而不可太过懒惰，将"我思故我在"这一句话，变成了"你（替我）思故我在"。

过几天便是"父亲节"了，有媒体采访我，非要我谈谈对于"父爱"的体会。我拗不过，最后只得坦率讲出我的看法，那就是，我认为我们的传媒近年来关于"父爱""母爱"的讨论，一向是有误区的。仿佛在我们中国人这儿，父爱仅仅是指父亲对儿女的爱，母爱当然也仅仅是母亲对儿女的爱，不能说不对。但是太不全面、不完满，不是父爱和母爱的全内涵。一味地如此这般地讨论下去，结果每每无形中导致儿女辈习惯于仅仅以审视的眼光来看父母。以父比父，以母比母，越比似乎越觉得父爱和母爱在自己这儿委实是"多乎哉，不多也"。

而我们的古人在诠释父爱和母爱方面，却比我们当代人要"人文"得多。父亲、母亲、亲人的这一个"亲"字，在古代是写作"親"的，加了一个"见"字，意味深长。"见"在古文中，与"视"是有区别的。在古文中，"视"乃动词，指"看"。"见"是指看的结果。"亲"字加上一个"见"字，是要通过文字提醒人们——父亲对你的爱，母亲对你的爱，你要看在眼里。视而不见，心灵里也就不会有什么反应。心灵里没有反应，父之亲也罢，母之亲也罢，亲人之亲也罢，也就全都等于虚无。虚无了，父爱也罢，母爱也罢，爱之再深再切，最终岂不还是应了那么一句话——"你爱我，与我何干？"

记者听得云里雾里，不甚了了。

我就只得又举了一个事例——上一学期，我给我所教的大三学子们出了几道当堂写作题，其中一题是《雨》，允许写景，也可以叙事。写景者多，叙事者少。而一位来自农村的女生的写作，给我留下极深印象。她的父亲是菜农。天大旱，菜地急需浇灌。父亲万般无奈之下，只得花了一百元雇人用抽水机抽水。钱也付了，地也浇了，老天爷却骤降大雨。钱是白花了，力气是白费了。女儿隔窗望着瓢泼大雨中身材瘦小的父亲拉着铁锨，仰面朝天一动不动的样子，知道父亲心疼的不是力气，而是那转眼间白花了的一百元钱。一百元钱等于父亲要摘下满满一手推车豆角，而且要推到二十几里外的集市上去，而且要全部卖掉。

女儿顿时联想到父亲曾对她说过的一番话："女儿，你千万不要为上大学的学费犯愁。你就全心全意地为高考努力吧。钱不是问题，有爸爸呢！"

于是女儿冲出家门，跑到父亲那儿，拉着父亲的一只手，拽着父亲跑回了家里，接着用干毛巾给父亲擦头发，擦雨泪混流的脸；再接着，赶紧替父亲找出一身干衣服……

女儿偎在父亲怀里低声说："爸，我是那么爱你……"

而那一位父亲，终于笑了。在我看来，这才是完满的父爱。

对于那一个女儿，此时此刻的父亲，实在是更值得写成"父亲"的。而对于那一位父亲，父爱不仅是付出，同时也是获得。

我当然并不是想要鼓吹繁体字。我只不过认为，如果我们真的要弘扬传统文化，其实很多时候不必大兴土木，劳民伤财。"我思，故传统在。"难以从传统里激活古为今用的，并且确实是我们的社会所急需的文化，我还是坚持那样的观点——"拿来主义"依然可行。

我在班上读了那名女生的作文，全班听得很肃静。我从那一种肃静中感觉到，这引起了不少同学的共鸣。于是我更加明白——文化之对于人心的影响，首先是好坏之分。过分强调"我们的""他们的"，是当质疑的文化思想。好比我教的那名女生，倘是外国留学生，我也要给她高分，也要在全班讲读……

关于文化的传统与现代之讨论

　　一、首先我觉得，我们所议之题未免太大了。年轻时还敢于对完全超出自己认知范围的话题惯发主观议论。不知自己的浅，不知"文化"二字涵盖之深、之广。年轻啊，有自以为是的毛病，所以会那样。而且年轻时所见之文化现象，那是多么单纯的现象。尤其在中国，单纯到了单调的地步。但现在的情况太不同了，文化已如大河决堤，遍地成沼，令人不知从何谈起。对于我肯定是这样的。既然来了，不说话明摆着是不妥的了。那还莫如干脆不来，却也不应该还像年轻时那么信口开河。来前我又不太清楚我们要谈什么，是受墨生的诚挚相邀才来的。我想我得作一番说明——我是写小说的，不是研究文化的专家。墨生是画家、美术评论家。八成我们口中所谈之文化，谈来谈去，离不开各自的专业。作家怎么看待美术的？美术家又是以什么眼光看待文学的？——若我们能在此点上碰撞出点儿思想的火花，就不算白白浪费时间了。

　　二、文化评判标准。文学也罢，美术也罢，要对之进行评判，那标准首先肯定是很个人化的。个人的经验是从哪里来的？

绝不会是胎里带来的，而是后天形成的，是从前人那儿吸取的，也是对自己所处的当代之评判现象的整合结果。所以我认为，评论这一件事——我还是更愿意用"评论"一词，而拒斥"评判"一词。因为文艺作品的品质如何，所含文化元素的多少有无，是没有办法用卡尺或天平进行规格式的量化的"判定"的。只能通过评和论，有时甚至只能通过彼此相对立的评和论，来使文艺作品的价值意义渐渐地接近客观位置。而所谓"客观"，又不是定位了就不变的。比如福楼拜、巴尔扎克，他们的文学成就一度被评论得很高，但在他们死后，也一度被贬得很低；后来其文学成就恰恰又在被贬到最低谷时再次被肯定，再次受到尊重。可谓百余年间，三起三落。我想，美术界也是这样的，典型的例子就是凡·高。

我个人有如下的观点，那就是，评论文艺作品的标准一定是要有的，但一定不应该是像法律条文那样多多益善，越细越好。那么一来，艺术家和他们的艺术活动，不就接近着是在犯罪边缘的人人避之唯恐不及的活动了吗？

我的学生给我提过这样的问题：文学评论有较为客观的标准吗？倘有，那是什么？

我的回答是，凡解构主义解构来解构去，解构到最后还是不敢予以否定，进而还是只能保持肃然的那些人类迄今为止的文化原则，便是文艺评论必须也予以尊重的文艺标准。如和平主义、人道精神、悲悯情怀、平等思想、审美作用、想象魅力，等等。据那样一些原则，千百年来，文学的经典一直被公认为是经典。

对于美术我是外行。但我认为，如上一些文化的原则，其实也每每体现在美术作品中。当然，主要是体现在古典主义、现实主义绘画之中。我得承认，对于现代的文学作品和美术作品，我是一个太缺乏亲和热情的欣赏者。这是由我的文化思想之形成背景决定的。它形成时，现代主义文艺观和文艺作品，在中国还没出现，在我头脑中也就没有。我对体现在建筑、雕塑、舞蹈方面的艺术现代性也特别喜欢。但是对于在形式上做太多文章的太现代的文学和显然给人的视角以不舒服感觉的美术作品，我确乎是至今喜欢不起来的。

但我信奉那句话——"凡存在的，即合理的"。其"理"，我认为并非指人文含义上的"情理""文化伦理"，而是指因果逻辑关系上的"事理"。

所以，即使我认为倾向显然不良的文艺现象，我也要先思考明白——作为结果，导致它的前因是什么？倘我要对那现象发批判之声，则我要求自己一定要着重指出那前因。即使不便直指而斥，也一定要曲意表达。如果连曲意表达都没有空间，那么我可能也就对那结果三缄其口不发声音了。

三、在特定的文艺时期——特定的文艺时期总是由特定的政治的、经济的、科技的时代大特征决定的，比如电影一定是诞生在声光科技成为时代大特征的前提之下——文艺和文艺家本身，往往就具有了文艺符号的性质。符号性也可以理解为象征性。文艺作品和文艺家本身，一旦具有那样一种象征性，无论如何也等于是一种被肯定。起码是被认同。比如卓别林、"猫王"、成为现代绘画大师的毕加索，还有成为自然主义文学流派代表人物的左拉。但，每个历史时期都具有其标识性的时代现象，如红卫兵袖章、语录歌、忠字舞、"斗私批修"一类话语——既是时代现象，则不可能不反映在时代文化中。所以每个时代也就具有了它的文化的符号性。至于这一类文化符号如何反映在后来的文艺现象中才算是有价值有意义的反映，我还没有认真思考过，所以几乎没有发言权。我认为，倘不面对具体的文艺作品，仅作空对空的泛论，大约是说不明白什么的吧？

四、如何评判成就。我认为这纯粹是评论家的事情，也纯粹是广大文艺受众的事情。

作为一个写小说的人，我最不愿动脑筋去想的就是这一类问题。因为以我现有的认知水平，根本不可能把它想得明明白白，也根本不可能是在想得明明白白了以后，再朝那个所谓"成就"也就是"最高"的目标去进取。这是文艺与科技与企业很不相同的一点。从事文艺的人应该明白此点。火箭上天，宇航员登月，这是硬碰硬的科技水平的证明。比尔·盖茨和微软公司乃是获得巨大成就的人和企业，这也是无可争议的。但是对于文艺和文艺家，没有什么"世界之最"。一幅画在拍卖行的成交价可以创"世界之最"或"一国之最"，但那并不能完全说明其艺术价值。一部书、一张唱片，也会创下世界或一国的发行之最，同样也不能完全说明艺术成就。

刚才我已经说过了，我是写小说的，墨生是画家，我们都是以创作为主业的人，我们干吗非在此摆出一副正儿八经的架势，似乎非要把这一个连古今中外的一概评论家理论家都莫衷一是的问题几句话掰扯清楚呢？

作为小说家，我一如既往认真来创作就是的了。我希望墨生也要这样来画。如果我们天定了是仅有二三流水平的人，那也要努力把二三流的水平发挥好。这世界不可能只是需要大师就可以了的世界。不，世界不是这样的。每个文艺家只要认真了，便自有存在的意义。不要争论什么评判标准、成就界定的发言权，那会滋扰创作的。

五、我的头脑之中断不会产生以颠覆传统挑战传统为乐事的文艺观。如果我还有年轻时那一股挑战激情，那么我也绝不会将它体现在挑战文艺之传统方面。在中国，这一种挑战其实从来不至于是大的冒险。根本不需要有什么可敬的挑战精神，也无无畏可言。因为这只不过是文艺这个"界"内的事。而在这个"界"里，今天的情况已相当开放，谁都不会也不大可能仅仅因了一个人挑战传统便将一个人怎么样。

但我也绝不是一个坚定不移地捍卫所谓传统文艺观的人。文艺之传统的观念，那是注定了要被后人来突破、修正、补充、丰富的，否则人类的文艺现象早就终结了。

比如我自己的创作，早年奉行批判现实主义，对脱离现实关注的现代主义写作现象很不以为然，每讥刺为"早产的怪胎"，但是后来，我连续写了三部长篇——《浮城》《尾巴》《红晕》，都是很荒诞的小说。我为什么会这样呢？无他，感觉在那时的创作环境之下，我所奉行的批判现实主义难以为继了。

所以现在的我认为——固守传统的，自己执着地固守就是，大可不必视一概现代的文艺现象都是传统的文艺敌人，不批倒批臭则传统朝不保夕似的。而探索现代的，亦不必动辄即言传统的没落和不可救药，仿佛文艺倘不现代起来，就该寿终正寝似的。

胡适说："想要什么，就那么去栽。"

这话对后来的我影响很大。

我想要这样的文艺，所以必须号召同仇敌忾，一道去铲除那样的文艺——这才是一个文艺家最不可取的立场。

而且我以我眼来看——没有什么始终如一的传统（对于个人可能有这样的情况，对于人类总体的文艺现象绝不是这样），只有不断更新的传统。所以才产生传统与现代相结合的文艺探索现象。

　　若固守传统的，觉得传统边缘了，由在边缘上固守而寂寞了、孤独了，不妨换位思考一下——想当初现代主义的文艺也很边缘，也很寂寞；探索现代主义的文艺家，也很孤单过的。

　　人类的文艺之事，十年河东，十年河西而已。

　　且它又有很强的自我调适的能力——传统太过僵化了，便以现代来激活它；现代太过泛滥了，便以弘扬传统来澄清它。谁想灭掉文艺本身这一种规律都是没法子的。

　　传统耶？现代耶？孰高？孰低？谁雅？谁俗？——只有一个上帝，那就是时间。

　　所以我又认为，文艺的创作者，当少谈点儿主义、标准什么的——那主要是评者论者的使命。

　　文艺的创作者的使命，当是在自愿选择的那一个方向上好好地创作。因为是自愿的，谁都应该无怨无悔。纵使寂寞，亦然也。

　　至于有些文艺的现象，比如某些所谓的行为艺术，俗不可耐，哗众取宠，专以贩丑市邪为能事——在我看来，那本就不是什么文艺，根本不必纳入我们讨论的话题。

　　六、如何对待大众文化？谈这个问题，我觉得首先我们应该统一认识，或曰统一概念，即什么是大众？它又是相对于另外的一种什么概念而言的？西方人怎么理解"大众"一词？我们中国人怎么理解？我们是否依然是在沿用从前所理解的概念？倘竟是，这一概念的从前和现在发生了质变没有？如果我们不搞清这些"细节"，只不过语焉不详地姑妄言之，那我们又陷入了自以为是之境。

窃以为——大众者，广大的多数而已。

这是一种特别西方的理解。

我们中国人从前所理解的大众，每每是"劳苦大众"的概念的缩意。到了新中国成立后，认为"大众"不再劳苦，于是"劳苦大众"成了"工农兵大众"。"大众"又成了"工农兵"的代名词。到了二十世纪八十年代以后，知识分子认为"工农兵"理应被文化来启蒙，于是又有了相对应的"精英文化"一说。

因而可以这么认为，在中国，所谓"大众文化"和"精英文化"，都被附加上了阶层的含义。

似乎，大众文化即文化水平普遍有限的广大多数之人才需要的文化。

而精英文化——那一定是文化水平很高的少数人的文化。

这是一种特别中国特色的理解。西方人早已不这么理解大众，也早已不这么看待大众文化了。而且，在西方，也早已不特别鼓吹什么所谓的"精英文化"了，因为哪些人才是文化的精英倘已可疑，我们自然不知所谓"精英文化"实为何物。

例如，电影显然是大众文化。那么，到现在为止，在电影院看过《无极》的观众又有多少？七十元的票价，一般观众看得起吗？统计一下我们便知，在任何一座城市的前几场的票，皆由中高收入以上的人们买了去。民工是大众吧？但是有哪一个民工肯花七十元看一场电影呢？大学里的师生、公司职员、公务员、传媒从业者，差不多都有大学以上的文化水平吧？可恰恰是文化水平较高的人群首先一睹为快，是否就证明了《无极》反而是一部精英电影了呢？

再例如，帕瓦罗蒂在中国的演唱会是高雅文化，但一张最便宜的票将近一千元，大学教授也不愿攀附那风雅了。而若你要白给一个民工一张票，附带还送给他一套高档西服，还言明车接车送，言明他将被扣了的工钱你给他补上，哪一个民工又不愿意呢？他又为什么偏要拒绝高雅的文化呢？

所以，我们妄言之文化的受众，其实由以下因素的区别而区别：第一，文化区别；第二，年龄区别；第三，收入区别；第四，工作性质的区别。

工作性质决定一个人究竟拥有多少闲适的时间，收入决定一个人舍得花多少钱去享受怎样的文化。我们都知道的，高档次的文艺演出其票价也高；年龄决定哪一类文艺场合只适合哪一种年龄的人。一个老者出现在"歌仔会"上并大呼小叫是很不正常的现象。最后才是由文化区别决定的欣赏范围的区别。但这一种区别，实际上早已由前三种区别而模糊了界限。一概的时尚杂志，在中国恰是较高文化人群的读物。而时尚的，原本是属于大众的。在西方正是这样。

在中国，以我看来，实际情况是这样——八九亿农民除了看电视，此外并不享有什么文艺欣赏的主动选择权；青少年由于青春期的特征，追逐娱乐文艺是自然而然的，过了青春期就好了；许多学历较高甚至很高的人，自然是各行业的骨干，耽于压力，也每以时尚的快餐式的文艺类型减压，亦在情理之中。稀缺一现的文艺，则往往成了高级社会身份的象征。这在别国也是如此。

大众不是天生只配对文艺仅有娱乐要求的广大众多的人群。

所谓"大众文化"也自有它该有的文化品格。"大众文化"的最高品格即为大众诠释普通人之人生意义的品格。我个人对自己的告诫是，如果自己嫌大众所好之文艺未免太俗了，那么就为他们创作自己认为好的。我觉得作为一个文艺创作者，这一种态度比一味抨击的好。

中国人文文化的现状

我先朗诵一首台湾诗人羊令野的《红叶赋》：

> 我是裸着脉络来的，唱着最后一首秋歌的，捧出一掌
> 血的落叶啊。我将归向，我第一次萌芽的土。风为什么萧萧
> 瑟瑟，雨为什么淅淅沥沥，如此深沉的漂泊的夜啊，欧阳修
> 你怎么还没有赋个完呢？我还是喜欢那位宫女写的诗，御沟
> 的水啊缓缓地流，小小的一叶载满爱情的船，一路低吟到你
> 跟前。

现在是一个多元化的时代，对文学的理解也以多元为好，一个人过分强调自己所理解的文学理念的话，有时可能会显得迂腐，有时会显得过于理想主义，甚至有时会显得偏激。而且最主要的是我并不能判断我的文学理念，或者说我对文学现象的认识是否接近正确。人不是越老越自信，而是越老越不自信了。这让我想起数学家华罗庚举的一个例子，他说人对社会、对事物的认识，好比伸手到袋中，当摸出一只红色玻璃球的时候，你判断这只袋

子里装有红色玻璃球，这是对的，然后你第二次、第三次连续摸出的都是红色玻璃球，你会下意识地产生一个结论：这袋子里装满了红色玻璃球。但是也许正在你产生这个意识的时候，你第四次再摸，摸出一只白色玻璃球，那时你就会纠正自己："啊，袋子里其实还有白色玻璃球。"当你第五次摸时，你可能摸出的是木球，"这袋子里究竟装着什么？"你已经不敢轻易下结论了。

我们到大学里来主要是学知识的，其实"知识"这两个字是可以，而且应当分开来理解的。它包含着对事物和以往知识的知性与识性。知性是什么意思呢？只不过是知道了而已，甚至还是只知其一，不知其二。同学们从小学到初中到高中，所必须练的其实不过是知性的能力，知性的能力体现为老师把一些得出结论的知识抄在黑板上，告诉你那是应该记住的，学生把它抄在笔记本上，对自己说那是必然要考的。但是理科和文科有区别，对理科来说，知道本身就是意义。比如说学医的，他知道人体是由多少骨骼，多少肌肉，多少神经束构成的，在临床上，知道肯定比不知道有用得多。

但是文科之所以复杂，是因为它不能仅仅停止在"知道"而已，尤其在今天这样一个信息发达的时代。比如说我在讲电影、中外电影欣赏评论课时，就要捎带讲到中外电影史；但是在电影学院里，电影史本身已经构成一个专业，而且一部电影史可能要讲一学年。电影史就在网上，你按三个键，一部电影史就显现出来了，还需要老师拿着电影史划出重点，再抄在黑板上吗？

因此我讲了两章以后，就合上书了。我每星期只有两堂课，对同学们来说，这两堂课是宝贵的，我恐怕更要强调识性。我们知道了一些，怎样认识它？又怎样通过我们的笔把我们的认识记录下来，而且这个记录的过程使别人在阅读的时候，传达了这种知识，并且产生阅读的快感？本学期开学以来，同学们都想让我讲创作，但是我用了三个星期六堂课的时间讲"人文"二字。大家非常惊讶，都举手说："人文我懂啊，典型的一句话就够了——以人为本。"你能说他不知道吗？如果我问你们，你们也会说"以人为本"；如果下面坐的是政府公务员，他们也知道以人为本；若是满堂的民工，只要其中一些是有文化的，他们也会知道人文就是以人为本。那么我们大学学子是不是真的比他们知道得更多一点呢？除了以人为本，还能告诉别人什么呢？

如果我们看一下历史，三万五千年以前，人类还处在蒙昧时期，那时人类进化的成就无非就是认识了火，发明了最简单的工具武器；但是到大约六千年前的时候已经很不一样了，出现了城邦的雏形、农业的雏形，有一般的交换贸易，而这时只能叫文明史，不能叫文化史。

文化史，在西方至少可以追溯到公元前三千多年，那时出现了楔形文字。有文字出现的时候才有文化史，然后就有了早期的文化现象。从公元前三千五百年再往前的一千年内，人类的文化都是神文化，在祭祀活动中，表达对神的崇拜；到下个一千年的时候，才有一点人文化的痕迹，也仅仅表现在人类处于童年想象时期的神和人类相结合生下的半人半神人物传说。那时的文化，整整用一千年时间才能得到一点点进步。

到公元前五百年时，出现了伊索寓言。我们在读《农夫和蛇》的时候，会感觉不就是这么一个寓言吗？不就是说对蛇一样的恶人不要有恻隐吗？甚至我们会觉得这个寓言的智慧性还不如我们的"杯弓蛇影"，不如我们的"掩耳盗铃"和"此地无银三百两"。我们之所以会有这种想法，是因为我们不能把寓言放在公元前五百年的人类文化坐标上来看待。公元前五百年出现了一个奴隶叫伊索，我个人认为这是人类第一次人文主义的体现。想一想，公元前五百年的时候，有一个奴隶通过自己的思想力争取到了自己的自由，这是人类史上第一个通过思想力争取到自由的记录。伊索的主人在世的时候曾经问过他："伊索，你需要什么？"伊索说："主人，我需要自由。"他的主人那时不想给伊索自由。伊索内心也不知道自己能不能获得，他经常扮演的角色也只不过是主人家有客人来时，给客人讲一个故事。伊索通过自己的思想力来创造故事，他知道若做不好这件事情，他决然没有自由；做好了，可能有自由，也仅仅是可能。当伊索得到自由的时候，已经四十多岁了，他的主人也快死了，在临死前给了伊索自由。

当我们这样来看伊索、伊索寓言的时候，我们会对这件事、对历史心生出一种温情和感动。这就是后来为什么人文主义要把自由放在第一位。在伊索之后才出现的苏格拉底、柏拉图、亚里士多德，师生三位都强调过阅读伊索的重要性。我个人把它确立为人类文明史中相当重要的人文主义事件……

那时是人文主义的世界，我们在分析宗教的时候，发现基督教教义中谈到了战争，提到如果战争不可避免，获胜的一方要善待俘虏。关于善待俘虏的话一直到今天都存在，这是全世界的共识，我们没有改变这一点，我们继承了这一点，我们认为这是人类的文明。还有，获胜的一方有义务保护失败方的妇女和儿童俘虏，不得杀害他们。这是什么？是早期的人道主义。还提到富人要对穷人慷慨一些，要关心他们孩子上学的问题，关心他们之中麻风病人的问题。后来，萧伯纳也曾谈过这样的问题，及对整个社会的认识，认为当贫穷存在时，富人不可能像自己想象中一样过上真正幸福的日子。请想象一下，无论富到什么程度，只要城市中存在贫民窟，在贫民窟里有传染病，当富人不能用栅栏把这些给隔离开的时候，当你随时能看到失学儿童的时候，如果那个富人不是麻木的，他肯定会感到他的幸福是不安全的。

我今天突然想到一个问题：英国、法国都有这么长时间的历史了，但我似乎从来没有接触过欧洲的文化人所写的对于当时王权的歌颂。但在《诗经》里，包括风、雅、颂。风指民间的，雅是文化人的，而颂就是记录中国古代的文化人士对当时拥有王权者们的称颂。这给了我特别奇怪的想法，文化人士的前身，和王权发生过那样的关系，为什么会那样？……

被王权利用的宗教会变质，变质后就会成为统治人们精神生活的方式，因此在十四世纪时欧洲出现了贞洁锁、铁乳罩。当宗教走到这一步，从最初的人文愿望走到了反人性，在这种情况下出现的《十日谈》就挑战了这一点，因此我们才能知道它的意义。再往后，出现了达·芬奇、莎士比亚，情况又不一样了，我们会困惑：今天讲西方古典文学的人都会知道，莎士比亚的戏剧中充满了人文主义的气息，按照我们现在的看法，莎士比亚的戏剧人物都是帝王和贵族，如果有普通人的话，只不过是仆人，而仆人在戏剧中又常常是可笑的配角，我们怎么说充满人文主义呢？要知道在莎士比亚之前，戏剧中演的是神，或是神之儿女的故事，而到这里，毕竟人站在了舞台上，正因为这一点，它是人文的，就这么简单，针对神文化。

因此我们看到一个现象，在舞台上真正占据主角的必然是人上人，而最普通的人要进入文艺，需经过漫长的争取，不争取，只能是配角。在同时代的一幅油画《雅典学院》中，中间是苏格拉底，旁边是亚里士多德、阿基米德等，把所有古希腊时期人类文化的精英都放在一个大的盛典里，而且是用最古典主义的画风把它画出来。在此之前人类画的都是神，神能那样自信、那样顶天立地，而现在人把自己的同类绘画在盛典中，这很重要。我们今天看雨果作品的时候，看《巴黎圣母院》，感觉也不过是一部古典爱情小说而已，但有这样一个场面：卡西莫多被执行鞭笞的时候，巴黎的广场上围满了市民，以致警察要用他们的刀背和马臀去冲撞开人们。而雨果写到这一场面的时候是怀着嫌恶的，他很奇怪，为什么一个我们的同类在受鞭笞的时候，有那么多同类围观，从中得到娱乐？这在动物界大概是没有的，在动物界可能不会发生这样的情景：一种动物在受虐待的时候，其他动物会感到欢快。动物不是这样的，但人类居然是这样的。人文主义就是嘲弄这一点。

中华人民共和国成立以后的十几年间，翻译过来的外国文学作品不像现在这样多，是有限的一些。一个爱读书的人无论借或怎么样，总是会把这些书都读遍的。屠格涅夫的《木木》和托尔斯泰的《午夜舞会》给我以非常深的印象。

《木木》讲的是主人公出生于一个贵族家庭，他的祖母是女地主。有一次他跟着祖母到庄园，看到一个高大的又聋又哑又丑的看门人。看门人已经成为仆人中地位最低的一个，没有人跟他交往。他有一只小狗叫木木，当女地主出现的时候，小狗由于第一次看到她，冲着女地主吠了两声，并且咬破了她的裙边。主人公的祖母命令把小狗处死。可想而知，那个人没有亲情，没有爱情，没有友情，只有与那只小狗的感情，但他并没有觉悟到也不可能觉悟到我要反抗我要争取等，他最后只能是含着眼泪在小狗的颈上拴了一块石头并抚摸着小狗，然后把小狗抱到河里，看着小狗沉下去。

还有托尔斯泰的《午夜舞会》，讲的是主人公是一名军官，在要塞做中尉。他爱上了要塞司令美丽的女儿，两人已经谈婚论嫁。午夜要塞举行舞会，他和小姐在要塞的花园里散步，突然听到令人恐怖的喊叫声，原来在花园另一端，司令官在监督对一个士兵施行鞭笞。主人公对小姐说："你能对你的父亲说停止吗？惩罚有时体现一下就够了。"但是小姐不以为然地说："不，我为什么要那样做？我的父亲在工作，他在履行他的责任。"年轻的主人公请求了三次。小姐说："如果你将来成为我的丈夫，对于这一切你应该习惯。你应该习惯听到这样的喊叫声，就跟没有听到一样。周围的人们不都是这样吗？"确实周围的人们就像没有听到一样，依旧在散步，男士挽着女士的手臂是那样彬彬有礼。主人公吻了小姐的手说："那我只有告辞了，祝你晚安！"背过身走的时候，他说："上帝啊，怎么会做这样一个女人的丈夫，不管她有多么漂亮。"这影响了我的爱情观，我想以后无论我遇到多么漂亮的女人，如果她的心地像那位要塞司令官的女儿，或者她像包法利夫人那样虚荣，她都蛊惑不了我。那就是文学对我们的影响。

我从北京大串联回来的时候，走廊里挂满了大字报。我看到我的语文老师庞盈从厕所出来，被剃了阴阳头，脸已经浮肿，一手拿着水勺，一手拿着小桶。我不是她最喜欢的学生，但我那时的反应就是退后几步，深深地鞠个躬说："庞盈老师，你好！"她愣了一下，我听到小桶掉在地上，她退到厕所里面哭了。多少年以后她在给我的信中说："梁晓声，你还记得当年那件事吗？我可一直记在心里。"这也只能是我们在那个年代的情感表达而已。那时我中学的教导主任宋慧颖大冬天在操场里扫雪，没有戴手套，并且也被剃了阴阳头。我跟她打招呼："宋老师，我大串联回来了，也不能再上学了，谢谢你教过我们政治，我给你鞠个躬。"这是我们只能做到的吧，但在那个年代这对人很重要。可能有一点点是我母亲教过我的，但是书本给我的更多一些。

正因为这样，再来看那些我从前读过的名著时，我内心会有一种亲切感。大家读《悲惨世界》的时候，如果不能把它放在那个时代的文化背景里来思考，那么我们为什么要纪念雨果？他通过《悲惨世界》等那样一些书，在人类文化中举起人文主义的旗帜。他的这些书是在流亡的时候写的，连巴黎的洗衣女工都舍得掏钱来买。书里面写的冉·阿让，完全可以成为杀人犯的；里面最重要的话语就是当米里艾主教早晨醒来的时候，一切都不见了，唯一的财产也被偷走了。而米里艾主教说："不是那样的，这些东西原本就是属于他们的。穷人只不过把原本属于他们的东西从我们这里拿走了。没有他们根本就没有这些。银盘子是经过矿工、银匠的手才产生的。"这思想就是讲给我们众多的当权者听的。正因为雨果把他的思想放在作品里面，一定会对法国的当权者产生影响，我们为此而纪念他。人道精神能使人变得高尚，这让我们今天读它的时候知道它的价值。

我们在看当下的写作的时候，会做出一种判断，那就是，我们的作品中缺什么？也就是以我的眼来看中国的文化中缺什么？我们经常说，我们在经济方面落后于西方多少年，我们要补上这个课，要补上科技的一课，要补上法律意识的一课，也要补上全民文明素质的一课。但是你们听说过我们也要补上文化的一课吗？好像就文化不需要补课。这是多么奇怪，难道我们的文化真的不需要补课吗？

"五四"时期我们进行人文主义启蒙的时候，西方的人文主义已经完成了它的任务。也就是说我们的国家进行初期人文启蒙的时候，西方的文化正处于现代主义思潮的时期。他们现在可以为文学而文学，为艺术而艺术，为形式而形式，甚至可以说他们可以玩一下文学，玩一下文艺，因为文学可能已达到了它的最高值。我们不会理解现代主义，因为我们从来没有完成过。尽管五千年中我们的古人也说过很多话，其中比较有名的如"民为贵，社稷次之，君为轻"。这时人文到了一种很高的境界，可它没有在现实中被实践过。当我们国家陷入深重灾难的时候，西方已经在思考后人文了，关于和平主义，关于进一步民主，关于环保主义，关于社会福利保障。

我和两位老作家去法国访问，当时下着雨，一辆法国车挡在我们的前面，我们怎么也超不过去。后来前面那辆车停下了，司机把车开到路边。他说一路上他们的车一直在我们前面，这不公平，车上有他的两个女儿，他不能让她们觉得这是理所当然的。我突然觉得修养在普通人的意识里能培养到什么程度。

前几年我认识了一个德国博士生古思亭，中文名字非常美。外国人能把汉语学成这样的程度是相当不易的。那天一位中国同学请她吃饭，当时在一个小餐馆里，中国同学说这个地方不安全，打算换个地方。走到半路，古思亭对她说："要是面好了，我们却走了，这是很不礼貌的。我得赶紧回去把钱交了。"从中我们可以看出人文到底在哪里。

人文在高层面关乎国家的公平、正义，在最朴素的层面，我个人觉得，人文不体现在学者的论文里，也不要把人文说得那么高级，不要让我感觉到"你不说我还听得清楚，你一说我反而听不明白了"。其实人文就在我们的寻常生活中，就在我们人和人的关系中，就在我们人性的质地中，就在我们心灵的细胞中，这些都是文化教养的结果，这也是我们学文化的原动力，而且是我们传播文化的一种使命。

我最后献给大家一首诗：

我是不会变心的／就是不会变／大理石／雕成塑像／铜／铸成钟／而我／是用真诚锻造的／假使／我破了／碎了／那一片片／也还是／忠诚。

人文教育——良知社会的起搏器

　　对技术人才也不能放弃文化要求。在某些国人看来，技术人才似乎可以离人文远一些，甚至无需人文主义熏陶。而中国的事实，也大致如此。但是，若从另一种更高的要求来说，即使爱因斯坦，在"二战"期间也要明确自己的人文立场。"二战"时候站在纳粹主义一边的科学家，在战争结束后是必须给全世界一个说法的。因此，技术人才同样要对社会时事恪守最基本的人文判断和态度。所谓人文理念，其实说到底，是与动物界之弱肉强食法则相对立的一种理念。在动物界，大鱼吞小鱼，强壮的狼吃掉病老的狼，是根本没有不忍一说的。而人类之所以成为人类，乃因人性中会生出种种不忍来。这无论如何不应被视为人比动物还低级的方面。将弱肉强食的自然界生存法则移用到人类的社会中来，叫"泛达尔文主义"，和法西斯主义有神似之处。

　　人文其实就是以更文明的文化来"化人"——化成一个有社会良知的人，科技人才自然不能排除在外。如果允许成批的科技人才可以不恪守符合社会良知的价值观，那么，这些人就会沦为一批"科技动物"。而恰恰在这方面，我们有时做得还不够。

技术人才可以放弃文化要求吗？西方早在二十世纪七八十年代就发现了这个问题：千万不能忽视技术人才的人文教育。美国的医学院、法学院都是修完本科的通识课之后，才允许申请就读。他们的本科教育中，特别重要的内容是人文教育。而我们的高中生有时可以直接学习医学、法学，绕开了必要的人文教育。实际上，医生和律师是最富人文色彩的职业。在课堂上，学生们往往不只是在讨论技术问题。举个例子，一个病人送来了，可他的家属不在旁边，无法签字，而医生冒险抢救的成功概率也不大。在这种情况下，医生选择救还是不救？如果抢救失败，病人的家属来后，会引起很麻烦的医患纠纷。抢救或不抢救，考验并证明一个国家人文社会水平的高下。我们当然不应该要求每位中国医护从业者都真的接近是天使，估计别国的医护从业者也做不到人人都接近是天使。区别也许仅仅在于：

1. 既有院方的明文规定，见死不救亦心安理得，并习惯成自然。

2. 见死不救是绝难心安理得的事，于是共同商讨实施抢救的两全之策。而有时两难之事，正是由于人性、由于良知的不麻木和能动性得以化解，呈现了两全的希望。所谓人文，无非如此"化"人而已。在人文主义文化厚实的国度，以上希望就多。反之，则少。甚而几近于无。

……

在大学普及人文的无奈之举。大学应是人文气氛最厚重的地方，但是，我们做得也并不好。大学课程的安排太细致了，专业分科也太烦琐，而一旦要精简课程，首先拿下的就是人文课。大学生的学业压力很重，学外语要耗费很多时间，计算机考级也很辛苦。总之，大学生们的头脑在一天二十四小时内，考虑更多的是专业成绩，关心更多的是证书。若稍微再有余暇，他们只会选择放松和休息。

大学也满腹怨言：凭什么非得进了大学才开始进行普及性的人文教育？这实际上已经有点晚了。这些青年进入大学之前，按理说应该完成了初级的人文教育，他们进入大学后，更应该提升、巩固、刷新已经接受的人文意识。但是，我们回过头来看，在高中能不能完成人文普及教育呢？不能，因为高考的压力太大。再退回到初中说，还是不能，中考压力也不小。那索性就退到小学吧，可小学又不能胜任此项任务——小学生的心智还未成熟。

但也不能据此就推卸掉人文教育的责任。事实上，一个孩子一出生就会成长在一种文化背景中，无论是在家里、幼儿园，还是小学，他们都会迅速形成作为现代人的最初的那些人文价值观，这包括对生命的尊重。譬如说，虐待小动物是丑恶的行为。但若仔细想一想，多少中国人小的时候，会抓蜻蜓或蝴蝶，尤其是男孩子，会把它们的脚撕扯下来，想看看没有脚的蜻蜓和没有脚的蝴蝶是怎样的。捉到一只蜜蜂，每在它的脊背刺上细细的枝条，拿在手里玩弄。那些昆虫在他们看起来更像是无生命的玩具。这固然是好奇心驱使，但在西方，很少会有此类现象。当然，现在我们的国家，公园里的这种情形也已经少多了。当小孩子刚懂事的时候，人文教育实际上就应该开始了。西方的人文教育与我们截然不同，更是与我们的"官二代""富二代"的家庭截然不同。杜鲁门的外孙一直到小学四年级的时候，才从课本上知道他的外祖父曾经是美国总统。他回家质问他的妈妈：你怎么从来没跟我讲过外祖父是总统？妈妈跟他解释：这没什么可讲的，每一个美国人，只要他对美国有一份责任感都可以去竞选总统——权力的本质是责任，这是我们最缺乏的人文意识的解读。

人文教育还包括责任、信任、承诺等基本的价值判断。电影《闻香识女人》里面讲过这样一个故事：一名男高中生出身于清贫之家，就读一所贵族学校，那里富家子弟很多。这个高中生在学校目睹了几位同学侮辱校长。事后，他被校方要求作为证人交代犯纪者的名字。若不说将会被开除，若说了将会被保送到耶鲁大学。这个高中生与这些同学又都有着一种友好关系，他答应过他们，那件事情对谁也不说，既不能告诉校方、老师，也不能告诉家长。他值得出卖同学以此换取自己的前途吗？这位高中生把苦恼讲述给了一位中校。后来，校方让几名同学坐在一起对质，所有的学生都坐在台下。正在这时，那位中校赶来了，他说：为什么校方不能启发犯错的同学自己承认呢？没人承认，这本身就已经说明了中学教育的失败。确实有人做了不对的事，而且不止一人，但就是没有一个学生有勇气站出来，这样的学校算什么美国一流的学校？对于校方而言，以极大的好处诱惑一个学生，无论他如何选择，要么会毁掉他的前途，要么会毁掉他的人格。以毁掉这样出色的青年作为手段，这样的教育何其失败！

类似的情节也出现在苏联的一部电影《丑八怪》里：有两个小学生是很好的一对朋友，其中一个是班干部，老师交给他一个任务，要密切关注他的好朋友在校外做了什么事。这位班干部发现，他的好朋友在校外吸烟，于是，立即汇报给了老师。他必须去汇报，只有去汇报，才能让那些师长认可他是好学生。汇报后，他的好朋友受到了友谊的伤害，而汇报者长大后心灵的煎熬也远不能结束。

羞辱校长、吸烟都是不好的，但即使这些明显的错误，当和人与人之间的信任、承诺等恒定信念发生"力"冲击的时候，人们都要面对一个如何对待的问题。在我们的国家，恐怕这些都是可以简化的，也许根本就没必要讨论，因为答案非常明确：当然要汇报！向阿姨汇报，向老师汇报，向校方汇报。因为汇报了，肯定受到表扬，而受表扬永远是值得不考虑其他的。这种思想在大学，以及大学以外的地方潜移默化地让他们接受，而这，最应该得到的是全社会的人文反思。

社会问题太多，人文不可能很快完成信仰、承诺、友谊这些很基本的人文价值，到底应该在哪个阶段完成？如何加强大学里的人文教育？这种问题本身就意味着一个非常功利的想法：希望找出一种方法普及人文，最好极快，最长也别超过三年五年就能见成效。事实是，人文教育肯定不能这么快地完成，这不是盖楼，也不是修路。

在西方，人文价值的普及用了两百多年，我们今天即使要尽快普及的话，也需要很久。我们现在讨论的只不过是用什么样的方法来缩短原来需要那么长时间来做的事情。当然，只能是尽量地缩短。人文教育不仅仅是学校里的事情，更是全社会的责任。当社会问题积累得太多的时候，人文教育就会变得更加复杂和难以实施。构建和谐社会，前提是这个社会必须是一个良知社会。社会必须有一些最基本的，像铸石一样的价值观和原则来支撑住它。我们用人文的思想从小教育一个孩子，在他的成长过程中，使他成为良好的人，这是完全有可能的。但如果社会环境不配合，这个目标也是很难实现的。

技术主义、商业主义、官僚主义——人文教育的三个敌人。

人文教育在当今中国，面临着技术主义、商业主义、官僚主义三个敌人。技术主义什么都要搞量化，可人文元素毕竟是最不能量化的思想元素。商业主义什么都要利益第一，而且要利益最大化，可人文偏偏不是以赚钱为首要目的之文化。官僚主义最瞧不起人文，可它最有权力决定人文的文化地位。这些人文教育的敌人，哪个都很厉害，哪个都很强势。与它们比起来，人文是很温软、很柔弱的文化品种。尽管如此，人文思想却是人类全部文化总和中最有价值、最核心的那一部分。少了这一部分的文化，轻言是低品质的文化，重言是垃圾文化。

商业文化是什么赚钱搞什么，不惜腐蚀人的心灵。某些电视上的相亲节目，相关批评已经有了。电视台是"国家公器"，国家公器不体现人文文化思想是不对的。连娱乐节目也存在价值传播的问题。"我宁可坐在宝马里哭，也不坐在自行车上笑"，这其实是某些女孩子真实的想法，是可以讨论的。但是，如果不是讨论而仅仅是表现，就会事与愿违。美国的商业文化也是无孔不入的。举个例子，有两个美国未成年的女孩境外贩毒，从国外被引渡回国。结果，刚一下飞机，所有的记者都去了。许多文化公司跟她们签合同：出书的合同、拍电影的合同、专访的合同，等等，这两个贩毒的女孩还没出机场，她们的身价都已经值千万美元以上了。面对唯利是图的文化的骄横，知识分子首先会发出声音，特别是在法律没有明确规定的时候，知识分子就会站出来。美国的知识分子当时就纷纷站出来予以谴责了——而那些合同虽不违法，但等于作废了。西方有诸如《关于健全人格的二十四不》等图书，其中包括怎样看待金钱、怎样看待权力，而我们这里，这样的书是少有人关注的，人人都觉得自己的人格很健全了。这些所谓"人格很健全"的人一听说有本书教人怎么变富，全都去买了；一听说有本书教人在官场上"厚黑"，也买之唯恐不及。这如何是"健全的人格"？

官僚主义更多的现象是对人文文化的一种不以为然。或者口头上认可，但心性漠然，或者不愿支持，不愿付出。偶尔有时候也觉得那是不能或缺的，但转而一想，这还是让别人去做吧。强势的官僚主义本能地嫌恶人文文化，从政治功利的角度来看，对于一个官员，人文文化往往不能成为政绩。相比而言，修了一条路，建了一处广场是那么清晰可见。娱乐文化至少还花钱营造了热闹，而人文文化却无热闹可言，故他们认为才不投入那"打水漂"的钱。原来的提法是"文艺搭台、经济唱戏"，就是这样一种非常功利的思维。文艺成了工具、台面，是种衬托，活脱脱一个打工者形象。我们还常说，下一步的社会和谐工作要把文化当作"抓手"，"抓手"是什么？就是门把手之类，随便抓一下做支撑。姑且认为文化是一种"力"，我们现在要考虑的是如何体现这种"力"，如何使用这种"力"？是用这个"力"影响公民，让公民增强自己的意识，进一步监督政府把事情做好，还是用这个"力"来影响公民，使他们更加承认——百分之百地承认官员的权威？……

人文文化的第一要务就是推动国家的民主程度和民主进度，绕开这个话题来谈人文文化，来谈人才教育和培养，就是绕开了人文文化对社会的最根本的责任，顾左右而言他。

我们所面临的情况通常是这样——一个人如果具有某一方面专长，并且极其善于封闭内心真实思想，尤其是不谈现代人文思想见解的话（非常"不幸"，现代人文思想确确实实形成于西方），又尤其是，他还总是不失时机地一再地表示对现代人文思想之不屑的话，那么他被当成人才来培养和"造就"的概率就很大。特别是，他还多少有些文化，善于用中国古代封建思想家们的人文思想的絮片为盾，批判和抵制现代人文思想的话，那么"人才"简直非他莫属了。这样的人我是很接触过一些的，他们骨子里其实也都是相当认可现代人文文化、人文思想所传承的某些最基本的价值观的，他们的表现往往是作假，但是假装所获得的好处又确实是不言而喻的。

反之，如果一个人不讳言自己是现代人文思想的信徒，那么他的"进步"命运亦相反，他很可能被视为"异类"，受到能力限制。

这是"中国人文文化恐惧症"。"化"之难也，唯其难，故当持久"化"之。

论文痞的起源

我最初见诸"文痞"一词是在粉碎"四人帮"以后，对张春桥、姚文元及其爪牙的批判运动中。此后，曾有意识溯文学史而寻觅"文痞"一词的出处，未得其果。故，我一向以为，"文痞"一词，乃当代中国话语中的一个发明。我学识浅薄，孤陋寡闻，姑且这么以为，并愿就教于博学者。

"文痞"一词，可理解为文人与痞子"交媾"的"杂种"。"杂种"非指物种学方面的后代，乃指文人与痞子二者人格特征的合成。凡文痞，身上既有投机文人的见风使舵、火中取栗，又有痞子那一种天生的刁滑性和无赖性。只不过其"痞"由"文"包装了，后天"合成"为一种邪劣的假正经而已。

考察中国正野文史及历史，文人中少有很痞的典型。文人的劣点林林总总，但大多数文人，拒绝痞气的沾染。痞主要的心理成分不仅仅是玩世不恭。因大部分玩世不恭者，不过将玩世做心理的盾，将不恭做写在盾上的图腾式宣言，借以自卫。但痞不是这样。痞主要的心理成分是自己层层捆扎的阴暗的恶毒。痞较普遍的心理私语是这样一句话——"统统 × 他妈的！"这是典型的痞看社会的心理。也是典型的文痞看文坛的心理。区别在于，痞并不需要借了文的包装掩盖此种心理，而文痞一定要最充分地利用文的包装。

张春桥、姚文元之流及其爪牙，获"文痞"丑名，乃因阴暗而恶毒的政治心理。"统统打倒"和"统统×他妈的"是同一种心理。但他们并不是用痞的技巧掩盖此种心理，而是靠政治的权术和专制。故我一向认为，他们不是典型的文痞，而是文人与反动政客"交媾"的"杂种"。他们的人格特征，是文人的劣点和反动政客的劣点的集大成。

据我看来，较典型的文痞的滋生，继"文革"之后，近年又有繁殖现象。呈现为一种纯粹的文人的劣点，和纯粹的痞子的劣点"交媾"后的"合成"。而且，可能比世界上其他国家多。而且，迅速地年轻化。这乃因，在国外，痞子不必假文人之名而活着，文人也不必非靠痞的技巧而存在。也许只有在中国，文痞才活得比文人和痞子两者都潇洒，都滋润，都如鱼得水。"文人相轻"之不争事实，使文痞们早已深知，无论自己怎么干，总可以获得一部分文人暗地里的喝彩和幸灾乐祸。大文化话语版块的疲软和寂寞，使文痞们早已明白，它是非常需要他们所提供的热闹的。文人们必将陷入的两难之境（倘认真对待，则他们以痞应付；倘晒笑置之，则他们的策划顺利实现，目的全面达到；倘与他们理论，则正中他们下怀，可借题营造更大的热闹，于热闹中进一步大大提高自己的知名度，名利双丰收），是文痞们预料之中的。故他们不但每每有恃无恐，而且每每非常得意。

文痞行径是文痞们假文学之名而公开展示的现象，目的是要引起公众的注意。文痞们也都是有点儿文学的细胞的，也都是懂点儿舞文弄墨的技法的。而且每喜欢刻意炫耀其技法的时髦。因为文学毕竟不是仅靠技法和赶时髦的事，所以被忽视是他们"心口永远的痛"。他们的"文学性"善于迎合单纯的少女情怀之所好。她们一般热衷于什么格调，他们是很有研究的。在这方面他们是内行。他们的生活形态往往是颓废的。用种种人生新观念包装了的颓废。在某些不可言说的娱乐场所，经常可见他们故作斯文的身影。如果哪些女孩子被他们口中的"文学性"话语迷惑，不久就会被他们弄到某张床上去。对于中国的任何方面的话题他们都不感兴趣，谁要当着他们的面谈，他们不会拿好眼色瞪你。但你若对中国性"开放"的程度不满，那么你算是寻找到最亲爱的"同志"了。这一点几乎一向是他们对中国现实所持的唯一而且尖锐的批判。他们不厌其烦地通过他们那一种"文学性"打扮自己，声称是中国当代最懂得关爱女性尤其是单纯少女的"罗伯特"。他们往往通过他们的"文学性"劝导少女们有机会千万别错过做一把"弗朗西斯卡"。你很难从他们的"文学性"中发现什么现实性，但性荷尔蒙过剩。他们认识一些公的或私的经理、老板、富豪什么的。很善于从他们衣袋里"轧"出钱来，其实往往也没什么诀窍，只不过是往后者的玩乐中加进点儿他们那一种"文学性"和"文学女性"罢了。这是我早已司空见惯的社会现象。此现象中，他们所充当的角色，每每类乎后者和"文学女性"之间的"皮条客"，很丑陋。而某些"文学女性"身在误区，往往不能意识到自己的被利用，还以为受着文学与商企大亨们的双重宠爱呢。

　　钱一到手，领导们便对他们刮目相视，发现他们原来是能人。同事感激他们，因为他们为集体创了收。一旦有"承包"之机，他们冲在前面，大显身手。但仅有以上特征，断不可便视为文痞。也许只不过是某些"青春派"作家的"派"。也许还果然是不失可爱的"新生代"的能人。文痞毕竟是以文痞行径为前提的。前提摆在那儿了，反观其身，以上特征才成为一种参考。

文痞是文学和"市场经济"关系中的派生物。文学与"市场经济"的关系，有时携手合作，各得其所；有时相鄙皆见，分道扬镳。这乃因为，文学毕竟是有个性的，而市场只有经济规律的共性。个性不被共性左右，个性就要作出牺牲。

但文痞是没有个性的。

文痞存在的信条是"有奶便是娘"。

这决定了文痞的行径都是一样的——如果市场需要他吹捧什么，他便不遗余力地吹捧；如果市场需要他贩卖和兜售什么，他便全心全意地服务——如果朋友的隐私投放到市场可获大把的钞票，文痞是绝不会犹豫的。如果有人出价雇了文痞攻击谁，文痞也是攻击没商量的。

在劳务过剩的今天，文痞是一种"劳务市场"。这个"市场"没有公开的竞争，但有背地里的自荐。

攻击不需要多么高的水平，所以文痞们的"专业能力"其实很差。花钱雇他们的人内心里是很轻视他们的，给他们钱像抛给野狗骨头，而且开价很低。一篇两三千字的攻击性的文章，据我所知，一般也就千八百元。

为了千八百元，怎么能干那种事？！——这是文人的观点。

平均每个字几角钱了！不就两小时内可以写完的文章吗？干了！——这就是文痞的观点。

我的《中国社会各阶层的分析》出版以后，一段时间内，家中常被身份可疑的"记者"所滋扰。

一次，有医生在家中为我按摩，还有两位外地来客——"记者"在这样的情况之下都不达目的誓不罢休。在遭我拒绝之后，连我和医生和朋友之间的交谈，都要偷偷录音。行径几近于密探和特务。

但我还是出于主人的礼貌送他们出门——在楼梯上，他们的话从下方传来，令我听了暗暗庆幸："唉，白来一次……""我有什么办法？你没见我无论怎么用话激他，他就是一句可作把柄的言语都不说吗？"听听——不是被别人用钱雇了，会怀此鬼胎？我的朋友提醒我："你别什么人都往家门里让啊！"我说："那叫我怎么办呢？我也不习惯站在自家门里和人说话啊！"又有一天，医生又在家中为我按摩，家中仍有客人，电话响了："喂，是梁晓声吗？"我说："是。""真是？"我说："真是，这是我家电话。""我们想请您写一篇文章，不太长，刊物已经联系妥了，素材也是现成的，真人真事。当然，不要写成报告文学，写成像小说非小说的那一种……"女郎娇滴滴的话语很急促。我打断她问："你们是谁们？""我们是一家公司……""文化公司？""不是……我替我们老板联系你。你先说你干不干吧，我们老板肯出高价……""干什么？""直说吧，我们老板只不过为出口恶气。放心，绝不至于让你惹上什么官司的。一万。一万元怎么样，或者你出个价？"我直接一顿臭骂。医生在按摩，客人坐得离我那么近，女郎的声音那么尖——我听到的，医生和客人都听到了。我因居然有这种电话打到家里而无地自容。我们可对它们的存在说些什么好呢？

论"苦行文化"之流弊

    理念好比粘在树叶上的蝶，的蛹——要么生出美丽，要么变出毛虫。

    不知从什么时候开始，从报刊上繁衍着一种荒唐又荒谬的文化意识，我把它当作"苦行文化"的意识。

    其特征是宣扬文化人及一切文艺家人生苦难的价值，并装出很虔诚很动情的样子，推行对那一种苦难的崇拜与顶礼。

    曹雪芹一生只写了一部《红楼梦》，而且后来几乎是在贫病交加，终日以冻高粱米饭团充饥的情况之下完成传世名作的。

    在我看来，这是很值得同情的。我一向确信，倘雪芹的命运好一些，比如有条件讲究一点饮食营养的话，那么他也许会多活十年。那么也许除了《红楼梦》，他还将为后世再多留下些文化遗产……

    有些人可不是这么看问题。他们似乎认为——贫病交加和冻高粱米饭团构成的人生，肯定与世界名著之间有着某种意义重大的、必然的联系。似乎，非此等人生，便断难有经典之作……

    仿佛，曹雪芹的命，既祭了文学，那苦难就不但不必同情，简直还神圣得很了。

对于凡·高，他们也是这么看的。

还有八大山人……

还有盲人阿炳……

还有古今中外许许多多命运悲惨凄苦的文化人和文艺家……

仿佛，中国文化和文艺的遗憾，甚至唯一的遗憾仅仅在于——中国再也不产生以自己的命祭文化和艺术，并且虽苦难犹觉荣幸之至犹觉神圣之至的人物了！

这真是一种冷酷得近乎可怕的理念，也无疑是一种病态的逻辑意识。好比这样的情形：风雪之日一名工匠缩在别人的洞里一边咳血一边创作，足旁行乞的破碗尚是空的，而他们看见了却眉飞色舞地赞曰："好动人哟！好伟大哟！伟大的艺术从来都是这么产生的！"要是有谁生了恻隐之心欲开门纳之，暖以衣袍，待以茶饭，我想象，他们可能还会赶紧地大加阻止，斥曰："嘟！这是干什么？尔等打算破坏真艺术的产生吗？！"

如果谁周围有这样的人士，那么请观察他们吧！于是将会发现，其实他们的言论和他们自己的人生哲学是根本相反的——他们不但绝不肯为了什么文化和文艺去蹈任何的小苦难，而且，连一丁点儿小委屈小丧失都是不肯承受的。

但他们总是企图不遗余力地向世人证明他们的文化理念的纯洁和至高无上。证明的方式几乎永远是礼赞别的文化人和艺术家的苦难。似乎通过这一种礼赞，宣告了他们自己正实践着的一种文化和艺术的境界。而我们当然已经看透，这是他们赖以存在，并且力争存在得很滋润很优越的招数。我想，文化人和艺术家自身命运的苦难，与成就伟大的文化和伟大的艺术之间的关系，虽然有时是直接的，但并非逻辑上必然的。鲁迅先生曾说过——"文章憎命达"。当然这话也未必始于鲁迅之口，而是引用了前人的话。

这是有一定道理的。如果一个人生来有福过着王公般的生活，那么创作的冲动和刻苦，就将被富贵的日子溶解了。例外是有的，但是大抵如此。

鲁迅先生在一篇小品文中也传达过这样的观点——倘人生过于不济，天才便会被苦难毁灭。不要说什么大苦大难了，就是要写好一篇短文，一般人毕竟尚需一两小时的安静。倘谁一边在写着，一边耳闻床上的孩子饥啼，老婆一边不停地让他抬脚，并一颗接一颗往他的写字桌下码白菜，那么他的短文是什么质量可想而知……

全世界一切与苦难有关的优秀的文学和艺术，优秀之点首先不在产生于苦难，而在忠实地记录了时代的苦难。纳粹集中营里根本不会产生任何文学和艺术，尽管那苦难是登峰造极的。记录只能是后来的事……

这么一想，真是心疼曹雪芹，心痛凡·高，心痛八大山人和盲人阿炳们啊……

在他们所处的时代，倘有文化人和艺术家的人生救济基金会存在着的话，那多好啊！

还有伟大的贝多芬，我们人类真是对不起这位千古不朽的大师啊！他晚年的命运竟那么凄惨，我们今人在富丽堂皇的场所无偿地演奏大师的乐章，无偿地将他的命运搬上银幕，无偿地将他的乐章制成音带和音碟，并且大赚其钱时，如果我们居然还连他的苦难也一并欣赏，我们当代人多么不是玩意儿呢？！

"苦行文化"的意识，是企图将文化和艺术用某种崇敬意识加以异化的意识。而这其实是比文化和艺术的商业化更有害的意识。

　　因为，后者只不过使文化和艺术泡沫化。成堆成堆的泡沫热热闹闹地涌现又破灭之后，总会多少留下些"实在之物"；而前者，却企图规定文化人和艺术家的人生应该是怎样的，不应该是怎样的。并且误导世人，文化人和艺术家的苦难，似乎比他们留给世人的文化遗产和艺术经典更美！起码，同样美……

　　不，不是这样的。文化人和艺术家的苦难，从来不是文化和艺术必须要求他们的，也和一切世人的苦难一样，首先是人类不幸的一部分。

　　我这么认为……

全世界一切与苦难有关的优秀的文学和艺术，优秀之点首先不在产生于苦难，而在忠实地记录了时代的苦难。纳粹集中营里根本不会产生任何文学和艺术，尽管那苦难是登峰造极的。记录只能是后来的事……

千年病灶：撼山易，撼奴性难

"国民劣根性"问题是"五四运动"时期知识分子们率先提出的。谈及此，人们首先想到的是鲁迅。其实不唯鲁迅，这是那时诸多知识分子们共同关注的。叹息无奈者有之，痛心疾首者有之，热忱于启蒙者有之，而鲁迅是哀其不幸、怒其不争的。梁启超对国民劣根性的激抨绝不亚于鲁迅。陈独秀创办《新青年》伊始曾公开发表厉言：凡一九一九年以前出生者当死，唯一九一九年后出生者应生！何出此言？针对国民劣根性耳。当然，他指的不是肉体生命，而是思想生命、精神生命。蔡元培、胡适也是不否认国民劣根性之存在的。只不过他们是宅心仁厚的君子型知识分子，不忍对同胞批评过苛，一主张默默地思想启蒙，加以改造；一主张实行教育救国、教育强国，培养优秀的新国人种子。蔡元培就任北大校长的演说表达了他的希望，培养具有"自由之精神、独立之思想"的新国人这一教育思想证明了他的希望。

就连闻一多也看到了国民劣根性。但他是矛盾的。好友潘光旦在国外修的是优生学，致信给他，言及中国人缺乏优生意识。闻一多复信曰："倘你借了西方的理论，来证明我们中国人种上的劣，我将想办法买手枪。你甫一回国，我亲手打死你。"

但他也写过《死水》一诗：

> 这是一沟绝望的死水，
> 清风吹不起半点漪沦。
> 不如多扔些破铜烂铁，
> 爽性泼你的剩菜残羹。
> 也许铜的要绿成翡翠，
> 铁罐上锈出几瓣桃花；
> 再让油腻织一层罗绮，
> 霉菌给他蒸出些云霞。

这样的诗句，显然也是一种现状及国民劣根性的诗性呈现。闻一多从国外一回到上海，时逢"五卅惨案"发生不久，于是他又悲愤地写下了《发现》：

> 我来了，我喊一声，迸着血泪，
> "这不是我的中华，不对，不对！"

为什么他又认为不是了呢？有了在国外的见识，对比中国，大约备感国民精神状态的不振。"不是"者，首先是对国家形象及国民精神状态的不认可也。

那时中国人被外国人鄙视为"东亚病夫"，而我们自喻是"东亚睡狮"。狮本该是威猛的，但那时的我们却仿佛被打了麻醉枪，睡将下去，于是类乎懒猫。

清末以前，中国思想先贤们是论过国民性的，但即使论到其劣，也是从普遍的人类弱点、劣点去论，并不仅仅认为只有中国人身上才表现的。那么，我们现在接触到了第一个问题——某些劣根性，仅仅是中国人天生固有的吗？

我的回答是：否。

人类不能像培育骏马和良犬那样去优配繁衍，某些人性的缺点和弱点是人类普遍固有的。而某些劣点又仅仅是人类才有的，连动物也没有，如贪婪、忘恩负义、陷害、虚荣、伪善，等等。故，万不可就人类普遍的弱点、缺点、劣点来指摘中国人。但，不同国家的历史、文化，又完全可以造成某一国家的人们较普遍地具有某一种劣性。比如西方欧美国家，由于资本主义持续时间长，便有一种列强劣性，这一种劣性的最丑恶记录是贩奴活动、种族歧视。当然，这是他们的历史表现。

于是我们接触到了第二个问题——中国人曾经的劣根性主要是什么？我强调曾经，是因为今天的中国已与"五四"以前大不一样，不可同日而语。

在当年，民族劣根性的主要表现是奴性，"五四运动"时期知识分子深恶痛绝的也是奴性。

那么，当年中国人的奴性是怎么形成的呢？

这要循中国的历史来追溯。

世界上没有人曾经撰文批判大唐时期中国人的劣根性，中国的史籍中也无记载。唐诗在精神上是豪迈的，气质上是浪漫的，格调上是庄重的，可供我们对唐人的国民性形成总印象。唐诗的以上品质，从宋朝早期的诗词中亦可见到继承，如苏轼、欧阳修、范仲淹等的诗词。

但是到了宋中期，宋词开始出现颓废、无聊、无病呻吟似的自哀自怜。明明是大男人，写起词来，却偏如小媳妇。这一文学现象是很值得研究的。伤心泪、相思情、无限愁、莫名苦、琐碎忧这些词语，是宋词中最常出现的。今天的中文学子们，如果爱诗词的，男生偏爱唐诗，女生偏爱宋词。唐诗吸引男生的是男人胸怀，女生则偏爱宋词的小女人味。大抵如此。

为什么唐诗之气质到了宋词后期变成那样了呢？

因为北宋不久便亡了，被金灭亡。现在打开《宋词三百首》，第一篇便是宋徽宗的《宴山亭·北行见杏花》：

> 裁剪冰绡，轻叠数重，淡著燕脂匀注。新样靓妆，艳溢香融，羞杀蕊珠宫女。易得凋零，更多少、无情风雨。愁苦，问院落凄凉，几番春暮。
>
> 凭寄离恨重重，者双燕，何曾会人言语。天遥地远，万水千山，知他故宫何处？怎不思量，除梦里、有时曾去。无据，和梦也新来不做！

宋徽宗做梦都想回到大宋皇宫，最终死于囚地，这很可怜。

"人事有代谢，往来成古今"。朝代兴亡更替，亦属历史常事。但一个朝代被另一种迥异的文化灭亡，却是另外一回事。北宋又没被全灭，一部分朝臣子民逃往长江以南，建立了南宋，史称"小朝廷"。由"大宋"而小，而苟存，这不能不成为南宋人心口的疼。拿破仑被俘并死于海上荒岛，当时的法国人心口也疼。兹事体对"那一国人"都是伤与耻。

故这一时期的宋词，没法豪迈得起来了，只有悲句与哀句了。

南宋人从士到民，无不担忧一件事——亡的命运哪一天落在南宋？人们毫无安全感，怎么能豪迈得起来、浪漫得起来呢？故当年连李清照亦有诗句曰："至今思项羽，不肯过江东。"

后来南宋果然也亡了，这一次亡它的是元朝，建都大都（今北京）。

元朝将统治下的人分为四等——第一等自然是蒙古人；第二等是色目人（西北少数民族）；第三等是"汉人"，特指那些早已长期在金统治之下的长城以北的汉族人；第四等是"南人"，灭了南宋以后所统治的汉人。

并且，元朝取消了科举制，这就断了前朝遗民跻身官僚阶层的想头。我们都知道，服官政是古代知识分子的追求。同时又实行了"驱口制"，即规定南宋俘虏及家属世代为元官吏之奴，可买卖，可互赠，可处死。还实行了"匠户制"，使几百万工匠成为"匠户"，其实便是做技工的匠奴。对于南宋官员，实行"诛捕之法"，抓到便杀，迫使他们逃入深山老林，隐姓埋名。南宋知识分子惧怕也遭"诛捕"，大抵只有遁世。

于是汉民族的诗性全没了，想不为奴亦不可能。集体的奴性，由此开始。

> 枯藤老树昏鸦，
> 小桥流水人家，
> 古道西风瘦马。
> 夕阳西下，
> 断肠人在天涯。

我们今天读马致远的这一首词，以为诗人表达的仅仅是旅人思乡，而对他当时的内心悲情，实属缺乏理解。当年民间有唱：

> 说中华，道中华，
> 中华本是好地方，
> 自从来了元皇帝，
> 十年倒有九年荒。

元朝享国九十七年，以后是明朝。明朝二百七十六年，经历了由初定到中兴到衰亡的自然规律。"初定"要靠"专制"，不专制不足以初定。明朝大兴"文字狱"，一首诗倘看着不顺眼，是很可能被满门抄斩的。二百七十多年后，明朝因腐败也亡了。

于是清朝建立，统治了中国二百六十八年。

世界上有此种经历的国家是不多的，我个人认为，正是这种历史经历，使国人形成了根深蒂固的奴性。唯奴性十足，方能存活，所谓顺生逆亡。旷日持久，奴成心性。谭嗣同不惜以死来震撼那奴性，然撼山易，撼奴性难。鲁迅正是哀怒于这一种难，郁闷中写出了《药》。

故，清朝一崩，知识分子通力来批判国民劣根性，他们是看得准的，所开的医治国民劣根性的药方也是对的。只不过有人的药方温些，有人的药方猛些。

可以这样说，中国人艰苦卓绝、可歌可泣的十四年抗日战争，与批判国民劣根性有一定关系。那批判无疑令中国人的灵魂疼过，那疼之后是抛了奴性的勇。

综上所述，我认为，今日之中国人，绝非梁启超、鲁迅们当年所满眼望到的那类奴性成自然、浑噩冷漠乃至于麻木的同胞了。我们中国人的国民性有了前所未有的变化。"国民"只不过是"民"。普遍之中国人正在增长着维权意识，由一般概念的"民"而转变为"公民"。民告官，告大官，告政府，这样的事在从前不能说没有。《杨三姐告状》，告的就是官，就是衙门。但是现在，从前被视为草民的底层人、农民，告官告政府之事司空见惯，奴性分明已成为中国人过去的印记。

但，有一个现象值得深思，那就是近年来的青年工人跳楼事件。他们多是农家子女。他们的父母辈遇到想不开的事尚且并不轻易寻死，他们应比他们的父母更理性。但相反，他们却比他们的父母辈脆弱多了。这一方面是由于他们虽为农家儿女，其实自小也是娇生惯养。尤其是身为独生子女的他们，像城里人家的独生子女一样，也是"宝"。与从前的农家儿女相比，他们其实没怎么干过农活的。他们的"跳楼"，也可说是"娇"的扭曲表现。另一方面就是若他们置身于一种循环往复的秩序中，而秩序对他们脆弱的心理承受又缺乏较周到的人文关怀的话，那么，他们或者渐渐地要求自己适应那秩序，全无要求改变那秩序的主动意识，于是身上又表现出类似奴性的秩序下的麻木，或者走向另一种极端，企图以死一了百了。

要使两三亿人之多的打工的农家子女成为有诉求而又有理性，有个体权益意识而又有集体权益意识，必要时能够做出维权行动反应而又善于正当行动的青年公民，全社会任重而道远。

自从网络普及，中国人对社会事件的参与意识极大地表现了出来。尤其事关公平、道义、社会同情之时，中国人这方面的参与热忱、激情越来越高。但是也应看到，在网络表态中，嘻哈油滑的言论颇多。可以认为那是幽默。对于某些事，幽一大默有时也确实比明明白白地表达立场更高明，有时甚至更具有表达艺术。而有些事，除了幽他一大默，或干脆"调戏"一番，几乎也不知再说什么好。

但我个人认为，网络作为公众表达公民社会诉求和意见的平台，就好比从前农村的乡场，既是开会的地方，也是娱乐的地方。从前的中国农民在这方面分得很清，娱乐时尽管在乡场搞笑，开会时便像开会的样子。倘开会时也搞笑，使严肃郑重之事亦接近着娱乐了，那么渐渐地，乡场存在的意义，就会变得只不过是娱乐之所了。

亲爱的诸位，最后我要强调时间是分母，历史是分子。时间离现实越远，历史影响现实的"值"越小，最终不再影响现实，只不过纯粹成了"记事"。此时人类对历史的要求也只不过是真实、公正的认知价值；若反过来，视历史为分母，人类就难免被历史异化，背上历史包袱，成为历史的心理奴隶了。

中国是一个多民族国家。抗日战争不仅千锤百炼了中华民族，使我们这个民族浴火重生，凤凰涅槃，也千锤百炼了汉族与蒙古族、满族、回族、朝鲜族、维吾尔族等多个民族之间的关系。这一种关系也凤凰涅槃了。可以这样说，中国经历了抗日战争，各民族之间空前团结了。古代的历史，使汉民族那样，也使汉民族与其他民族的关系那样。近代的历史，使汉民族这样，也使汉民族与其他民族的关系这样。

影响现实的，是离现实最近的史。

离中国现实最近的是中国的近代苦难史，中国人心理上仍打着这一种史的深深烙印，每以极敏感极强烈的民族主义言行表现之。解读当代中国人的国民性更应从此点出发。

评论的尺度

在我的理解之中，评论其实并非一件事，而是既相似又具有显然区别的两件事——相对于文学艺术，尤其如此。

评说之声，可仅就一位文学艺术家的单独的作品而发；而议论文，就要在消化与一位文学艺术家的或一类文学艺术现象的诸多种文学艺术创作的资料之后，才可能有的放矢。

打一个有几分相似又不是特别恰当的比喻——评像是医学上的单项诊断，而论像是全身的体检报告。

比如，倘我们仅就张艺谋的《英雄》言其得失，那么我们只不过是在评《英雄》，或表述得更明确一些，评张艺谋执导的商业大片《英雄》；而倘若我们仅就《英雄》发现自诩为"张艺谋论"的看法，那么，结果恐怕是事与愿违的。因为张艺谋执导的电影既有《英雄》之前的《秋菊打官司》和《一个都不能少》等，又有《英雄》之后的《千里走单骑》等。

以上自然是文学艺术之评论的常识，本无须赘言的。我强调二者的区别，乃是为了引出下面的话题，即我的学生们经常对我提出的我和他们经常共同面临的问题——文学艺术的评论有标准吗？如果有，又是些怎样的标准？被谁确定为标准的？他们凭什么资格确定那样一些标准？我们为什么应该以那样一些标准作为我们对文学艺术进行评论的标准？如果不能回答以上问题，那么是否意味着所谓文学艺术的评论，其实并没有什么应该遵循的可称为"正确"的标准？果真如此的话，评论之现象，岂不成了一件原本并没有什么标准，或曰原则，实际上只不过是每个评论者自说自话的无意义之事吗？是啊，你说你的，我说我的，没有判断对错的尺度放在那儿，还评个什么劲儿论个什么劲儿呢？这样的话语，人还非说它干吗呢？

我的第一个回答是：尺度确乎是有的。标准或曰原则也确乎是有的。只不过，评有评的尺度、标准、原则，论有论的尺度、标准、原则。而论是比评更复杂的事，因而也需对那尺度、标准和原则，心存较全面的而非特别主观的偏见。

我的第二个回答是，人们看待自然科学的理念是这样的——世界是物质的，物质是运动的，运动是有规律的，规律是可以认知和掌握的。

我想，人们看待文学艺术，不，文学和艺术的理念，当然同样——世界不仅是物质的，而且是文化的（包括文学和艺术）；文学和艺术体现为人类最主要的文化现象，是不断进行自身之调衡、筛选及扬弃的；其内容和形式乃是不断丰富、不断创新的；文学和艺术古往今来的这一过程，也毕竟总是有些规律可循的；遵循那些规律，世人是可以发乎自觉的，表现能动性也梳理并提升各类文学和艺术的品质的；而评和论的作用，每充分贯穿于以上过程之中……

同学们说：老师，你的话说来说去还是太抽象，能不能谈得更具体一点儿呢？我思忖片刻，只得又打比方。

我说：亲爱的同学们，人来到世上，不管是不是一个与文学和艺术形成职业关系的人，他或她其实都与文学和艺术发生了一个与世人和两个口袋的关系。两个口袋不是指文学和艺术——而是指本已包罗万象，内容极为丰富又极为芜杂的口袋，人类文化的口袋和一个起初空空如也的、自己这一生不可或缺的、如影随形的自给自足的纯属个人的文化的口袋。这后一个口袋对于大多数人绝不会比钱包还重要，只不过像一个时尚方便的挎包。有，最好，没有，其实也无所谓的。但是对于一个与文学和艺术形成了热爱的进而形成了职业之关系的人，个人的文化之口袋的有或无，那一种重要性就意义极大，非同小可了。

这样的一个人，他往往是贪婪的。贪而不知餍足。一方面，他知道人类的文化的口袋里，对自己有益的好东西太多了。这使他不断地将手伸进去往外抓取。对于他，那都是打上了前人印章的东西，抓取到了放入自己的文化口袋里，那也不能变成自己的。既然不能变成自己的，抓取对于他就没有什么特殊意义。而要想变成自己的，那就要对自己抓取在手的进行一番辨识，看究竟值不值得放入自己的口袋。他或她依据什么得出值与不值的结论呢？第一，往往要依据前人的多种多样的看法，亦即前人的评和论。第二，要依据自己的比较能力。可以这么说，在比较文学和比较艺术的理论成为理论之前，一个与文学和艺术发生了亲密关系的人，大抵已相当本能地应用着比较之法了。比较文学和比较艺术的理论，只不过总结了那一种比较的本能经验，使本能之经验理论化了。第三，本人的文化成长背景也起着不容忽视的暗示作用。但我们后人实在是应该感激先人。没有先人留下了多种多样的评论的遗产，以及丰富多彩的文学和艺术的作品，那么我们后人将根本无从参考，也无从比较。

我们与文学和艺术发生了亲密关系的人，不仅仅是那些只知一味从人类的文化口袋里贪婪地抓取了东西往自己的文化口袋里放的人。我们这种人的特征，或曰社会责任感，决定了我们还要使自己的文化口袋变成文学和艺术的再生炉。也就是说，我们取之于哪一个口袋，我们就要还之于哪一个口袋。抓取了创作成果之营养的，要还之以创作的成果。抓取了评或论的成果之营养的，要还之以同样的成果。谁不许我们还都不行。这是我们这类人实现自我价值的唯一方式。我们这类人的一切欣慰，全都体现在所还的质量方面。社会以质作为我们的第一考评标准，其次是量。而在我们这种人，大多数情况乃是没有一定的量的实践，真是不太会自然而然提交的。一生一部书一幅画一次演出流芳千古的例子，并不是文学史和艺术史上的普遍现象，而是个别的例子……

同学们：老师，您扯得太远了，请直接说出评的尺度和论的尺度！既然您刚才已经言之凿凿地说过有！

我：亲爱的同学们，耐心点儿，再耐心点。现在，让我告诉你们那尺度都是什么：

第一，和平主义。

第二，审美价值。

第三，爱的情怀。

第四，批判之精神，亦曰文化的道义担当之勇气。

第五，以虔诚之心确信，以上尺度是尺度，以上原则是原则；并以文学的和艺术的眼光，看以上诸条，是否在文学的和艺术的作品中，得到了文学性的和艺术性的或传统的或创新的或深刻的或激情饱满的发挥。总而言之，将要创作什么？为什么创作？怎样与创作结合起来进行评和论？

同学们：老师啊老师，您说的那算是些什么尺度啊！太老生常谈了！半点儿新观念也没有哇！听起来根本不像在谈文学和艺术，倒像是在进行道德的说教！

我：诸位，少安毋躁。我只不过才说了我的话的一半。我希望你们日后在进行文学的文艺的评或论的时候，头脑里能首先想到两个主义、一个方法。它们都是你们常挂在嘴边上动辄夸夸其谈的，但是我认为你们中其实少有人真的懂得那是两个什么样的主义，一个什么样的方法。

第一个主义叫作解构主义。这个主义说白了就是"拆散"一番的主义。也不是主张对一切都"拆散"了之，而是主张在"拆散"之后重新来发现价值。我们都知道的，世上有些事物、有些现象，初看起来，具有某种价值似的，一旦"拆散"，于是了无可求。证明看起来形成印象的那一种价值，原本就是一种虚炫的价值。而还有些事物或现象，是不怕"拆散"的，也是经得住"拆散"的。即使被"拆散"了，仍具有人难以轻弃的价值。比如一个崭新的芭比娃娃或一艘老式战舰。芭比娃娃是经不起一拆的，拆了就只不过一地纤维棉和一地布片。不是芭比娃娃没有它的价值，而是强调它的价值一定在它是一个芭比娃娃时才具有。但一艘战舰，即使被拆了，钢铁还有不可忽略的价值。以战舰对比芭比娃娃，太欠公平了。那么就说是一只老式的罗马表"解构"了，也许会发现小部件与小部件之间所镶的钻石。而芯内的钻石，只有在"解构"之后才会被人看到。一把从前的玻璃刀也是那样。刀头上的钻石的价值是不应被轻易否定的。故我希望你们明白——这世上确乎存在着连解构主义也对之肃然的事物或现象。凡是解构主义解构来解构去，甚或轻易根本不敢对之实行解构的特别稳定的价值，它若体现在文学或文艺之中了，评和论都要首先予以肯定。连这个态度都丧失了的评和论，就连客观公正也首先丧失了。所以我再说一遍，凡解构主义最终无法解构得了无可取代的价值取向，皆可作评和论的尺度。我刚才举到的只不过是我所重视的，自然不是全部。

第二个主义是存在主义。一谈到存在主义，有人就联想到了那样一句话——"存在的，即合理的。"在这一句话中，"合理"是什么意思呢？不是指合乎人性情理，也不是指伦理学方面的道理，而是指逻辑学上的因果之理。即其因在焉，其果必存。某些评或论，不究其因，只鞭其果，不是有思想有见识的评和论。所以我希望同学们，发表否定之声的时候，当先自问——那原因我看到了没有？倘看到了，又不敢说，那就干脆缄口，什么都别说了。当老师的人，每顾左右而言他，圆滑也。圆滑不是评和论的学问或经验，是大忌也，莫学为好。存在主义是评论具有社会批判性的文学和文艺的不可或缺的一种尺度。现在我们该谈谈那一种方法了。非他，比较之法而已。所谓"比较文学"，即应用比较之法认识文学品质的一种方法。不比较，难鉴别。这是常识。老百姓买东西，还往往货比三家呢。

这一种方法，自评论之事产生，其实一贯为人用也。但那是一种本能性的方法之应用，并未被上升为理论。由经验而理论，只不过是二十世纪才有的事。一切之人，面对文学或文艺，忽觉有话要说，头脑中那第一反应是什么呢？最初的资讯反应而已。民间夸邻家的女孩儿漂亮，怎么说？——呀，这丫头，俊得像……于是夸者联想到了嫦娥；而你们今天，会联想到某某明星、模特。一个人头脑里所储存的资讯越丰富，评起来论起来就越自信。而自信的评和论，与不自信的评和论的区别乃在于，前者之言举一反三，后者却每每只能一味地说："我觉得……"因为除了自己的"觉得"，几乎再就说不出别的什么。所以同学们要多读、多看，使自己关于文学和文艺的资讯背景渐渐厚实起来，以备将来从事与评和论的能力有联系的职业……

最后我要说的是，或言我要作一番解释：我虽仅只大略地归纳了六条尺度，其实它们包含着互相贯通的内在结构。比如在我这儿，想象力的魅力，也是一种类。故《西游记》依我之眼来看，首先是美的文学。《白蛇传》更是古今中外极美之例也。而牺牲精神、正义行为，尤其是美的。故在我这儿，连《赵氏孤儿》都是美的。爱的情怀，当然也不仅仅指男女之爱。《汤姆叔叔的小屋》，大爱之作也。《雷霆大兵》的主题是什么呢？可不可以说是枪林弹雨之中的人类爱的大情怀的诠释呢？而在批判之精神的感召下，近两百年来，古今中外曾产生了多少优秀的文学和文艺啊！

我的结束语是：将解构主义当成棍棒横扫一切的评和论的现象，是对解构主义不得要领的"二百五"的现象。以"存在的，即合理的"为盾牌，专门做某些显而易见的文化垃圾的卫士的人，犯的乃是理解力方面的低级错误。如果我们正确领会了以上两种主义，再加上善于运用比较之法，则定会在评和论这两件事中，提高自己，有益他人。归根结底，评和论的尺度不但有，而且是需郑重对待的。

报复的尺度

不唯人有报复心，较高级的动物也是有的。

然而动物之报复，无论对同类，对包括人在内的另类，绝对只不过是愤怒的宣泄，满足于一口咬死而已。它们有时也会继续攻击报复对象的尸体，甚而吃掉。那当然是很血腥很恐怖的场面，但对于报复对象而言，痛苦与恐惧毕竟在起初致命的一咬或几咬之后，已经结束。很少听说过这样的事情——一只或一群动物，在报复另一只或一群动物时，将它们咬得半死，然后蹲卧一旁，听它们哀嚎，看它们痛苦万状，而达到享受的极大快感。

是的，动物断不会这样。

而某些人会这样。

就此点而言，真不知该说是人比动物高级，还是比动物残忍。

恐怕我们不得不承认，我们的同类即某些人的报复行为。显然证明人性中具有远比兽性更凶残的方面。"人面兽心""蛇蝎心肠""禽兽不如"这样一些形容词，稍一深想，其实在人兽之间是颠倒是非的。"禽兽不如"改为"禽兽莫及"，反倒恰当。

人对禽兽之报复，大抵也往往能控制在一个有限的尺度，手段并不至于多么残忍。倘猛禽凶兽伤了人自己或他的亲友，人对它们的报复，不过就是得手之际，杀死完事。

例如，《水浒传》中的李逵，对老娘是何等有孝心，可高高兴兴地下山接母，为老娘寻水去的一会儿工夫，不料双目失明的老娘已被一窝猛虎吃掉。那李逵，斯时该是何等悲伤，何等愤怒，但也不过就是将一窝四只大小老虎杀死了之。以他的勇猛，将其中一只杀个半死，再加以细细地折磨，并非完全做不到的事。

然而他却没有。

故李逵虽也曾在与官军交战中杀人不眨眼，但我们并不因而斥其"惨无人道"。

但人对人的报复，有时竟异乎寻常地残忍。

最典型的例子，是一个女人对另一个女人的报复——吕后对戚夫人一次次下毒手。她先是命人打得戚夫人皮开肉绽，体无完肤，之后命人挖掉戚夫人双眼，豁开戚夫人脸腮，割下戚夫人舌头。再之后，砍掉戚夫人四肢，将其抛入厕所中，使其生不如死，死亦不能。还要给戚夫人起一个供观赏的名叫"人彘"。还要带自己的儿子来与之一起参观。以致那年轻的皇帝看得心惊胆战，连道："非人所为，非人所为！"所为者虽是生母，也不禁要予以道义的谴责。

似乎，正是因为这一《史记》情节后来被改成了戏剧，搬上了舞台，看的人多了，中国以后有了"最毒不过妇人心"一句话。分明，此话是男人们先说开的。

一个人类社会的真相乃是，就总体而言，世上大多数残忍之事，皆是由男人们做下的。那些残忍之事中的许多，是男人们对女人们做下的。吕后的所为，当属个案。做残忍的事须有铁石般的心肠。大多数女性身上，同时具有母性之特征。而母性是与残忍相对立的。

故基本上可以这么说，比动物更残忍的，主要是男人。

古代种种连听来也令人毛骨悚然的酷刑，皆是男人们发明的，由男人们来实施的。男人们看着受刑之人，可以做到面不改色心不跳。鲁迅曾夜读记载古代酷刑的书，仅看数页便即掩卷，骇然于那林林总总的残忍。

人有报复心本身，并不多么值得谴责。倘竟无，那么人也就成"圣"，成"佛"了。说穿了，以法律的名义判罪犯刑期，乃至死刑，便是人类社会对坏人罪大恶极之人实行公开、公正之惩罚的方式。惩罚者，报复也。然人类社会进入文明时期以后，司法过程是绝对禁止用刑的。纵使对坏人恶人，一旦用刑，那也是知法犯法，执法犯法，同样要受法律制裁。

报复的尺度，折射着人类文明的尺度。

美国大兵虐待伊拉克犯人的丑闻之所以是丑闻，正在于那种种与报复心理有关的行径，违背了人类文明的尺度。

人类很早很早的时候，就已经开始相当严肃地思考报复之尺度的问题了。比如在《希腊神话故事》中，特洛伊城下成为战场，两军交战中，特洛伊城的卫城统帅赫克托耳，误将阿喀琉斯的表弟当成了阿喀琉斯本人，在一对一单挑的决斗中结果了对方。阿喀琉斯与其表弟感情深焉，于是单枪匹马叫阵赫克托耳，并在决斗中替表弟报了仇，杀死了赫克托耳。

在从古至今的战争中，这种人对人的仇怨、憎恨、报复，真是在所难免。但人类社会对此点，却也以"人道"的名义做出了种种约定俗成的尺度限制。报复一旦逾越了那尺度，便要为自己的不人道负责。在这类尺度还未以法理之观念确立之前，人类便借助神的名义来告诫。这种文化现象，体现在《希腊神话故事》中。

还以赫克托耳与阿喀琉斯为例，后者杀死前者，报复目的其实已经达到，但却还要用剑将赫克托耳的脚踝扎出洞来，穿过绳索，拖尸数圈，以使在城头观战的赫克托耳的老父亲、妻子和弟弟等一概亲人伤心欲绝——这，便逾越了报复的尺度。

《希腊神话故事》中是这样记载的——阿喀琉斯的行为，触怒了包括太阳神阿波罗和众神之王宙斯在内的几乎所有神的愤怒。他们一致认为，阿喀琉斯必须因他的行为而受到严厉惩罚。宙斯还命阿喀琉斯的母亲水神连夜去往她儿子的营帐，告知她的儿子：是晚赫克托耳的老父亲一定会前来讨要尸体，而阿喀琉斯必须毫无条件地允许——这是神们一致的态度。

所谓"人文原则""人文主义""人文精神"，乃是源远流长的文化现象。无论在中国古代的文学作品中还是在西方古代的文学作品中，只要我们稍稍提高接受的心智水平，就可以发现古人刻意体现其中的、那种几近苦口婆心的、对我们后人的教诲。而这正是文化的自觉性、能动性、责任感之所在。有时，在同一部作品中，其善良愿望与糟粕芜杂一片，但只要我们不将自己的眼光降低到仅仅看热闹的水平，那么便是不难区别和分清的。

据此，我们当然便会认为，在《希腊神话故事》中，美狄亚的遭遇是令人同情的，美狄亚对伊阿宋的报复之念是我们理解的，但她为了达到报复目的，连自己与背叛爱情的丈夫伊阿宋所生的两个孩子竟也杀死，便逾越了报复的尺度，超出了我们普遍之人所能认同的情理范围。而这一则故事，如果我们不从这一文化立场来看，对于今天的我们便毫无认识价值了。而摒除了认识价值，这则故事的想象力本身，正如托尔斯泰所说——只不过体现了人类童年时期的想象力，并无多少可圈可点之处。

若我们以同样之眼光来看我们的古典文学名著，比如《水浒传》，武松替兄报仇而杀潘金莲，是谓私刑。衙门既被收买，报仇那么心切，连私刑这一种行为，我们也是可以宽容的。

但是，当一个被缚住的弱女子终于口口声声认罪，哀哀乞求饶命时，却还是被剖胸取心，我们今人都能认可吗？

武松血溅鸳鸯楼，连杀十余人，其中包括马夫、更夫、丫鬟。他们中有人也求饶命的，武松却一味只说："饶你不得。"

武松这一文学人物，本色固然堪称英雄，民间声誉甚高，但其愤怒之下的暴烈复仇行为，难免会使后世对他的喜爱打几分折扣。然作为文学人物，那一些情节的设置进而可以说是成功的，因为恰恰描写出了这样一种事实——报复源于仇恨，仇越大，恨便深。大仇恨促生大愤怒，如烈火也，能将人性烧得理性全无，唯剩仇恨，一报为快。殃及无辜，全不顾耳。武松报仇雪恨之后，用仇人血于壁上题"杀人者武松也"，按现今说法，这叫对某事件"负责"。所谓"好汉做事好汉当"，又显英雄本色也。但也可以认为，一通的劈杀之后，仇恨之火终灭，理性又从仇恨的灰烬中显现了。

民间原则、司法条例、国际法庭、联合国会议，不但为主持正义而形成，亦为限制报复行为的失控而存在。在当今世界，一切历史上的人和事，以及文化现象中的人和事，都当以更"人道"的立场来重新审视。因为归根结底，一概政治的立场都绝对不可能是普世的。而人道主义是普世的将永无歧义。

是以，国民党之杀害"渣滓洞""白公馆"那些所谓"党国"的敌人，竟连几个连连哭泣的孩子也不放过，其残忍的报复污点，到任何时候也是抹不尽的。而蒋介石后来之笃信基督教，不知与忏悔有关也无？

是以，苏联的布尔什维克的军人们，不管他们对于沙皇政府有多么仇恨，对沙皇的四个平均年龄仅十几岁的儿女刀刺斧砍，排枪扫射，其残忍的灭绝行径，必然也成了"苏维埃"令人难以原谅的罪状之一。前几年连普京都亲临了对沙皇一家骸骨的安葬仪式，意味着是默默无言的赎罪姿态。

是以，"文革"期间，对张志新这一早已在狱中惨遭种种凌辱的，唯有思想，而绝无任何反抗能力的病弱女子，竟还要在不打麻药的情况下由几条罪恶凶汉牢牢按住，利刃割喉，以断其声——这一种残忍行径，也是将永远将他们钉在罪恶柱上的……

年长者大抵知道，关于张志新烈士被害的经过，是经胡耀邦亲笔批准，才在《人民日报》扼要登载的。"割喉"一节，出于对善良之人们心灵承受力的爱护，改成："为了使她在赴刑场的途中不再能发出声音，对她的声带采取了手段……"

难以明了的读者纷纷往报社打电话，问那究竟是什么意思，记者们难以作答。终于有人猜到了，追问再三才得到证实。那一天，成千上万的中国人哭红了哭肿了他们的双眼。没有那一天中国人流的许多许多眼泪，恐怕不足以证明中国人对"文革"这一浩劫有了起码认识。

于是想到，有些人士高调聚议，要求为"四人帮"平反。那么，为"四人帮"平反，便等于最终要为"文革"翻案，便等于对当年千千万万为张志新烈士流泪的人们的蔑视。也等于，对许许多多在"文革"中被迫害致死，尤其那些被残忍地迫害致死的冤魂的再践踏。

这，恐怕仅仅以"人道"的名义，都是有起码正义感的人断不能答应的。若答应了，中国再有钱了，中国人还配被这世界正眼一看吗？至于侵华日军历史上的兽行，德国法西斯军人在"二战"中的残忍罪恶，另当别论。因为这里在讨论的毕竟还是人的行为，而不是"异形"的行为……

2009 年 11 月 18 日于京

文化的报应

　　某年某月某日，上海市某小区内，一名女大学生爬上四楼的窗台欲跳楼，引得楼下围观群众起哄，他们说着冷言冷语，或讥讽或嘲笑。最终，女孩纵身从四楼跳下，幸运的是，她落在已经铺好的气垫上，只有点轻伤。而令人寒心的是，竟然有围观者说："这么矮，根本摔不死。"

　　这种面对生命如此冷漠和麻木的情境，不禁使人想到鲁迅先生笔下的"看客"。是我们的社会出了问题，还是国民的劣根性在作祟？

　　这是个不那么容易回答的问题。当下，比寻找原因更重要的，是我们每个人都需要拿镜子照一下自己，自己是否就是"看客"中的一员，甚至是"帮凶"。

　　一个人帮助别人，你相信他是一个好心人就够了。相信其实就是这么简单的事情，但是在我们这里被解构了。我们总是把这种现象延伸到"社会出现了问题"，说社会使人们感到郁闷，因此导致这种现象。但是我个人觉得这种思维是不对的。因为如果是在一个受到长久良好的文明和文化影响的国度里，即使社会存在的问题很多，人们也不会是这样的。即使在有阶级冲突的社会里，有品性的文化所张扬的也是一种超阶级的"人性当善"的力量。而我们的文化人文含量较少，因此我不赞同把这都归结为社会问题。即使一个社会出现了问题，作为一个人，他的做人底线也不应该是看着自己的同胞将死，而当成乐子围观之。

我在小学五六年级的时候，看过一部苏联的小说《前面是急转弯》，这故事讲的是一个驾车者遇到别人出车祸了，到底是救还是不救的问题。不救者最后失去爱情，失去友谊，失去别人对他的尊重。苏联在半个世纪前已经拍过类似的电影，说明这个国家相对地比较在意文化对人们的影响。但是我们在这方面，说来惭愧，做得还不够。从鲁迅的小说《药》开始，到今天，除了用文化去影响我们的民族，似乎也没别的办法了。这将是漫长的文化任务，但也应是文化知识分子必须担起的任务。

我们文化的启迪影响力不够。我很担心我们将来有一天会受到文化的报应。我担心的是，我们的文化到现在如果还不赶紧真诚地补上人文这一课的话，有一天，文化的缺失会给我们带来悔之晚矣的后果。

我们对待文化的态度可分为两个时期。一个时期是我们相信文化的力量很大。但这个时期，我们其实是仅仅将文化当作政治的工具在利用，一种宣传的工具，而且这种宣传并不指向人心。那时文化只是一种政治的齿轮和螺丝钉，并没有把文化作为一种保证社会和谐运转的机器中的一环来看待。这个时期过去后，我们又转为一种沮丧的想法，觉得文化起不到那个作用了，甚至想干脆就放弃此种文化作用，因此现在的文化变成不起人文作用的文化了，丧失了文化的自觉性。

有些现象表面看起来是道德层面的问题，但是实际上是人性和心理层面的问题。一个当代人有时可能并不明白自己的心理是不健康的、邪性的，而恰恰心理不健康的人最可能拒绝承认这个事实。在这种情况下，一般的说教是没有用的，但是文艺有这种功能。文艺像一面镜子，不仅能照出人的容貌，还能照出人的内心。

　　现在很流行两个字——"作秀"。我们中国人每将任何人的任何言行都冠以"作秀"二字，那么我们还相信什么不是"作秀"呢？我们没有愿意去相信的东西。按照我们的这种思维，华盛顿拒绝连任总统回家当木匠，是在作秀；林肯的简朴也是作秀；马丁·路德·金的演说更是作秀。如果一切的行为在中国人的眼里都是作秀的话，那么最后的叩问就是："中国人到底信什么？"而世上原本是有很多可以相信的东西的，只要你简单地去相信它就好。

　　某些青年往往因感情问题而萌发轻生之念。我不愿过多地责备他们。一个人到了要自杀的地步，一定是心理承受巨大痛苦的人，应该体现出人文关怀。

　　一个公民，应当具有自由、公平、正义的公民理念，公民社会的核心原则当是"我予人善，人待我仁"，我们不能把自己当作看客，我们每个人都是中国的主人。社会好的话，有我们的一份功劳；社会不好的话，也有我们的一份责任。我们在骂社会、骂政府、骂别人的时候，也应该反思一下自己，是不是尽到了对这个社会、这个国家应该负有的责任。

文明的尺度

　　某些词汇似乎具有无限丰富的内涵，因而人若想领会它的全部意思并非一件简单的事情。比如宇宙，比如时间。不是专家，不太能说清楚。即使听专家讲解，没有一定常识的人，也不太容易真的听明白。但在现实生活之中，却仿佛谁都知道宇宙是怎么回事，时间是怎么回事。

　　为什么呢？因为宇宙和时间作为一种现象，或曰作为一种概念，已经被人们极其寻常化地纳入一般认识范畴了。大气层以外是宇宙空间。一年十二个月，一天二十四小时，每小时六十分钟，每分钟六十秒。

　　这些基本的认识，使我们确信我们生存于怎样的一种空间，以及怎样的一种时间流程中。这些基本的认识对于我们很重要，使我们明白作为单位的一个人其实很渺小，"奄忽若飙尘"；也使我们明白，"人生易老天难老"，时间即上帝，人类应敬畏时间对人类所做的种种之事的考验。由是，我们的人生观、价值观大受影响。

　　对于普通的人们，具有如上的基本认识，足矣。

"文明"也是一个类似的词。

东西方都有关于"文明"的简史，每一本都比霍金的《时间简史》厚得多。世界各国，也都有一批研究文明的专家。

一种人类的认识现象是有趣也发人深省的——人类对宇宙的认识首先是从对它的误解开始的，人类对时间的概念首先是从应用的方面来界定的。而人类对于文明的认识，首先源于情绪上、心理上，进而是思想上、精神上对于不文明现象的嫌恶和强烈反对。当人类宣布某现象为第一种"不文明"现象时，真正的文明即从那时开始。正如霍金诠释时间的概念是从宇宙大爆炸开始。

文明之意识究竟从多大程度上改变了并且还将继续改变我们人类的思想方法和行为方式，这是我根本说不清的。但是我知道它确实使别人变得比我们自己可爱得多。

二十世纪八十年代我曾和林斤澜、柳溪两位老作家访法。一个风雨天，我们所乘的汽车驶在乡间道路上。在我们前边有一辆汽车，从车后窗可以看清，内中显然是一家人。丈夫开车，旁边是妻子，后座是两个小女儿。他们的车轮扬起的尘土，一阵阵落在我们的车前窗上。而且，那条曲折的乡间道路没法超车。终于到了一个足以超车的拐弯处，前边的车停住了。开车的丈夫下了车，向我们的车走来。为我们开车的是法国外交部的一名翻译，法国青年。于是他摇下车窗，用法语跟对方说了半天。后来，我们的车开到前边去了。

我问翻译："你们说了些什么？"

他说，对方坚持让他将车开到前边去。

我挺奇怪，问为什么。

他说，对方认为，自己的车始终开在前边，对我们太不公平。

对方说，自己的车始终开在前边，自己根本没法儿开得心安理得。

而我，默默地，想到了那法国父亲的两个小女儿。她们必从父亲身上受到了一种教育，那就是，某些明显有利于自己的事，并不一定真的是天经地义之事。

隔日我们的车在路上撞着了一只农家犬。是的，只不过是"碰"了那犬一下。只不过它叫着跑开时，一条后腿稍微有那么一点儿瘸，稍微而已。法国青年却将车停下了，去找养那只犬的人家。十几分钟后回来，说没找到。半小时后，我们决定在一个小镇的快餐店吃午饭，那法国青年说他还是得开车回去找一下，要不，他心里很别扭。是的，他当时就是用汉语说了"心里很别扭"五个字。而我，出于一种了解的念头，决定陪他去找。终于找到了养那条犬的一户农家，而那条犬已经若无其事了。于是郑重道歉，主动留下名片、车号、驾照号码……回来时，他心里不"别扭"了。接下来的一路，又有说有笑了。

我想，文明一定不是要刻意做给别人看的一件事情。它应该首先成为使自己愉快并且自然而然的一件事情。正如那位带着全家人旅行的父亲，他不那么做，就没法儿"心安理得"。正如我们的翻译，不那么做就"心里很别扭"。

中国很大，人口也多，百分之八九十的人口，其实还没达到物质方面的小康生活水平[①]。腐败、官僚主义、失业率、日益严重的贫富不均，所有负面的社会现象，决定了我们中国人的文明，只能从底线上培养起来。二十世纪初，全世界才十六亿多人口。

---

① 2021年习近平总书记在庆祝中国共产党成立100周年大会上庄严宣告，"经过全党全国各族人民持续奋斗，我们实现了第一个百年奋斗目标，在中华大地上全面建成了小康社会，历史性地解决了绝对贫困问题"。

而现在，中国人口只略少于一百年前的世界人口而已。

　　所以，我们不能对我们的同胞在文明方面有太脱离实际的要求。无论我们的动机多么良好，我们的期待都应搁置在文明底线上。而即使在文明的底线上，我们中国人一定要改变一下自己的方面也是很多的。比如袖手围观溺水者的挣扎，其乐无穷，这是我们的某些同胞一向并不心里"别扭"的事，我们要想法子使他们以后觉得仅仅围观而毫无营救之念是"心里很别扭"的事。比如随地吐痰，当街对骂，从前并不想到旁边有孩子，以后人人应该想到一下的。比如中国之社会财富的分配不公，难道是天经地义的吗？我们听到了太多太多堂而皇之天经地义的理论。当并不真的是天经地义的事被说成仿佛真的是天经地义的事时，上公共汽车时也就少有谦让现象，随地吐痰也就往往是一件大痛其快的事了。

　　中国不能回避一个关于所谓文明的深层问题，那就是，文明概念在高准则方面的林林总总的"心安理得"，怎样抵消了人们寄托于文明底线方面的良好愿望？

　　我们几乎天天离不开肥皂，但"肥皂"反而是我们说得最少的一个词；"文明"这个词我们已说得太多，乃因为它还没成为我们生活内容里自然而然的事情。

　　这需要中国有许多父亲，像那位法国父亲一样自然而然地体现某些言行……

第三章

读 书 与 人 生

读书与人生——在清华大学的演讲

　　主持人：有人说在清华办讲座比较困难，因为我们的学生一直学业特别紧张，没有时间来听，我们主办讲座的老师也经常会有一些担心，比如说今天。因为我们原来的讲座是安排在星期四晚上，但这个学期因为其他一些活动，比如说保持共产党员先进性教育活动，所以我们做了一个调整，调到下午。下午的时间很多同学都有课，原来担心图书馆报告厅会坐不满，没想到今天来了这么多人。表现出清华的同学对人文精神的一种新的关注。

　　这是一件非常好的事情。下面请梁先生做演讲。

　　梁晓声：（如果有同学带餐巾纸的话，希望贡献一两张，我没带手绢，而且还感冒了。）非常高兴。高兴的原因不是人多，比这人更多的场面我也坐在台上过。高兴的原因是我看到了这么多男生的面孔。男生在我们北京语言大学是稀有元素。在新生入学的时候，我们老师之间都会互相询问：有几个男生？我班上男生最多的时候也没有超过十个，最少的时候只有三四个。这是由我们大学的学科结构决定的。坐在台上，心生悔意。原因有两个方面。一个方面是文学这个话题越来越是一个"小众"的话题，读书这个话题在中国也越来越是一个"边缘"的话题。我们的人口越来越多，我们读书的人口最近几年的统计数据却不是上升，而是下降。尤其是二〇〇二年我调到北京语言大学之后，在我这，文学的话题由于我的职责要求，越来越变成一个专业性的话题。这就好比请演艺界的人士坐在台上，如果谈演艺以外的事情，谈初恋与失恋，谈逸事与绯闻，谈其他种种爱好、血型、星座，显然都是饶有趣味的话题。但无论是搞音乐、美术，还是搞表演的，如果要他们把话题变成相当专业的话题，那有时是很沉重的。可是我越来越把文学作为很专业的问题来谈。所以我记得在上学期的时候，组织同学连续欣赏了一些电影。我班上的同学会说"老师，我不喜欢看这部电影"，或者"我不喜欢看那部电影"，当即遭到我的极严肃的批评。我首先认为这不应该是中文系学生说出来的话。其他专业的人可以这样说，大学校园以外的人也可以这样说，但是中文系的学生学的是欣赏、创作与评论，在中文系里是你必须看什么，学科要求你看什么，而不是你喜欢看什么。正因为这样，我记得本月二十六号上课时，我们的副院长找我有事，他在门口听了二十分钟，然后下课时对我说："老师和老师讲课的风格真是不一样，我听了，你课堂里那么安静。"那不是因为我讲课的水平很高，大家很投入，我看了全班五十多张同学的脸，甚至觉得对不起他们，因为我觉得他们需要笑。恐怕在世界上，我们这个民族的笑肌是相当发达的，可是在大学里，有时候不仅要制造笑声和掌声，还需要激发思想本能。因此，我经常问我的学生们是否感到压抑，是否我在心理上虐待了他们。所以更多时候，撇开我上课，我尽量不讲文学的话。还有一个方面是最近身体太不好，二十四号在民族文化宫给北京的业余作者们谈文学，二十五号参加我们中国民主同盟的中央常委会会议，二十六号从会上回到学校去上课。当然，我有足够的理由取消这堂课或者少准备一次课，但是，我想本学期刚开始，我不过才上了三堂课，第四堂课就调课或者取消，接着就是"十一"长假，那么我所讲的内容就全部中断了。尽管那天我身体也不好。回来二十七号再开会，昨天回到家里的时候已经很晚了。这个日子正是我的同行们在美国访问的时候，因为我身体不好，就没有和同行们一起去。基于这两种情况，我一路打的过来的时候，心里有一些后悔。

但为什么我又坐在这里了呢？下面的事情所导致的。我们的国家图书馆启动了一次活动，关于全民读书活动。要由公众推选出优秀的书目，科技类的、哲学类的、实用类的，以及文学类的，还聘请了诸多的评委。国家图书馆的副馆长陈力先生是我们中国民主同盟的一位盟友，而且是文化委员会的副主任，他强烈要求我来做评委。我身为文化委员会的主任，必须和副主任保持和谐的关系，所以我说没有问题。在评委会上，我认识了胡老师，胡老师听了我一番话之后，说："你能不能到清华来给我们的同学谈一次？"评委和评委之间也要有和谐的双边关系，因此我就坐在这里了。因此给我的感受就是，在我们这样一个人口众多的国家里，如果提倡和谐的话，就意味着首先得有一部分人必须做出双边的和谐表示。我在评委会上谈到一个什么话题呢？大家讨论到要在人民大会堂对优秀的读者给予最隆重的颁奖。我有一个建议，就是同时征集公众的读书随想、评论。不计长短，如果有好的文章，我们评奖之后，也要予以奖励。我个人认为，读书活动首先在于调动公众来读书的热忱，而不是在于评出多少部优秀的书，促进读书的活动实在是太少了。同时我还谈到，以我的眼来看，近当代以来我们中国的文化历程是很值得反省的。在此之前，二十七号有关部门希望我参加一个海内外的华人艺术家活动，畅谈我们五千年灿烂的中华文化。当然这个活动是必要的，动机也绝对是良好的。我也确实想在这样的会上作发言，因为我有些话早就想说了。我对于我们国家近现代的文化形成的步骤是持质疑和批评态度的。我想以一种赤子之心，真诚地、谦恭地、低调地，尝试着能不能把我的质疑和批评的态度讲出来。但后来我看通知，主要是从正面来谈我们的凝聚力的，我就不去参加了。

我为什么会有这样的想法呢？如果把我们的文化和西方的文化做一番对比，我们应该得出这样的客观结论，那就是人文在西方，自从它成为一种主义，已经近两百年。在西方，对于人文主义几乎是天天讲，月月讲，年年讲，一直讲了两百多年，现在还在讲。也就是说，当美国人拍出《指环王》给全世界的孩子们看的时候，我们的孩子们只从中看到了电子制作的场面。而美国的家长说，我让孩子看电影，那部电影里有责任感。美国人从来没有放弃对于下一代人的责任感教育。他们的责任感往往是膨胀的。从前是解放、拯救美利坚，然后是拯救人类。他们一直在用美国式的英雄主义教育他们的青年，而这些在我们这里仅作为一部影片是看不到的。我们在一九四九年后是什么情况呢？索性再往前说，"五四运动"之后是什么情况呢？在我们的传统文化中，应该说关于人文主义的元素也是相当丰富的。有些先贤的话语至今依然是经典话语。但是"五四运动"有正反两个效果。正效果就是将西方的现代文明的思想理念直接引入中国，和我们的传统文化发生碰撞，激活我们传统文化中的人文思想。而负效应就是同时我们也引进了一系列猛药。比如说我一直持否定态度的，那就是尼采。在"五四运动"时期，无论是康有为还是鲁迅先生，都曾经把尼采当作一个思想明星来介绍给我们广大的青年。我很认真地看过尼采的学说，我认为在尼采学说中最要命的一点是反人类，反众生，也就是说他提出的所谓超人哲学。这样一本小册子后来成为德国士兵在"二战"时背包里的书毫不奇怪。当我们引进这样一些思想猛药时，我们的传统文化都变成了排泄物。那种由自己国家的知识分子来对自己数千年的文明提出全盘彻底否定的思想是我所不能接受的。当然我们也看到在"五四运动"以后我们民族的知识分子处于一种运动后的文化反思。这时大家开始寻找"扬弃"的准则。而就是这时期，我们国家经历了深重的民族灾难，那是由日本造成的。我们再考察日本这个国家。我和一些研究日本问题的专家学者谈到过，有些还是欧洲的学者，他们谈到日本时用崇拜之心看日本文化。他们说看日本的茶道、插花、歌舞伎，我说你们也要看日本的武士道。插花、茶道、歌舞伎加起来，只不过是时尚和高级的民俗，大概不能构成一个民族的文化的人文积淀。日本的近五百年文化中的人文思想相当一部分是从我们的文化中学去的。当然，我们也在近代从日本以迂回的方式引进了西方的先进文化。但是日本的武士道才是他们的男人之道，而且是一种邪恶之道。我们一下子面临这样一个强大的敌人，而这个民族是没有人文主义文化背景的。因此就有了十四年抗日战争，之后又是三年内战。

一九四九年中华人民共和国成立了。那时这个国家千疮百孔，根本来不及进行文化重建和组合。一九四九年之后国家的文化思想，体现在一系列文学作品中，主要的成分是宣传斗争的思想。我们也在天天讲，月月讲，年年讲，一讲讲了十七年。然后又有

"文革"的十年。这二十七年在中国只不过有那么二十余部长篇小说而已。其中又十之七八是革命历史题材。因此，我们几乎举不出多少部这二十七年中的当代文学的文本。关于农村题材，我们只有《艳阳天》《山乡巨变》；关于工业题材，也只有《钢铁奔流》；当年只有一部青年题材的长篇小说《青春万岁》，却没有自己的经典童话。给少年看的，也只能是《刘文学》。《刘文学》这部话剧是根据发生在四川的一件真事创作的。刘文学是农村的一名少先队员。他有一天晚上在公社的海椒地里发现了村里的老地主，已经七十岁了，在偷海椒。老地主只是偷摘了几只海椒而已。刘文学说，你偷窃公社的海椒，我要把你扭送到公社去。老头向他求饶，希望他放过自己。他坚决不放过，因此惨剧就在海椒地里发生：少年被老地主扼死。然后少年成为英雄，被排成话剧，在全国上演。我们的文化理念处于这样的状态。还有很著名的话剧《千万不要忘记》，那是根据毛主席的那段语录创作出来的：千万不要忘记阶级斗争。阶级斗争体现在家庭中，是什么样的状态呢？我想那是很可怕的关系。如果我们连家庭都不能和睦的话，一个国家怎么能和睦？即使家庭中真的有我们的敌人，伟大的无产阶级也可以用家庭的温情把他变成我们的朋友，是不是？还非得在家庭中进行尖锐的斗争吗？幸好那准阶级敌人不是主人公的母亲，而是主人公的丈母娘，无非也就是丈母娘在新中国成立前开过小铺子，做过小贩，然后告诉他，你不必那么自觉地加班，因为加班是不给工资的，回到家里来做一些自己的活计不好吗？丈母娘给他买了一件一百四十八元的哔叽上衣。我觉得我们伟大的无产阶级应该有相当多的智慧，哪怕这是一个了不得的事件，我们也会把它化解。但是如果把这也诠释为"斗争就在我们身边，就在我们的亲人关系中"，那这样的一种文化理念到了"文革"，就变成了：我们在看样板戏时，凡是里面出现女主人公，她们都没有家庭，没有丈夫。《海港》中方海珍有丈夫吗？甚至也没有家。我们不知道她的家什么样。我们只知道她住在码头的党支部书记的小办公室里。我们只知道她好像是光荣军属。她有儿女吗？有父母吗？有公婆吗？一切都没有……那《龙江颂》里的女主人公有丈夫吗？也没有，也是家里要挂一个"光荣军属"牌。还有《杜鹃山》，本来男主人公和党代表之间是有一种情感关系的，但我们一定要把这种情感关系删除得干干净净。然后只剩下一个争取和被争取的阶级的关系。正因为这样的情况下，"文革"时我们已经完全没有书可读了。周总理这时才在国家会议上提出"孩子们要读书啊"，给他们读点什么有意思的文学的书？但是在当时连苏联的书我们也全部销毁了。那我们还是把《钢铁是怎样炼成的》重印一遍吧。这之前，我们的文化其实早已萎缩了。那时周总理是那么关心文化，对电影工作者提出要求，我们能不能拍一两部不那么中国特色的电影？我们也要和外国有电影方面的交流啊！正是在那样的情况下，我们才拍出了《五朵金花》，然后拍出了《达吉和她的父亲》。

《达吉和她的父亲》是那么好的一部电影，我们的革命者在长征的路上遗留下了革命的后代，被彝族老人收养了，革命成功后，新中国成立，生身父亲回去找到女儿，这时女孩长大了，要作出留下或者随走的选择。在今天看来，这样的电影放在世界任何一个国家基本不成为问题，但是它出来没多久就受到批判。这个批判，假使我不能从这部电影或者说这个文学本身来质疑，我至少可以对作者提出：你有精力，你有时间，你为什么不写一部表现阶级斗争的作品，而去写一部贩卖资产阶级人性的作品？！那二十七年之后是什么样子？那时我已经从复旦大学毕业分配到北京电影制片厂。我们文化部在宽街那里有一个招待所，我有时要奉命去招待所里去见某某人。那都是我少年时候心中特别尊崇的电影编剧、作家。他们从全国各地、四面八方集中到文化部招待所里，等着平反，等着"落实"这样那样人所应有的起码的权利。他们还期待着是不是有什么创作任务。这样的情况下，所有的文学家、戏剧家、电影编剧，"获得第二次解放"的感觉是最真实的。因为我能体会到那个感觉。常常是大家一谈起对我们文化的使命都是热泪盈眶，大家都准备做事。但真的做起来是特别理性的，要小心翼翼，谨小慎微，要试探。要一点一点放开自己的创作手脚。真是依然地如履薄冰！如果我们表现"文革"中的极左的问题时，那个代表极左的人物可以表现到什么级别？村党支部书记行不行？最初是不行的，村党支部书记也是党的代表。然后一点点突破，人们甚至可以通过电话传达说，我们现在可以表现到村党支部书记了。又打电话说，某某写到了一个极左的人物，已经是处级干部了。这十年就是这样，大家想做一种对于中国文化的反思工作。这种反思也无非就是站在人文主义的立场上。但它是非常艰难的，可能会被指斥为"精神污染"。这和今天不可同日而语。因为今天我觉得可能有些确实是污染，但是那时候的文化总体上是庄重严肃的，但似乎越严肃的作品越具有"污染性"。那时候作家也不把自己的力量放在用俗恶的爱情去污染我们可爱的大众上。那时候作品还探讨一些思想。当然，那时候我们的文化忽略了儿童、少年。我们的国家终于有机会来传播一下人文的思想，尽管是功亏一篑，但是我们忽略了新一代青少年成长起来了，他们有阅读的渴望，他们的渴望是有特征的，必须是直接反映他们青少年的青春期成长现状。我们这一代作家很少提供过这种文学。他们是间接地从我们作品里面得到满足。正如我们间接地从《钢铁是怎样炼成的》中看保尔和冬妮娅的爱情一样。我们没有做好，我们顾此失彼，觉得那事可以以后再做。我们要先把反思做好。尽管在反思过程中也不断有人重新翻身落马，但是在这过程中琼瑶来了，她给了我们青年人我们所不曾给予的那部分阅读种类。再接着香港、台湾的歌曲也都来了，接着是商业化，到现在我们已看得很分明，我们的文化在娱乐性上和西方的文化是没有太大的差别的。我们也在高兴，"彼乐也，吾亦乐也，天下同乐"。但是仔细看，是不同的。不同就在于人家的青少年的脚下有人家的先人们、几代文化人，用两百多年时间锤炼出来的一块人文主义的文化基石。在这个基石上，他们可以尽情摇滚，可以唱流行歌曲。当娱乐之声停止的时候，他们又知道他们是站在一块人文主义的基石上。而我们的基石是什么呢？它在哪里呢？我们没有感觉到它的存在。今天谁又会想到我们要同心协力来做这样的事呢？这也就是我特别强调人文主义的阅读和写作的前提。可能你们的胡老师正是听了我在评委之间的这段发言，他就希望我到清华来讲一讲。

　　我来之前，自己首先就犯困惑，觉得自己这些话适合在清华讲吗？我讲了以后会不会给胡老师带来不好的牵连呢？这些年以来，我事实上已不太谈这些话了。我甚至也不对我们的文化和文艺提出批评了。以我的眼我看到了应该批评的现象，在我们的电视里，一个时期以来，除了帝王将相就是长袍马褂，我们已经失去了对于现实反映的能力和关注了吗？有时候我觉得我真要说话，但是我一想好多电视台领导都是我的朋友，好多编剧演员也是我的朋友，我会质疑自己的心态是不是对的。你是不是以一种老夫子的心态来嫉妒我们青年人娱乐的权利呢？如果这样问自己，觉得自己是太可鄙的一个人了，你看着大家娱乐你自己不高兴吗？但尽管这样，我还是忍不住写了一篇作品叫作《皇帝文化化掉了什么》。在二十一世纪初年，我们国家集中推出了一批皇帝文化，而且有些皇帝文化完全把皇帝们加以美化和歌颂，尽管他们也有缺点，但我感觉到他们是穿古装的"模范工作"。我觉得那些剧里传达的是这么一种意图：一个皇帝，他是多么不容易啊！你们做老百姓的，身在福中，还想干什么？你们还不感动吗？你们还不做一个更好的百姓吗？所有的天子，变成了那样一些人——我不下地狱谁下地狱。而且我们的歌词中直接写"你把你的身影投在我们的神州大地上""你把你的热血洒在……"，真是反进步、反民主、反文明的文化现象。

再就是电视剧中不断出现少爷型的翩翩青年和那些美女拥有亿万资产的大公司。而我们现实生活中没有看到那样多的情况。所有这些电视剧在我这里看来也不过是那公司、那女人、那阴谋和那一大笔钱。我们几乎完全放下了对我们这个国家的现实的关注，尤其是对底层民众的生活的关注。当然我们知道文化有一种功能，就是当它走到极端的时候，必然会有调整。那现在确实我会看到，我数了数，有《母亲》《继母》《嫂子》《五妹》等这样一些剧目出来，我会觉得欣慰。至少我们的视角已经转向了一般百姓的家庭生活。尽管它们只不过是亲情主题上的，也比那些玩意儿要强。我的一个欣喜就是在评奖过程中，所有那些大剧有时候得的还是第二类奖的最末奖项，证明我们的观众、评委们开始萌发起来要求文学文艺反映现实的愿望。那当然，这样一种文化背景，对于我们的青年或许是有伤害的。二十六号上课的时候，前三次课我只讲了人文主义，不讲别的。要求我的学生必须在老师上课之前起立。我说这跟师道尊严没有关系，老师不是说在这里面对五十多个学子说我要一点尊严。而意味着，当学子们起立的时候，是一个"场"已经开始了，一个特殊时段开始了。他们通过起立对老师讲课提出一种要求，老师接受这种暗示，我要对得起你们往起一站。再接着，我说因为我们也是有学生刊物的，有三种，一种是校方的，另两种是我所支持的，老师经常要写几个毛笔字去卖钱，至少还是名人，是吧？我可以让同学们办刊物。上学期期末的时候，我和另外两位老师在开会时说，要不我们有个刊物就暂停吧，不是钱的问题，关键在于质量。我经常看到，我的忧伤啊，我的痛苦啊，我昨夜的梦啊，我幻想中的白马王子啊，我的天哪，交的作业也是这样。老师真想看一下你的父亲啊，你的母亲啊，你曾经遇到过的什么人什么事啊，看不到。因此我觉得，请你们把头抬起来，把目光望向远处，超越大学校园！如果你们还是什么都望不到的话，请转身回头，望你来自的那个地方。我想在座的一定有相当不少来自农村家庭的同学吧？把你所经历的那个小镇、那个农村的生活写给我们看哪！但是怎么说都无济于事，我面对的那个文化是那么强大。谈到文学写作的文化关怀问题，我的同学们，你的眼睛真的都看不到，在这九百六十万平方公里的土地上还有比我们大学学子人生更艰难的人生吗？或者你们听到过没有？不要以为把听到的写出来就是一件耻辱的事情。蒲松龄的《聊斋志异》里的故事大多数也是听来的。作家应有一个本能，他的耳朵要特别灵敏。《德伯家的苔丝》

这一部书的故事，是哈代听来的一件事。日本电影《幸福的黄手帕》故事不过是报上的一小条新闻。你有情怀，你听到了可以表达。但是我的学生突然说，老师，如果我们自身并未经历那样的人生苦难，而我们去写那样的人，我们是不是太矫情？我当时愣了一下，问："孩子，你接触了什么？"我想到有些电影里，那些母亲和父亲，经常看到陌生人要伤害自己孩子的时候会说："你把我的孩子怎么样了？"我就有这样的感觉。我的学生们接触了什么让他们说出那种话？"矫情"两个字在那样的话里，意味着会使五千年文化的全部人文主义都没有意义。我们于是可以说：雨果写《悲惨世界》是很矫情的啊！因为他是贵族，尽管是他虚构出来的。雨果是矫情的，托尔斯泰是矫情的，屠格涅夫是矫情的，左拉是矫情的，巴尔扎克是矫情的。当我们以这样的状态去看的时候，我们还剩下什么？这是极为可怕的。学生在写论文的时候，我会非常严厉地批评他们，我觉得我本来是讲"创作与欣赏"，但我已经不是在讲这个问题，而是讲情怀问题。同学们觉得读到研究生了，然后说：如果某些苦难根本与我们无关，我们又何以能为之感动？潜台词是说：企图通过这样的作品来感动别人的人是多么愚蠢！这应该是这个世界上最可怕的理念。我在跟其他国家的人接触中暂时还没有听到这样的话语。正因为是在这样的前提下，我提倡读一点人文的作品。如果大家喜欢写的话，就像我对我的学生说的：抬起头，放开目光。写作这一件事，不像唱小曲之与小女子的关系。小女子悲了也哼歌，婆婆给气受了也哼歌，高兴了也哼歌。写作和人的关系不是这样。写作说到底是把这些人的命运写给更多的人看。当我和这些人同命运的时候，我要写这些人；当我的命运已经超高于这些人，已经从贫苦的层面上升起来的时候，我更有义务这样做。这才是写作和我们热爱写作热爱文学热爱文化的这些人之间的关系。但是，胡老师，我又发现这变得像我的课堂一样，你们因我的话感到了极度的压抑，是不是？

我给大家举个例子。上学期我是大大发了一顿脾气。你们都知道本科生也罢，研究生也罢，毕业之后要写论文。当我和几位老师坐在那里，由我来主持论文答辩的时候，都是谈关于什么什么作品中妓女形象的塑造的问题，什么什么作品中性爱的问题，什么什么作品中乱伦的问题。有同学还直接写到什么关于中年男子对于少女的变态性心理的问题。我就看我旁边的两位中年男老师。我们的论文都是那样，看某作家的作品时仿佛看的就是，他写了那么多糜烂，多么美丽的糜烂啊！我看完之后，说再请某某老师去看，某某老师打电话告诉我，说："我看了之后，真想扇她！"我说我也有同感，而且学生还是女孩子。我们那么单纯地读了大学的女孩子，家长出了那么多学费让她来学中文。若把这样的论文寄给家长看，他们会作何想法？这不是我们教的啊！我没有这样教啊！因此，上学期我曾经说过，如果我不能扭转这样的状况，那我走人。这个学期我就开始着力于扭转它。

当然，我下面可以举例分析一些作品中很有意思的东西。比如说，我们看《十日谈》。为什么说这本书在文学史上具有人文色彩？那也不过写了一些风流逸事。如果我们弄不懂这部书在文学史上的价值，我们就几乎一点儿都没懂文学史。我在课上也讲过这个问题，有当代的作者说：凭什么你们就说《十日谈》是经典，凭什么我写了一点性，我还觉得我没写够呢，你们就大加挞伐？我的学生也提出过这个问题，说：你们都说歌德在十七岁的时候就写出了《少年维特之烦恼》，你们搞文学的大加捧吹，我们今天上了大学好不容易写一点烦恼，你就让我们抬起头来？我们不把人类的人文主义的过程来做梳理的话，不能解答这个问题。在三万五千年前到五千年前的这一时期，人类还处于一种蒙昧的状态。那时候连文明史都没有，只不过有一点文明的迹象。到六千年前的时候开始有城邦出现，这时我们当作人类的原始文明时期。但是一直有文明，比如冶金业、制陶业、农业、渔业，到公元前三千二三百年的时候，才有了楔形文字的出现。那也不过是图形文字、象形文字，但是毕竟可以记录了。

因此美国历史学家说人类历史从这里开始。到两千年前的时候，人类的历史最主要的是神文化的历史。通过祭祀，表达对神的尊崇，对神的屈服和恐惧。但是在距今两千多年前的时候已经出现了伊索——希腊的奴隶。他虽为奴隶，却表达了对自由的强烈渴望。他第一个提出了对于奴隶和主人之间的关系的疑问，这是一个非同寻常的文化事件。我们在读历史的时候，当我们感受这一点的时候，从三万五千年一直到五千年，一直到两千二百年伊索出现的时候，我们应该对历史深深感动。然后到公元前九百年到公元前八百年的时候，已经出现了《伊利亚特》，已经出现了《荷马史诗》。我们不能只把《荷马史诗》当神话来看，那里有人文。应该看到在特洛伊战争的时候两军作战，一方把另一方的主将打死之后，将他的尸体在沙场上拖了一圈。你们应该看到这个片段，是吧？然后他的老父亲在夜里化装深入敌营，找到对方，说：我以一个上了年纪的老父亲，以一个王的身份，放下了我的尊严，向你这个胜者乞求把我儿子的尸体还给我。而对方还了，这是什么？这就是早期的人文啊，人道主义啊。我们人类的文明心理是这么一点点发育起来的。到了公元前四百年的时候，已经有了苏格拉底、柏拉图、亚里士多德，那时整个希腊的文化、艺术、建筑，已经那样发达了，非常辉煌。而就是在那时的绘画和雕塑中，人类开始表现自己不只是神的奴仆，在绘画时想到把自己，把自己的情人、朋友、父亲，把自己最亲最爱者的形象画在天神们之中。人要争取和神平等的地位，小心谨慎地，不被察觉地。这不是人文吗？获胜一方要以仁慈之心对待俘虏，人不要去虐杀幼兽和怀孕的动物。人要热爱自己所赖以生存的土地和自然环境。当然圣经教条里是另外的话语。这些不都是今天我们要做的吗？富人要关注穷人的生活状态，要帮助那些患麻风病的人。富人有责任让穷人的孩子也同自己的孩子一样读得起书。因为穷人更穷的话，富人的生活不会更加幸福。这不是人文吗？在公元以后那么长的时间里，宗教本身又走向它的极端，被王权利用，因此才变成了另外的样子，这时才出现了《十日谈》，开始嘲讽被王权利用的变质了的宗教。人类的文化一直在那么漫长的时期里一点点地积累，先是人文的迹象，接着是人文的祈求、思想，人文的思潮潜移默化地在一些绘画、诗歌、史籍中出现，然后经过文化知识分子的提升，变成了十八世纪、十九世纪的人文主义，自由、平等、博爱。《悲惨世界》所要张扬的是这些思想，那以后又用了两百年的时间来夯实它。如果我们对这些不了解，我们就无法判断，在大仲马和雨果之间，为什么我们今天一定要纪念雨果？在雨果的《巴黎圣母院》和大仲马的《三个火枪手》之间，为什么《巴黎圣母院》得到的殊荣更高一些？因为《三个火枪手》不过是传奇故事加历史故事，而《巴黎圣母院》张扬的是那么激情的批判精神。又为什么在大仲马的《基督山伯爵》和雨果的

《悲惨世界》之间，我们对后者尤其另眼相看？乃因前者只不过表现了复仇心理，而后者表现的是人道主义信仰。因此我对我的学生说，其他系的学生我不管，你们是中文系的，你们要知道这两本书的区别在哪里。《基督山伯爵》所张扬的是欲望，《悲惨世界》所张扬的是信仰。就是这个区别，你没看出来，就愧是中文系的学生。而我们面对的现实是什么样的？为富不仁的现象我们见得还少吗？为官不仁的现象，同胞和同胞之间的冷漠我们见得还少吗？许多发生在我们国家里的事情在其他国家里都是极为震惊的。还不说"文革"时期，就是当代发生的，随便只要想听的话，都是极为震惊的。因此我觉得应该是这样：我不再想象自己是什么著名的作家，好像应该写出多么了不起的作品。我只是希望以我的笔，以我这样的年龄，以最朴素的方式，能够在传达朴素的人文文化方面，哪怕是一首小诗，一篇散文、随笔，做一点事情。我已经在做了，免得以后说起我们这代人时说"他们无作为"。剩下的时间给大家提问题，我讲得太沉重了，是不是？

问：我手上有一本书是您写的《中国社会各阶层分析》，现在快十年过去了，中国社会发生了很大的变化，您在这里把中国社会阶层分成了七个部分。而现在社会阶层的差距越来越大，您认为文化在社会的整合方面能够发挥什么作用？

答：文化对于人性的培养，我们所要经历的时间恐怕不见得会比西方短。好在我们现在方式很多，电视可以比纸质的传媒更快地来表达。但是电视文化也只不过把一个事件摆在我们面前，而不能作为一种令我们感动的情怀来细化某事件。影视剧可以，但如果不允许深刻的批判，则没有人文的自然空间。说到我那本书，是非常有局限性的。但是令我比较安慰的是，至少我比较早地把黑社会作为一个雏形的社会的现象提出来了。我来给你们举个例子。这一期的《读者》上有我的一篇小故事，叫作《箫之韵》，这当然是虚构的。我经常虚构这样的故事，然后经常直接把自己介入，然后别人就说，你总是巧妙地利用这一点塑造了自己是一个好人的形象。我说："如果我把自己塑造成一个坏人的话，别人就不相信了。别人不相信我是一个坏人。我们大家都是好人。"这故事是这样的：一个音乐学院毕业的女孩，她是学琴的，家境非常好，从来不知愁滋味，只不过有时候"为赋新词强说愁"，而且就业也不成问题，她还要到国外去深造。在她放假的时候，本地有一个画廊开业了，她的父亲和画廊的谭老板是朋友。画廊要招收一个会奏乐的乐师，她近水楼台先得月。设想在画廊中有这样的音乐，环境是非常优美的。女孩去了，认识了一个青年，名字叫穆晓晓。这女孩一下子就喜欢上了这个青年，他是那么眉清目秀，而且谭先生给他们都买了白府绸的镶黑边的吹奏时穿的服装。但是后来她发现一些奇异的事情。首先谭老板虽然日进斗金，但还是那么小气，他还要把事业做得很大。他给穆晓晓的钱是很少的，但是要穆晓晓随叫随到。他请了画家、评论家来座谈的时候，穆晓晓得给他们伴奏，一小时给五十元或者一百元。穆晓晓怎样被聘的呢？在对众多应聘者都不满意之后，谭先生想起了他收到一封信，这封信说："你能给一个天生的哑巴一次机会吗？我不会说话，但是我能吹箫。"谭先生用手机给他发了个短信，问他家是哪里的，师从谁，是不是学院出身，他都答"无可奉告"。于是就吹。一吹就非常好，就留下他了。不久画廊门口又来了一个修鞋的老头，谭先生觉得我的画廊门口是不可以有人修鞋的，让手下人把他赶走。修鞋的就说："这城市也要给我一个角落吃碗饭。"谭先生亲自去赶，老头再次相求，这时这个吹箫的青年出现了，老头就说："小先生，你们都是搞文艺的，你面子大，替我给你的老板说说情。"可是穆晓晓不会说话，他只用目光看着谭先生，谭先生经不住他的目光，一想自己是做老板的人，而且是文艺家，就说："那好吧，你就在这吧。但是我们有一个条件，凡是到我这来的人，进来你就给他免费擦鞋。"所以有些人仅仅为了擦鞋也要来逛一下画廊，所以生意就非常好。谭先生的朋友们包括梁晓声之流就来夸奖他说："谭先生真有眼力，他虽然是哑子，气质多好，而且箫又吹得好！"谭先生也非常自得。有一天谭先生晚上出来的时候，发现老头趴在窗边往里看。谭先生问："都这么晚了，你怎么还不走呢？"老头说："我也喜欢听箫啊！"谭先生愣了，南方封闭的窗子老头是听不见屋里传出的箫音的。但是他也没当回事。冬天到了，老头经常缩在门厅里，有一次穆晓晓写了张纸条（谭先生给他起了一个名字叫"穆清风"，说一个男青年不要叫穆晓晓，太女人化）说："老板我可以送给那老大爷一杯热水吗？"老板一想：干吗送热水？咖啡！那饼干、香蕉都给他吃吧！谭先生表现得非常好。老头千恩万谢。过了些天，有个台湾的富孀带着保镖，带着秘书来签了一笔大合同，临走的时候说："我要他。"要穆晓晓跟她到她住的地方去，为她吹箫。谭先生说："那清风你就去吧。"因为谭先生刚签完合同。但是清风不去。这一切，那个学院派的女孩都看在眼里，她挡在门口，说："清风不能去。"谭先生说："你是我的雇员，我要你去你就得去。"后来老头也在门口说："人家孩子不愿意去，你们干吗拖人家？"保镖就把老头修鞋的箱子踢翻了，也踢了老头几脚。谭先生很恼火，清风你怎么这样！这时候女孩说："老板你怎么这样？他们是什么人，凭什么他们可以带着一个青年去给她吹箫？就因为她有钱吗？"我们读书的时候为什么喜欢《简·爱》？简就是这样对书中的男主人公说的："以为我穷，以为我卑微，以为我难看，就以为我没有感情吗？我和你一样，心中是有感情的！"谭先生受到指责之后就当着两个青年的面，打电话告诉对方，合同全部取消，还骂了对方："你们这样是侮辱了我！"谭先生的形象在两个青年的眼中顿时高大了起来。又有一天，一个新加坡的画家来了，省市的领导都来了，画家非常满意，说："我去过那么多画廊，只有这里有音乐，而且是现场演奏的琴和箫，不是洋乐，我喜欢！"谭先生也非常高兴。正在此时，马路中间传来喊声："出事了！修鞋的老头被车撞了！"整个画廊肃静下来，哑子穆晓晓忽然说出话来，喊了一声："爷爷！"而且是女孩子的声音。他跑出去，他看着一辆车刚刚开走，顿足大喊："爷爷啊！"可是修鞋的老头并没有被撞着，是别的一个老头。老头在边上说："晓晓，爷爷在这呢。"这时候祖孙二人抱在一起哭了。但是谭先生生气了："原来你是女的，原来你会说话，原来你欺骗了我！走人！"祖孙俩就走了。那个女孩也走了。若干天之后，谭先生觉得自己做得是不是不对呢？这时候，那女孩打电话告诉他："我早就知道她是女孩了，我还追求过'他'呢。当我知道她是女孩以后，我愿意和她一起骗你。因为她和艺术家在一起，有这份钱挣，她感到非常安全。一个女孩子以吹箫的状态出来闯江湖是多么不容易，她的爷爷只好她走到哪，陪伴她到哪。"谭先生说："你去找她，找到的时候告诉我。"他们祖孙俩挣钱只因为她的姐姐在生病。有一天女孩打听到了晓晓的下落，来找谭先生。谭先生发过誓，说："晓晓不回来，我这里就不可能有别人在吹箫。"但是当女孩推开门的时候却发现，又有了另外的人在弹琴、吹箫。这事在谭先生那里，尽管他是搞艺术的，也已经淡忘了。电影厂的编辑们听到我讲了这个故事说："我们来拍一部电影吧。梁老师你来写。因为法国要跟我们有文化交流，要一批现实主义风格的、内容生活一点的、人物底层一点的电影。"我说我没有时间，但是最后一幕我已经想好了，就是这个学院派的女孩在暑假的时候背着琴，迎着落日，走在城市的尽头，她的心声说："晓晓，不管这是不是你的真名字，我要找到你，我要帮助你！"但是我没有时间，我把这个故事在课堂上讲给我的学生听，我的学生提出，老师你这是编的什么？因为老师在教写什么、为什么写和怎样写。我为什么产生这个念头呢？因为我确实有一些画家朋友，我确实到过一个地方，我也确实看到这样一个孩子，我跟她聊天，她毕业了每个月才挣一千五百多元。而我同时想到另一件事，就是我以前出差的时候，在九十年代初吃大排档的时候，有那么多南方乡村的小女孩在演唱，这时候我想起了《洪湖赤卫队》里"手拿碟儿敲起来"的女孩，我们坐在那里一招手就过来，十块钱就点一支歌。我这个已经不是穷人的人经不起这个。主人还说"没唱好，梁老师不满意"，我梁老师早就满意了，是你们不满意！钱不给人家，女孩就哭，只好接着再唱。我仿佛从她们背后看到了一群同命运女孩的身影，再接着给我上一只大螃蟹，说一百八十元。我就说直接把这一百八十元给我，一百元我留下，八十元给她，不是挺好吗？正因为这些，早就想虚构一个故事，然后我把人物关系列在那里，我说同学们你们来编吧。当然他们编得五花八门，比如说，这实际上是兄妹俩，妹妹在音乐学院，是高材生，她一定是爱上了谭先生，谭先生一定是有妇之夫，毁了妹妹的声誉，又毁了妹妹的学业，哥哥愤恨了，最后就把谭先生杀死了。还有的同学说，事实上还是兄妹恋。我就觉得我的学生们怎么了？现在一般的爱情已经过时了吗，开始是兄妹了，对吧？兄妹出生的时候是双胞胎，很早的时候父母出车祸死了。不是出车祸，而是父亲负心于母亲，但是还没有结婚，母亲把双胞胎生下来之后就死了，告诉孩子你们的父亲是最坏的人。然后兄妹俩就分开了，过了十五六年都不认识。他们是亲兄妹，但是哥哥却爱上了妹妹。可这女孩并不爱哥哥，爱上了谭先生，谭先生其实是她的生父。我说：亲爱的同学，你为什么要这样写？他说：我想尝试讨论一下超伦理的人类情爱。我就说了一番话：好有一比，这就像是孩子搭积木，你们的老师只用寥寥的几块积木，一种简单的人物关系搭在那里，传达出我要传达的愿望。

　　我也在想，可能我今天对你们讲的那些，关于文化，关于文学，包括我们今天这里讲的，对我的学生们，中文系的学生们，真的能进入几个同学的心中？当然我也有喜爱的学生。我的一个女学生，她是湖南凤凰城里一个清贫的侗家的女儿，也曾经是我们学生刊物的主编。她现在毕业了，在《科技日报》打工，昨天给我打电话说："老师我要采访您一下，我们的主编也陪我一起去。"说句实在话，我真想什么人也不见，但是我一想这关系到我学生的工作可持续性的问题。我的这个学生写过《秋菊》，写她家乡的邻家女孩，十六岁就要打工，十七岁就结婚，还写了《阿婆谣》。当这样的两篇文章放在我手里的时候，老师终于看到了他的学生抬起头来，回过身去，写自己所独有的角度发现的人物。我在班上读，给其他人讲。我知道，现在要感动大学生是一件极为困难的事情，是不是？我的学生们都说发表作品这么难，我说："难吗？杨燕群的这两篇作品放在这，老师在刷牙在洗脸，还没洗完呢，就有到我家的记者编辑说：'这文章是谁写的？我要！'"我们的文化要这个！不是别的，是没写出来，没写得真实可信。我还有个学生写过《父亲》，也是篇好文章。我们的研究生还办了一期刊物，我给他们确定，如果这里没有众多的文章，冲淡我们大学校园里那种甜蜜的轻飘的无病呻吟的写作氛围的话，你们下期不要办了！有足够分量的，不管是谁的，外校学生的，也发在我们刊物上。我们的刊物也欢迎清华大学的学子来投稿。我在讲课的时候认识了中国矿业大学的一个男生，他写了几篇文章，我一下子发现这个学生不错，这次又给我们的《文音》投稿了，《文音》的主编说，还是他写得好。《文音》在印刷的时候因为有了这样的内容，印刷社的女孩说："我看你们有一期写父亲的，有一期是写农村的，我看了好感动啊！你们下期还出吗？"这就是我们的人文写作和民间发生的联系！当然因为我已经没有时间写作，我记得有一次某些影视剧编辑请我去，出题说："女人三十三"，梁老师能不能写？说女人三十三，那些白领啊，她们的婚姻处于一种动荡的阶段，等等。我说我没这经验。还有个选题说"男人六十六"，男人六十六了，临进养老院的心态，我说我离六十六还有若干年，我也写不来。投资方还在，我就说："我来讲一个故事吧。"

我讲了一个小五姨的故事。作为一个作家我经常接到许多信，我接到过这样的信，不断地连续地给我写，而且字迹那么幼稚，副标题可以看作"一个陌生女孩的来信"。当然不是说她爱上了我这个五十多岁的作家。她说："梁作家，我们反复地给你写信，就是要把我们小五姨的事情告诉你，你能不能按照我们小五姨的事情，写一部电视剧？如果你写了，我们堂兄弟姐妹几个人将永远感谢你。我们太爱我们的小五姨了。没有她，我们整个家族那么多家庭都不知道如何是好。"接下来我就不断地看。在四川有一户农家，生了四个女儿，当生下第五个女儿的时候，他们把她送到邻村了。他们原本想要一个儿子。邻村的老夫妻家境比较好，儿子在部队里做团长。他们着意培养这个女孩，因此这个女孩成为周边几个村里最优越的女孩。下雨天别的孩子要打赤脚，她有了自己的雨鞋，而且是粉红色的，有了折叠式的伞，她有了文具盒，有了手机。当她走在田间路上的时候，她是那么神气。这时她的四个姐姐背着柴火，或者干农活回来时满身稻草、满脸汗水，她们看着自己的小妹妹但是不能说。在这种情况下，她一天天长大。有一天，老父亲看到水牛发狂地向一群孩子冲去，而眼见就是自己的女儿遭殃时，父亲赶快去制服了水牛，父亲的腿被水牛踩断了。她只知道那是邻村的老头，她买了一点礼物去看望他。她非常有礼貌。父亲那么想拥抱她，但不能。后来她考上了卫校，成了省城大医院里的一名护士，成了护士长，而且把自己的养父母接到城市里去。亲生父母经常说："如果她还是我们家的女儿，现在进城的就是我们啊！"但已不是。她把养父母都养老送终，回到村里来告别，这时她听到人们说：你的家人都在村里。你有四个姐姐，还有你的父亲母亲。她一家一家地找，父母和姐姐们落泪说："女儿啊，小妹，对不起你！"她也哭。以后又说："不是这个问题。因为我没有进过别的农家，我没想过你们的日子这么苦！叫我怎么办？"她回到城里后不久就回来说："我已经辞去我的工作，我到一个叫深圳的地方，那里能挣更多的钱。"她对她的姐姐们说："你们的孩子长大以后，谁家的孩子第一个上学，我先给谁家寄钱。"那些孩子都听到小五姨的话。

后来小五姨几乎十年没有回来。孩子们都渐渐长大，也有了雨鞋、折叠伞，上学也不用愁学费，当孩子们终于长到十七八岁，高中毕业的时候，他们觉得我们要离开家乡，到深圳去找我们的小五姨。小五姨那天没有时间接他们，他们走在城市的边缘，没落的地方。小五姨的房子也不过是一居室，只有六十平方米。四个青年很失落。他们以为小五姨在大城市里已经是另外的状态。小五姨你的事业在哪？我们在村里听说你是做钻戒首饰的！小五姨说："我明天带你们看。"在偌大的商场里，在一个角落，也有小五姨的一个柜台。只不过一个柜台而已，卖着廉价的钻戒首饰。一个打工者在深圳那样的大城市，十年的时间也只能有这样的事业而已。但是就这个事业，它就可以负担起对整个家族的周济，后来孩子们找工作都要通过小五姨，小五姨是那样地受尊重。有时候孩子们一睡睡了一地，并且有时候姐姐们还要来，她这里成为一个家族在大都市里的根据地。十个人，连爸爸妈妈都要睡下。后来听别的在深圳打工的人说："我们当初去深圳的时候就是这样。"有一天，一个女孩忽然听到小五姨在向医院咨询："如果怀孕了怎么办？"女孩知道小五姨怀孕了。小五姨还没有结婚，她那天悄悄地跟着小五姨，看到小五姨第一次打车了，她孤独的身影进入医院。隔了那么长时间小五姨出来，坐在台阶上休息一会儿之后，女孩心想，小五姨背后的那个男人是谁？小五姨回到家里又变成了小五姨。又是那么自信，又是柔弱的肩膀上能担起担子的小女子，告诉大家：我们可以开瓶红酒了。我告诉你们，今天小五姨已经把贷款还清了，这是我们自己的家。孩子们一听高兴了，这房子完全属于我们大家了！孩子们永远可以在这里了！忽然孩子们静下来，哭了：这本来应该是小五姨一个人的家！小五姨告诉他们："你们要知道在中国每年有三亿多的农民在城市中迁徙，都是农村的、你们这么大年纪的男孩和女孩……要像小五姨这样，你们能不能着陆，着陆在城市的哪个地方，小五姨帮你们，你们自己也要努力。如果你们有谁谈恋爱了，有谁怀孕了，告诉小五姨，小五姨陪你们上医院，小五姨不会责备你们的。"孩子们在背后的时候发生了争执。他们最小的一个弟弟忽然说："真不想小五姨结婚。"如果小五姨结婚他们会失去这个根据地。当表姐的扇了他一个耳光，说："宁可看到某一天有个男人那么爱她，我们即使不再回这个共同的家，我们也是快乐的！"

我问学生："老师有这么一个构想，你们觉得这值得拍电视剧吗？"但是我找谁写呢？这已经不是技术的问题。这一定要求有情怀。没有情怀谁能凭技术把它编出来呢？前几天还有导演和投资方说：小五姨怎么样？我说我真的没有时间。我甚至急到了什么程度？我在鲁迅文学院讲课，有一个女孩子二十岁没考上大学，但我觉得她是聪明的。我把她叫到家里，我说我给你讲这个故事，你能写出一个"小五姨"吗？我帮助你。后来我知道了，她是很难写出来的，因为这说到底不是技巧。

主持人：今天我想梁老师的讲座应该用"震撼"两个字来形容，他给我们清华的学生提出了一个要求，因为清华的学生可能是经常埋头做实验，埋头于书本，而没有太多时间抬起头看远处或者转过身去。（梁老师：我插一句，我的学生们经常问：老师，你希望我们做什么工作？我没有跟他们说你们将来去写作，我曾经说我希望我的学生中绝大多数去考公务员，我希望老师讲了很多，学生接受了，他们做官都会和今天的许多官不一样。那是我最大的安慰。）

胡老师：我跟梁老师是一起参加国家图书馆文津奖评奖的时候认识的。而且也了解到在国家图书馆那里有一个很高档次的讲座，当作国家文津讲座。第一讲就是梁老师的"读书与人生"，我说梁老师你能不能给我们清华的学子们讲一讲。他在很繁忙且身体不好的情况下给我们做了这样一个讲座，应该很好地向他表示感谢。梁老师开始讲大学不仅仅需要笑声，还更需要思想。我想今天的报告确实有一阵阵笑声，但更重要的是引发我们进行深入的思考。今天实际上梁老师给我们展现了波澜壮阔的从"五四运动"以来的文化画卷，怎么能客观地科学地评价这个历史文化画卷是一件不容易的事情。但是我感到他今天的讲座，是他怀着对中国文化发展的一种高度的责任感，特别是对于青少年一代的受众在文化作品面前所得到的一些影响进行深刻的思考。我感到对于我们当前，国家正面临向创新型国家转型的时候，我们是特别需要思考的。今天梁老师用的是批判性的思维进行思考。我记得哈佛大学的杜维明教授，也是我们的客座教授，他说："我提倡批判性的思维，但不是一种情绪性的批判思维，而是一种建设性的批判思维，也就是说怀着对国家、对人民的高度的责任感。"最近温家宝总理给我们清华的学子关于他的《乡村八记》写了一封信，提到"提倡一种对社会的高度的责任心，这种责任心来自对于国家深深的了解和深深的热爱"，只有这样才能够用心读书，用心思考，用心讲话，用心写文章。我想今天梁老师的讲座在这方面会给我们启迪，对于我们怎样去"读万卷书，走万里路"，也是一个很好的启示。最后再次向梁老师表示感谢！

阅读一颗心

在为到大学去讲课做些必要的案头工作的日子里，我又一次思索关于文学的基本概念，如现实主义、理想主义以及现实主义与浪漫主义的结合等。毫无疑问，对于我将要面对的大学生们，这些基本的概念似乎早已陈旧，甚而被认为早已过时。但，万一有某个学生认真地提问呢？

于是想到了雨果，于是重新阅读雨果，于是一行行真挚的、热烈得近乎滚烫的、充满了诗化和圣化意味的句子，又一次使我像少年时一样被深深地感动。坦率地说，生活在仿佛每一口空气中都分布着物欲元素和本能意识的今天，我已经根本不能像少年时的自己一样信任雨果了。但我却还是被深深地感动。依我想来，雨果当年所处的巴黎，其人欲横流的现状比之世界的今天肯定有过之而无不及，人性真善美所必然承受的扭曲力，也肯定比今天强大得多，这是我不信任他笔下那些接近道德完美的人物之真实性的原因。但他内心里怎么就能够激发起塑造那样一些人物的炽烈热情呢？倘不相信自己笔下的人物在自己所处的时代是有，依据存在着的，起码是可能存在着的，作家笔下又怎会流淌出那么纯净的赞美诗般的文字呢？这显然是理想主义高度上升作用于作家大脑之中的现象。我深深地感动于一颗作家的心灵，在他所处的那样一个四处潜伏着阶级对立情绪、虚伪比诚实在人世间获得更容易的自由，狡诈、贪婪、出卖、鹰犬类人也许就在身旁的时代，居然仍对美好人性抱着那么确信无疑的虔诚理念。

是的，我今天又深深地感动于此，又一次明白了我一向喜欢雨果远超过左拉或大仲马们的理由，我个人的一种理由；并且，又一次因为我在同一个点上越来越动摇，而自我审视，而不无羞惭。

那么，让我们来重温一部雨果的书吧，让我们来再次阅读一颗雨果那样的作家的心吧。比如，让我们来翻开他的《悲惨世界》——前不久电视里还介绍过由这部名著改编的电影。

一名苦役犯逃离犯人营以后，可以"变成"任何人，当然也包括"变成"一位市长。但是"变成"一位好市长，必定有特殊的原因。

米里哀先生便是那原因。

米里哀先生又是一个怎样的人呢？

他曾是一位地方议员，一位"着袍的文人贵族"的儿子。青年时期，还曾是一名优雅、洒脱、头脑机灵、绯闻不断的纨绔子弟。今天，我们的社会里，米里哀式的纨绔子弟也多着呢。"大革命"初期这名纨绔子弟逃亡国外，妻子病死异乡。当这名纨绔子弟从国外回到法国，却已经是一位教士了。接着做了一个小镇的神父。斯时他已上了岁数，"过着深居简出的生活"。

他曾在极偶然的情况下见到了拿破仑。

皇帝问："这个老头儿老看着我，他是什么人？"

米里哀神父说："你看一个好人，我看一位伟人，彼此都得益吧。"

由于拿破仑的暗助，不久他由神父而升为主教大人。

他的主教府与一所医院相邻，是一座宽敞美丽的石砌公馆。医院的房子既小又矮。于是"第二天，二十六个穷人（也是病人）住进了主教府，主教大人则搬进了原来的医院"。国家发给他的年薪是一万五千法郎。而他和他的妹妹及女仆，每月的生活开支仅一千法郎，其余全部用于慈善事业。那一份由雨果为之详列的开支，他至死没变更过。省里每年都补给主教大人一笔车马费，三千法郎。在深感每月一千法郎的生活开支太少的妹妹和女仆的提醒之下，米里哀主教去将那一笔车马费讨来了。因而遭到了一位小议院议员的诋毁，向宗教事务部长针对米里哀主教的车马费问题打了一份措辞激烈的秘密报告，大行文字攻击之能事。但米里哀主教将那每月三千法郎的车马费，又一分不少地用于慈善之事了。他这个教区，有三十二个本堂区，四十一个副本堂区，二百八十五个小区。他去巡视，近处步行，远处骑驴。他待人亲切，和教民促膝谈心，很少说教。这后一点，在我看来，尤其可敬。他是那么关心庄稼的收获和孩子们的教育情况。"他笑起来，像一个小学生。"他嫌恶虚荣。"他对上层社会的人和平民百姓一视同仁。""他从不下车伊始，不顾实际情形胡乱指挥。他总是说：'我们来看看问题出在哪里。'"他为了便于与教民交心而学会了各种南方语言。

一名杀人犯被判死刑，临刑前夜请求祈祷。而本教区的一位神父不屑于为一名杀人犯的灵魂服务。我们的主教大人得知后，没有只是批评，没有下达什么指示，而是亲自去往监狱，陪了犯人一整夜，安抚他战栗的心。第二天，陪着上囚车，陪着上断头台……

他反对利用"离间计"诱使犯人招供。当他听到了一桩这样的案件，当即发表庄严的质问："那么，在哪里审判国王的检察官先生呢？"

他尤其坚决地反对市侩哲学。逢人打着唯物主义的幌子贩卖市侩哲学，立刻冷嘲热讽，而不顾对方的身份是一名尊贵的议员……

雨果干脆在书的目录中称米里哀主教为"义人"，正如泰戈尔称甘地为"圣雄甘地"；还干脆将书的一章的标题定为"言行一致"，而另一章的标题定为"主教大人的袍子穿得太久了"……

雨果详而又详地细写主教大人的卧室，它简单得几乎除了一张床另无家具。冬天他还会睡到牛栏里去，为的是节省木柴（价格昂贵），也为了享受牛的体温。而他养的两头奶牛产的奶，一半要送给医院的穷病人。而他夜不闭户，为的是使找他寻求帮助的人免了敲门等待的时间……

他远离某些时髦话题，嫌恶空谈，更不介入无谓的争辩。在他那个时代诸如王权和教权谁应该更大的问题一直纠缠着辩论家们……

而米里哀主教最使我们中国人钦服的，也许是这么一点——虽是一位德高望重的主教，却谦卑地认为"我是地上的一条虫"。米里哀主教大人作为一个人，其德行已经接近完美了。雨果塑造他的创作原则，也与我们中国人塑造"样板戏"人物的原则如出一辙而又先于我们，简直该被我们尊称为老师了。

我将告诉我的学生们，那就是经典的理想主义文本了，那就是经典的理想主义文学人物了。

于是，冉·阿让被米里哀主教收留一夜；陪吃了饱饱的一顿晚餐；半夜醒来却偷走了银器，天一亮即被捉住，押解了来让米里哀主教指认，主教却当其面说是自己送给他的，则就一点儿也不奇怪了。主教非但那么说，而且头脑里也这么认为——银器不是我们的，是穷人的，"他"显然是个穷人，所以他只不过拿走了属于自己的东西而已。

于是，冉·阿让"变成"马德兰先生、马德兰市长以后，德行上那么像是另一位米里哀，在雨果笔下也就顺理成章了。其生活俭朴像之；其乐善好施像之；其悲悯心肠像之；其对待沙威警长的人性胸怀像之，总之几乎在一切方面都有另一位米里哀的影子伴随他。一个米里哀死了，另一个米里哀在《悲惨世界》中继续前者未尽的人道事业。

连沙威也是极端理想主义的——因为绝大多数现实生活中的沙威们，其被异化了的"良心"是很不容易省悟的。即使偶一转变，也只不过是一时一事的。过后在别时别事，仍是沙威们。人性的感召力对于沙威们，从来不可能强大到使他们投河的程度。他们的理念一般是由对人性的反射屏装点着的⋯⋯

米里哀主教大人死时已八十余岁，且已双目失明。他的妹妹一直与他相依为命。雨果在写到他们那种老兄妹关系时，极尽浪漫的、诗化的、圣化的赞美笔触："有爱就不会失去光明。而且这是何等的爱啊！这是完全用美德铸成的爱！心明就会眼亮。心灵摸索着寻找心灵，并且找到了。这个被找到被证实的灵魂是个女人。有一只手在支持你，这是她的手；有一张嘴在轻吻你的额头，这是她的嘴；你听见身边呼吸的声音，这是她，一切都得自她，从她的崇拜到她的怜悯，从不离开你，一种柔弱的甜蜜的力量始终在援助你，一根不屈不挠的芦苇在支持你，伸手可以触及天意，双手可以将它拥抱，有血有肉的上帝，这是多么美妙啊！……她走开时像个梦，回来却是那么的真实。你感到温暖扑面而来，那是她来了……女性的最难以形容的声音安慰你，为你填补一个消失的世界……"

有这样一个女人在身旁，雨果写道："主教大人从这一个天堂去了另一个天堂。"

如果忘记一下《悲惨世界》，那么读者肯定会作如是之想：这是《少年维特之烦恼》的炽烈的初恋渴望吧？这是《罗密欧与朱丽叶》中心上人对心上人的痴爱的倾诉吧？但雨果写的却是八十余岁的主教与他七十余岁的妹妹之间的感情关系。这是迄今为止，世界文学史上仅有的一对老年兄妹之间的感情关系的绝唱，使我们在被雨果的文字感染的同时，难免会觉得怪怪的。因为在现实生活中，一对老年兄妹或一对老年夫妇，无论他们的感情何等深长，到了七八十岁的时候，也每趋于俗态，甚至会变得只不过像两个在一起玩惯了的儿童……

那么我将告诉我的学生们，那就是浪漫主义的经典文本了。

雨果完成《悲惨世界》时，已然六十岁。他与某伯爵夫人的柏拉图式的婚外恋情，也已持续了二十余年。他旅居国外时，她亦追随而至，住在仅与雨果的住地隔一条街的一幢楼里，为了使他可以很方便地见到她。故我简直不能不怀疑，雨果所写，也许更是他自己和她之间的那一种。雨果死时，和他笔下的米里哀主教同寿，都活到了八十三岁。这一偶然性似乎具有神秘性。

《悲惨世界》的创作使命，倘仅仅为塑造两个德行完美的理想

连沙威也是极端理想主义的——因为绝大多数现实生活中的沙威们，其被异化了的"良心"是很不容易省悟的。即使偶一转变，也只不过是一时一事的。过后在别时别事，仍是沙威们。人性的感召力对于沙威们，从来不可能强大到使他们投河的程度。他们的理念一般是由对人性的反射屏装点着的……

人物而已，那么雨果就不是雨果了。这是一部几乎包罗社会万象的书。随后铺展开的，是全景式的法国时代图卷。尤其将巴黎公社起义这一大事件纳入书中，无可争议地证明了雨果毕竟是雨果。

那么，我将告诉我的学生们，那便是现实主义的经典文本了。

我还将告诉我的学生们，在现实主义与理想主义、现实主义与浪漫主义的相结合方面，与雨果同时代的全世界的作家中，几乎无人比雨果做得更杰出。

而雨果的理想主义，始终是对美好人性和人道原则的文学立场的理想主义。这是绝不同于一切文学的政治理想主义的一种文本，故是文学的特别值得尊敬的一种品质。

在雨果的理念之中，人道原则是高于一切的。

我极其尊敬这一种理念，无论它体现于文学，还是体现于现实。

我深深地感动于一颗作家的心，对人道原则终生不变地恪守。我的感动，使我不因雨果在这一点上有时过分不遗余力的理想主义激情而臧否于他。如果我未来的学生们中竟有将自己的人生无怨无悔地奉献给文学者，我祈祝他们做得比我这一代作家好……

读的烙印

真的不知该给正开始写的这一篇文字取怎样的题。

自幼喜读，因某些书中的人或事，记住了那些书名，甚至还会终生记住它们的作者。然而也有这种情况，书名和作者是彻底地忘记了，无论怎么想也想不起来了。但书中人或事，却长久地印在头脑中了。仿佛头脑是简，书中人或事是刻在大脑这种简上的。仿佛即使我死了，肉体完全地腐烂掉了，物质的大脑混入泥土了，依然会有什么异乎寻常的东西存在于泥土中，雨水一冲，便会显现出来似的。又仿佛，即使我的尸体按照现今常规的方式火化掉，在我的颅骨的白森森的骸片上，定有类似几行文字的深深的刻痕清晰可见。告诉别人在我这个死者的大脑中，确乎地曾至死还保留过某种难以被岁月铲平的、与记忆有关的密码……

其实，那些自书中进入大脑的人和事，并不多么惊心动魄，也根本没有什么曲折的因而特别引人入胜的情节。它们简单得像小学课文一样，普通得像自来水。并且，都是我少年时的记忆。

这记忆啊，它怎么一直纠缠不休呢？怎么像初恋似的难忘呢？我曾企图思考出一种能自己对自己说得通的解释。然而我的思考从未有过使自己满意的结果。正如初恋之始终是理性分析不清的。所以，我想，还是让我用我的文字将它们写出来吧！我更愿我火化后的颅骨的骸片像白陶皿的碎片一样，而不愿它有使人觉得奇怪的痕迹……

一

　　在乡村的医院里，有一位父亲要死了。但他顽强地坚持着不死，其坚持好比夕阳之不甘坠落。在自然界它体现在一个小时内，相对于那位父亲，它将延长至十余个小时。

　　生命在那一种情况下执拗又脆弱。护士明白这一点，医生更明白这一点。那位父亲死不瞑目不是由于身后的财产。他是果农，除了自家屋后院子里刚刚结了青果的几十棵果树，他再无任何财产。除了他的儿子，他在这个世界上也再无任何亲人。他坚持着不死是希望临死前再看一眼他的儿子。他也没什么重要之事叮嘱他的儿子。他只不过就是希望临死前再看一眼他的儿子，再握一握儿子的手……事实上他当时已不能说出话来。他一会儿清醒，一会儿昏迷。两阵昏迷之间的清醒时刻越来越短……但他的儿子远在俄亥俄州。医院已经替他发出了电报——打长途电话未寻找到那儿子，电报就一定会及时送达那儿子的手中吗？即使及时送达了，估计他也只能买到第二天的机票了。下了飞机后，他要再乘坐四个多小时的长途汽车才能来到他父亲身旁……

　　而他的父亲真的竟能坚持那么久吗？濒死的生命坚持不死的现象，令人肃然也令人怜悯。而且，那么令人无奈……

　　夕阳终于放弃它的坚持，坠落不见了。

令人联想到晏殊的诗句——"一向年光有限身""夕阳西下几时回"。但是那位父亲仍在顽强地与死亡对峙着。那一种对峙注定了绝无获胜的机会，因而没有本能以外的任何意义……黄昏的余晖映入病房，像橘色的纱，罩在病床上，罩在那位父亲的身上、脸上……病房里静悄悄的。最适合人咽最后一口气的那一种寂静……那位父亲只剩下几口气了。他喉间呼呼作喘，胸脯高起深伏，极其舍不得地运用他的每一口气。每一口气对他都是无比宝贵的。呼吸也仅仅是呼出着生命之气。那是看了令人非常难过的"节省"。分明地，他已处在弥留之际。他闭着眼睛，徒劳地做最后的坚持。他看上去昏迷着，实则特别清醒，那清醒是生命在大脑领域的回光返照。门轻轻地开了。有人走入了病房。脚步一直走到了他的病床边。那是他在绝望中一直不肯稍微放松的企盼。除了儿子，还会是谁呢？这时脆弱的生命做出了奇迹般的反应——他突然伸出一只手向床边抓去。而且，那么巧，他抓住了中年男医生的手……"儿子！……"他竟说出了话，那是他留在人世的最后一句话。一滴老泪从他眼角挤了出来……他已无力睁开双眼最后看他的"儿子"一眼了……他的手将医生的手抓得那么紧，那么紧……年轻的女护士是和医生一道进入病房的。濒死者始料不及的反应使她呆愣住。而她自己紧接着做出的反应是，跨前一步，打算拨开濒死者的手，使医生的手获得"解放"。但医生以目光及时制止了她。

医生缓缓俯下身，在那位父亲的额上吻了一下。接着又将嘴凑向那位父亲的耳，低声说："亲爱的父亲，是的，是我，您的儿子。"医生直起腰，又以目光示意护士替他搬过去一把椅子。在年轻女护士的注视之下，医生坐在椅子上了。那样，濒死者的手和医生的手，就可以放在床边了。医生并且将自己的另一只手，轻轻捂在当他是"儿子"的那位父亲的手上。他示意护士离去。三十几年后，当护士回忆这件事时，她写的一段话是："我觉得我不是走出病房的，而是像空气一样飘出去的，唯恐哪怕是最轻微的脚步声，也会使那位临死的老人突然睁开双眼。我觉得仿佛是上帝将我的身体拖离了地面……"

至今这段话仍印在我的颅骨内面，像释迦牟尼入禅的身影印在山洞的石壁上。夜晚从病房里收回了黄昏橘色的余晖。年轻的女护士从病房外望见医生的坐姿那么端正，一动不动。她知道，那一天是医生结婚十周年纪念日，他亲爱的妻子正等待着他回家共同庆贺一番。黎明了——医生还坐在病床边……旭日的阳光普照入病房了——医生仍坐在病床边……因为他觉得握住他手的那只手，并没变冷变硬……到了下午，那只手才变冷变硬。而医生几乎坐了二十个小时……他的手臂早已麻木了，他的双腿早已僵了，他已不能从椅子上站起来了，是被别人搀扶起来的……院长感动地说："我认为你是很虔诚的基督徒。"而医生平淡地回答："我不是基督徒，不是上帝要求我的。是我自己要求我的。"

三十几年以后，当年轻的护士变成了一位老护士，在她退休那一天，人们用"天使般的心"赞美她那颗充满着爱的护士的心时，她讲了以上一件使她终生难忘的事……

最后她也以平淡的语调说："我也不是基督徒。有时我们自己的心要求我们做的，比上帝用他的信条要求我们做的更情愿。仁爱是人间的事，而我们有幸是人。所以我们比上帝更需要仁爱，也应比上帝更肯给予。"

没有掌声。因为人们都在思考她讲的事和她说的话，忘了鼓掌……在我们人间，使我们忘了鼓掌的事已少了；而我们大鼓其掌时真的都是那么由衷的吗？

二

此事发生在国外一座大城市的一家小首饰店里。冬季的傍晚，店外雪花飘舞。三名售货员都是女性，确切地说，是三位年轻的姑娘。其中最年轻的一位才十八九岁。已经到可以下班的时间了，另外两位姑娘与最年轻的姑娘打过招呼后，一起离开了小店。现在，小首饰店里，只有最年轻的那位姑娘一人了。正是西方诸国经济连锁大萧条的灰色时代，失业的人比以往任何一年都多，到处可见忧郁的沮丧的面孔。银行门可罗雀。超市冷清。领取救济金的人们却从夜里就开始排队了。不管哪里，只要一贴出招聘广告，即使仅招聘一人，也会形成聚众不散的局面。

姑娘是在几天前获得这一份工作的。她感到无比幸运。甚至可以说感到幸福，虽然工资是那么低微。她轻轻哼着歌，不时望一眼墙上的钟。再过半小时，店主就会来的。她向店主汇报一天的营业情况，就可以下班了。姑娘很勤快，不想无所事事地等着。于是她扫地，擦柜台。这不见得会受到店主的夸奖。她也不指望受到夸奖。她勤快是由于她心情好，心情好是由于感到幸运和幸福。

忽然，门"吱呀"一声开了，迈进来一个中年男人。他一肩雪花，头上没戴帽子，雪花在他头上形成了一顶白帽子。姑娘立刻热情地说："先生您好！"男人点了一下头。姑娘犹豫刹那，掏出手绢，替他拂去头上的、肩上的雪花。接着她走到柜台后边，准备为这一位顾客服务。其实她可以对他说："先生，已过下班时间了，请明天来吧。"但她没这么说。经济萧条的时代，光临首饰店的人太少了。生意惨淡。她希望能替老板多卖出一件首饰。虽然才上了几天班，她却养成了一种职业习惯，那就是判断一个人的身份，估计顾客可能对什么价格的首饰感兴趣。

她发现男人竖起的大衣领的领边磨损得已暴露出呢纹了。而且，她看出那件大衣是一件过时货。当然，她也看出那男人的脸刚刮过，两颊泛青。

他的表情多么阴沉啊！他企图靠斯文的举止掩饰他糟糕的心境，然而他分明不是现实生活中的好演员。姑娘判断他是一个钱夹里没有多少钱的人。于是她引他凑向陈列着廉价首饰的柜台，向他一一介绍价格，可配怎样的衣着。而他似乎对那些首饰不屑一顾。他转向了陈列着价格较贵的首饰的柜台，要求姑娘不停地拿给他看。有一会儿他同时比较着两件首饰，仿佛就会做出最后的选择。他几乎将那一柜台里的首饰全看遍了，却说一件都不买了。姑娘自然是很失望的。男人斯文而又抱歉地说："小姐，麻烦了您这么半天，实在对不起。"

姑娘微笑着说："先生，没什么。有机会为您服务我是很高兴的。"当那男人转身向外走时，姑娘漫不经心地瞥了一眼柜台。漫不经心的一瞥使她顿时大惊失色——价格最贵的一枚戒指不见了！那是一家小首饰店，当然也不可能有贵到价值几千几万的戒指。然而姑娘还是呆住了，仿佛被冻僵了一样。那一时刻她脸色苍白，心跳似乎停止了，血液也似乎不流通了……而男人已经推开了店门，一只脚已迈到了门外……"先生！……"姑娘听出了她自己的声音有多么颤抖。男人的另一只脚，就没向门外迈。男人也仿佛被冻僵在那儿了。姑娘又说："先生，我能请求您先别离开吗？"男人已迈出店门的脚竟收回来了……他缓缓地，缓缓地转过了身……他低声说："小姐，我还有很急迫的事等着我去办。"分明地，他随时准备扬长而去……姑娘绕出柜台，走到门口，有意无意地将他挡在了门口……男人的目光冷森起来……姑娘说："先生，我只请求您听我几句话……"男人点了点头。姑娘说："先生，您也许会知道我找到这一份工作有多么不容易！我的父亲失业了。我的哥哥也失业了。因为家里没钱养两个大男人，我的母亲带着我生病的弟弟回乡下去了。我的工资虽然低微，但我的父亲、我的哥哥和我自己，正是靠了我的工资才每天能吃上几小块面包。如果我失去了这份工作，那么我们完了。除非我做妓女……"

姑娘说的每句话都是实话。姑娘说不下去了，流泪了，无声地哭了……男人低声说："小姐，我不明白您的话。"姑娘又说："先生，刚才给您看过的一枚戒指现在不见了。如果找不到它，我不但将失去工作，还肯定会被传到法院去的。而如果我不能向法官解释明白，我不是要坐牢的吗？先生，我现在绝望极了，害怕极了。我请求您帮着我找！我相信在您的帮助之下，我才会找到它……"姑娘说的每句话都是由衷的话。男人的目光不再冷酷。他犹豫片刻，又点了点头。于是他从门口退开，帮着姑娘找。两个人分头这儿找那儿找，没找到。男人说："小姐，我真的不能再帮您找了。我必须离开了。小姐您瞧，柜台前的这道地板缝多宽呀！我敢断定那枚戒指一定是掉在地板缝里了。您独自再找找吧！听我的话，千万不要失去信心！……"男人一说完就冲出门外去了……姑娘愣了一会儿，走到地板缝前俯身细瞧——戒指卡在地板缝间……而男人走前蹲在那儿系过鞋带……第二天，人们相互传告——夜里有一名中年男子抢银行未遂……几天后，当罪犯被押往监狱时，他的目光在道边围观的人群中望见了那姑娘……她走上前对他说："先生，我要告诉您我找到那枚戒指了，因而我是多么感激您啊！……"并且，她送给了罪犯一个小面包圈儿。她又说："我只能送得起这么小的一个小面包圈儿。"罪犯流泪了。当囚车继续向前行驶，姑娘追随着囚车，真诚地说："先生，听我的话，千万不要失去信心！……"那是他对姑娘说过的话。他——罪犯，点了点头……

三

这是秋季的一个雨夜。雨时大时小，从天黑下来后一直未停，想必整夜不会停了。在城市某一个区的消防队值班室里，一名年老的消防队员和一名年轻的消防队员正下棋。棋盘旁边是电话机，是二人各自的咖啡杯。他们的值班任务是，有火灾报警电话打来，立即拉响报警器。年老的消防队员再过些日子就要退休了，年轻的消防队员才参加工作没多久。他们第一次共同值班。正当老消防队员举起一枚棋子犹豫不决之际，电话铃骤响……年轻的消防队员反应迅速地一把抓起了电话……"救救我……我的头磕在壁炉角上了，流着很多血……我快死了，救救我……"话筒那端传来一位老女人微弱的声音。那是一台扩音电话。年轻的消防队员愣了愣，爱莫能助地回答："可是夫人，您不该拨这个电话号码。这里是消防队值班室……"话筒那一端却再也没有任何声音传来。年轻的消防队员一脸不安，缓缓地，缓缓地放下了电话。他们的目光刚一重新落在棋盘上，便不约而同地又望向电话机了。接着他们的目光注视在一起了……老消防队员说："如果我没听错，她告诉我们她流着很多血……"年轻的消防队员点了一下头："是的。""她还告诉我们，她快死了。"

"是的。"

"她在向我们求救。"

"是的。"

"可我们……在下棋……"

"不……我怎么还会有心思下棋呢？"

"我们总该做点儿什么应该做的事，对不对？"

"对……可我，真的不知道该做什么……"

老消防队员嘟哝："总该做点儿什么的……"

他们就都不说话了。

都在想究竟该做点儿什么。

他们首先给急救中心挂了电话，但因为不清楚确切的住址，急救中心的回答是非常令他们遗憾的……他们也给警方挂了电话，同样的原因，警方的回答也非常令他们失望……该做的事已经做了，连老消防队员也不知道该继续做什么了……他说："我们为救一个人的命已经做了两件事，但并不意味着我们救了一个向我们求救过的人。"年轻的消防队员说："我也这么想。""她肯定还在流血不止。""肯定的。""如果没有人实际上去救她，她真的会死的。""真的会死的……"年轻的消防队员说完，忽然拍了一下自己的前额："嘿，我们干吗不查问一下电话局？那样，我们至少可以知道她住在哪一条街区！……"老消防队员赶紧抓起了电话……一分钟后，他们知道求救者住在哪一条街了……两分钟后，他们从地图上找到了那一条街。它在另一市区。他们又将弄清的情况通告急救中心或警方……但是一方暂无急救车可以前往，一方的线路占线，拨不通……

老消防队员灵机一动，向另一市区的消防队值班室拨去了电话，希望派出消防车救一位老女人的命……他遭到了拒绝。

拒绝的理由简单又正当：派消防车救人？荒唐之事！在没有火灾也未经特批的情况下出动消防车，不但严重违反消防队的纪律条例，也严重违反城市管理法啊！他们一筹莫展了……老消防队员发呆地望了一会儿挂在墙上的地图，主意已定地说："那么，为了救一个人的命，就让我来违反纪律和违法吧！……"

他起身拉响了报警器。年轻的消防队员说："不能让你在退休前受什么处罚。报警器是我拉响的，一切后果由我来承担。"老消防队员说："你还是一名见习队员，怎么能牵连你呢？报警器明明是我拉响的嘛！"而院子里已经嘈杂起来，一些留宿待命的消防队员匆匆地穿着消防服……当老消防队员说明拉报警器的原因后，院子里一片肃静。老消防队员说："认为我们不是在胡闹的人，就请跟我们去吧！……"他说完走向一辆消防车，年轻的消防队员紧随其后。没有谁返身回到宿舍去，也没有谁说什么问什么，都分头踏上了两辆消防车……雨又下大了。马路上的车辆皆缓慢行驶……两辆消防车一路鸣笛，争分夺秒地从本市区开往另一市区……它们很快就驶在那一条街道上了。那是一条很长的街道。正是周末，人们睡得晚。几乎家家户户的窗子都亮着。求救者究竟倒在哪一幢楼的哪一间屋子里呢？断定本街道并没有火灾发生的市民，因消防车的到来滋扰了这里的宁静而愤怒。有人推开窗子大骂消防队员们……年轻的消防队员站立在消防车的踏板上，手持话筒做着必要的解释。

许多大人和孩子从自家的窗子后面，观望到了大雨浇着他和别的消防队员们的情形……"市民们，请你们配合我们，关上你们各家所有房间的电灯！……"年轻的消防队员反复要求着……一扇明亮的窗子黑了……又一扇明亮的窗子黑了……再也无人大骂了……在这一座城市，在这一条街道，在这一个夜晚，在瓢泼大雨中，两辆消防车如夜海上的巡逻舰，缓缓地一左一右地并驶着……迎头的各种车辆纷纷避让……除了司机，每名消防队员都站立在消防车两旁的踏板上，目光密切地关注着街道两侧的楼房，包括那位老消防队员……雨，是下得更大了……街道两旁的楼房的窗全都黑暗了，只有两行路灯亮着了……那一条街道那一时刻那么寂静……"看！……"一名消防队员激动地大叫起来……他们终于发现了唯一一户人家亮着的窗……一位七十余岁的老妇人被消防车送往了医院……医生说，再晚十分钟，她的生命就会因失血过多不保了。两名消防队员自然没受处罚。市长亲自向他们颁发了荣誉证书，称赞他们是本市"最可爱的市民"，其他消防队员也受到了市长的表扬。那位老妇人后来成为该市年龄最大也最积极的慈善活动志愿者……

大约是在初一时，我从隔壁邻居卢叔收的废报刊堆里翻到了一册港版的《读者文摘》，其中的这一则纪实文章令我的心一阵阵感动。但是当年我不敢向任何人说出我所受的感动——因为事情发生在美国。

当年我少年的心又感动又困惑——因为美国大兵正在越南用现代武器杀人放火。人性如泉，流在干净的地方带走不干净的东西，流在不干净的地方它自身也污浊。后来就"文革"了。"文革"

中我更多次地联想到这一则纪实……

四

以下一则"故事"是以第一人称叙述的，那么让我也尊重"原版"，以第一人称叙述……

"我"是一位已毕业两年了的文科女大学生。"我"两年内几十次应聘，仅几次被试用过。更多次应聘谈话未结束就遭到了干脆的或客气的拒绝。即使那几次被试用，也很快被以各种理由打发走了……

这使"我"产生了巨大的人生挫败感。刚刚踏入社会啊！"我"甚至产生过自杀的念头。"我"找不到工作的主要原因不是有什么品行劣迹，也不是能力天生很差——大学毕业前夕"我"被车刮倒过一次，留下了难以治愈的后遗症——心情一紧张，两耳便失聪。"我"是一个诚实的人。每次应聘，"我"都声明这一点。而结果往往是，招聘主管者欣赏"我"的诚实，但不肯降格以用。"我"虽然对此充分理解，可无法减轻人生忧愁。"我"仍不改初衷，每次应聘，还是一如既往地声明在先，也就一如既往地一次次希望落空……在"我"沮丧至极的日子里，很令"我"喜出望外的，"我"被一家报馆试用了！

那是因为"我"的诚实起了作用。

也因为"我"诚实不改且不悔的经历引起了同情和尊敬。

与"我"面谈的是一位部门主任。他对"我"说："你是受过高等教育的，社会应该留给你这么诚实的人适合你的一种工作，否则，就谁也没有资格要求你热爱社会了。"部门主任的话也令"我"大为感动。"我"的具体工作是资料管理。这一份工作获得不易,"我"异常珍惜,而且,也渐渐喜欢这一份工作了。"我"的心情从没有这么好过,每天笑口常开。当然,双耳失聪的后遗症现象一次也没发生过……同事们不但接受了"我"这一名资料管理员,甚至开始称赞"我"良好的工作表现了。试用期一天天地过去,不久,"我"将被正式签约录用了。这是"我"梦寐以求的呀!"我"不再觉得自己是一个不幸的人,反而觉得自己是一个十分幸运的人了。

某一天,那一天是试用期满的前三天——报馆同事上下忙碌,为争取对一新闻事件的最先报道,人人放弃了午休。到资料馆查询相关资料的人接二连三……

受紧张气氛影响,"我"最担心之事发生了,"我"双耳失聪了!这使我陷于不知所措之境,也使同事们陷于不知所措之境。笔谈代替了话语。时间对于新闻意味着什么不言自明,何况有多家媒体在与该报抢发同一条新闻!……结果该报在新闻战中败北了。对于该报,几乎意味着是一支足球队在一次稳操胜券的比赛中惨遭淘汰……客观地说,如此结果,并非完全是由"我"一人造成的。但"我"确实难逃干系啊!"我"觉得特别对不起报社对不起同事们!

"我"内疚极了。

同时,特别害怕三天后被冷淡地打发走呢!"我"向所有当天到过资料室的人表示真诚的歉意;"我"向部门主任当面承认"错误",尽管"我"不是因为工作态度而失职……一切人似乎都谅解了"我"。在"我"看来,似乎而已。"我"敏感异常地觉得,人们谅解自己是假的,是装模作样的。

总之是表面的。仅仅为了证明自己的宽宏大量罢了……"我"猜想，其实报社上上下下，都巴不得"我"三天后没脸再来上班……但，那"我"不是又失业了吗？"我"还能幸运地再找到一份工作吗？第二次幸运的机会究竟在哪儿呀？"我"已根本不相信它的存在了……奇怪的是，三天后并没有谁找"我"谈话，通知我被解聘了，当然也没有谁来让"我"签订正式录用的合同。"我"太珍惜获得不易的工作了！"我"决定放弃自尊，没人通知就照常上班。一切人见了"我"，依旧和"我"友好地点头，或打招呼。但"我"觉得人们的友好已经变质了，微笑着的点头已是虚伪的了。分明地，人们对"我"的态度，与以前是那么不一样了，变得极不自然了，仿佛竭力要将自己的虚伪成功地掩饰起来似的……以前，每到周末，人们都会热情地邀请"我"参加报社一向的"派对"娱乐活动。现在，两个周末过去了，"我"都没受到邀请——如果这还不是歧视，那什么才算歧视呢？

　　"我"由内疚而难过而生气了——倒莫如干脆打发"我"走！为什么要以如此虚伪的方式逼"我"自己离开呢？这不是既想达到目的又企图得到善待试用者的美名吗？

　　"我"对当时决定试用自己的那一位部门主任，以及自己曾特别尊敬的报社同事们暗生嫌恶了。

　　都言虚伪是当代人之人性的通病，"我"算是深有体会了！

　　第三个周末，下班后，人们又都匆匆地结伴走了。

　　"派对"娱乐活动室就在顶层，人们当然是去尽情娱乐了呀！

　　只有"我"独自一人留在资料室发呆，继而落泪。

　　回家吗？

　　明天还照常来上班吗？

或者明天自己主动要求结清工资，然后将报社上上下下骂一通，扬长而去？"我"做出了最后的决定。一经决定，"我"又想，干吗还要等到明天呢？干吗不今天晚上就到顶层去，突然出现，趁人们皆愣之际，大骂人们的虚伪？趁人们被骂得呆若木鸡，转身便走有何不可？难道虚伪是不该被骂的吗？！不就是三个星期的工资吗？为了替自己出一口气，不要就是了呀！于是"我"抹去泪，霍然站起，直奔电梯……"我"一脚将娱乐活动室的门踢开了——人们对"我"的出现备感意外，确实地，都呆若木鸡；而"我"对眼前的情形也同样地备感意外，也同样地一时呆若木鸡……"我"看到一位哑语教师，在教全报社的人哑语，包括主编和社长在内……

　　部门主任走上前以温和的语调说："大家都明白目前这一份工作对你是多么重要。每个人都愿帮你保住你的工作。三个周末以来都是这样。我曾经对你说过——社会应该留给你这么诚实的人，一份适合你的工作。我的话当时也是代表报社代表大家的。对你，我们大家都没有改变态度……"

　　"我"环视同事们，大家都对"我"友善地微笑着……还是那些熟悉了的面孔，还是那些见惯了的微笑……却不再使"我"产生虚伪之感了。还是那种关怀的目光，从老的和年轻的眼中望着"我"，似乎竟都包含着歉意，似乎每个人都在以目光默默地对"我"说："原谅我们以前未想到用这样的方式帮助你……"

　　曾使我感到幸运和幸福的一切内容，原来都没有变质。非但都没有变质，而且美好地温馨地连成一片令"我"感动不已的，看不见却真真实实地存在着的事实了……

　　"我"的泪水顿时夺眶而出。

"我"站在门口，低着头，双手捂脸，孩子似的哭着……

眼泪因被关怀而流……

也因对同事们的误解而流……

那一时刻"我"又感动又羞愧，于是人们渐渐聚向"我"的身旁……

五

还是冬季，还是雪花漫舞的傍晚，还是在人口不多的小城，事情还是与一家小小的首饰店有关……

它比前边讲到的那家首饰店更小了。前边讲的那家首饰店，在经济大萧条的时代，起码还雇得起三位姑娘。这一家小首饰店的主人，却是谁都雇不起的……

他是三十二三岁的青年，未婚青年。他的家只剩他一个人了，父母早已过世了，姐姐远嫁到外地去了。小首饰店是父母传给他继承的。它算不上是一宗值得守护的财富，但是对他很重要，他靠它维生。

大萧条继续着。他的小首饰店是越来越冷清了，他的经营是越来越惨淡了。那是圣诞节的傍晚，他寂寞地坐在柜台后看书，巴望有人光临他的小首饰店。已经五六天没人迈入他的小首饰店了。他既巴望着，又不那么期待。在圣诞节的傍晚他坐在他的小首饰店里，纯粹是由于习惯。反正回到家里也是他一个人，也是一样的孤独和寂寞。几年以来的圣诞节或别的什么节日，他都是在他的小首饰店里度过的……

万一有人……他只不过心存着一点点侥幸罢了。如果不是经济大萧条的时代，节日里尤其是圣诞节，光临他的小首饰店的人还是不少的。因为他店里的首饰大部分是特别廉价的，是适合底层的人们选择作为礼物的。

经济大萧条的时代是注定要剥夺人们某种资格的。首先剥夺的是底层人在节日里相互赠礼的资格。对于底层人，这一资格在经济大萧条的时代成了奢侈之事……

青年的目光，不时离开书页望向窗外，并长长地忧郁地叹上一口气……居然有人光临他的小首饰店了！光临者是一位少女，看上去只有十一二岁。一条旧的灰色的长围巾，严严实实地围住了她的头，只露出正面的小脸儿。少女的脸儿冻得通红，手也是。只有老太婆才围她那条灰色的围巾。肯定的，在她临出家门时，疼爱她的母亲或祖母将自己的围巾给她围上了——青年这么想。他放下书，起身说："小姐，圣诞快乐！希望我能使您满意，您也能使我满意。"青年是高个子。少女仰起脸望着他，庄重地回答："先生，也祝您圣诞快乐！我想，我们一定都会满意的。"她穿一件打了多处补丁的旧大衣。她回答时，一只手朝她一边的大衣兜拍了一下。仿佛她是阔佬，那只大衣兜里揣着满满一袋金币似的。青年的目光隔着柜台端详她，看见她穿一双靴腰很高的毡靴。毡靴也是旧的，显然比她的脚要大得多。而大衣原先分明很长，是大姑娘们穿的无疑。谁替她将大衣的下摆剪去了，并且按照她的身材改缝过了吗？也是她的母亲或祖母吗？

他得出了结论——少女来自一个贫寒家庭。

她使他联想到了《卖火柴的小女孩》。而他刚才捧读的，正是一本安徒生的童话集。

青年忽然觉得自己对这少女特别怜爱起来，觉得她脸上的表情那会儿纯洁得近乎圣洁。他决定，如果她想买的只不过是一只耳环，那么他将送给她，或仅象征性地收几枚小币……

少女为了看得仔细，上身伏于柜台，脸几乎贴着玻璃了——她近视。

青年猜到了这一点，一边用抹布擦柜台的玻璃，一边温情地瞧着少女。其实柜台的玻璃很干净，可以说一尘不染。他还要擦，是因为觉得自己总该为小女孩做些什么才对。

"先生，请把这串项链取出来。"

少女终于抬起头指着说。

"怎么……"

他不禁犹豫。

"我要买下它。"

少女的语气那么自信，仿佛她大衣兜里的钱，足以买下他店里的任何一件首饰。

"可是……"

青年一时不知自己想说的话究竟该如何说才好。

"可是这串项链很贵？"

少女的目光盯在他脸上。

他点了点头。

那串项链是他小首饰店里最贵的。它是他的压店之宝。另外所有首饰的价格加起来，也抵不上那一串项链的价格。当然，富人们对它肯定是不屑一顾的，而穷人们却只有欣赏而已，所以它陈列在柜台里多年也没卖出去。有它，青年才觉得自己毕竟是一家小首饰店的店主。他经常这么想——倘若哪一天他要结婚了，它还没卖出去，那么他就不卖它了。他要在婚礼上亲手将它戴在自己新娘的颈上……

现在，他对自己说，他必须认真地对待面前的女孩了。

她感兴趣的可是他的压店之宝呀！不料少女说："我买得起它。"少女说罢，从大衣兜里费劲地掏出一只小布袋儿。小布袋儿看去沉甸甸的，仿佛装的真是一袋金币。

少女解开小布袋儿，往柜台上兜底儿一倒，于是柜台上出现了一堆硬币。但不是金灿灿的金币，而是一堆收入低微的工人们在小酒馆里喝酒时，表示大方当小费的小币……

有几枚小币从柜台上滚落到了地上，少女弯腰一一捡起它们。由于她穿着高腰的毡靴，弯下腰很不容易，姿势像表演杂技似的。还有几枚小币滚到了柜台底下，她干脆趴在地上，将手臂伸到柜台底下去捡……

她重新站在他面前时，脸涨得通红。她将捡起的那几枚小币也放在柜台上，一双大眼睛默默地庄严地望着青年，仿佛在问："我用这么多钱还买不下你的项链吗？"

青年的脸也涨得通红，他不由得躲闪她的目光。他想说的话更不知该如何说才好了。全部小币，不足以买下那串项链的一颗，不，半颗珠子。他沉吟了半天才吞吞吐吐地说："小姐，其实这串项链并不怎么好。我……我愿向您推荐一副别致的耳环……"少女摇头道："不。我不要买什么耳环，我要买这串项链……""小姐，您的年龄，其实还没到非戴项链不可的年龄……""先生，这我明白。我是要买了它当作圣诞礼物送给我的姐姐，给她一个惊喜……""可是小姐，一般是姐姐送妹妹圣诞礼物的……""可是先生，您不知道我有多爱我的姐姐啊！我可爱她了！我无论送给她多么贵重的礼物，都不能表达我对她的爱……"于是少女娓娓地讲述起她的姐姐来……她很小的时候，父母就去世了，是她的姐姐将她抚养大的。她从三四岁起就体弱多病，没有姐姐像慈母照顾自己心爱的孩子一样照顾她，她也许早就死了。姐姐为了她一直未嫁。姐姐为了抚养她，什么受人歧视的下等工作都做过了，就差没当侍酒女郎了。但为了给她治病，已卖过两次血了……青年的表情渐渐肃穆。女孩儿的话使他想起了他的姐姐。然而他的姐姐对他却一点儿都不好，出嫁后还回来与他争夺这小首饰店的继承权。那一年他才十九岁呀！他的姐姐伤透了他的心……"先生，您明白我的想法了吗？"女孩儿噙着泪问。他低声回答："小姐，我完全理解。""那么，请数一下我的钱吧。我相信您会把多余的钱如数退给我的……"青年望着那堆小币愣了良久，竟默默地、郑重其事地开始数……"小姐，这是您多余的钱，请收好。"他居然还退给了少女几枚小币，连自己也不知自己在干什么。他又默默地、郑重其事地将项链放入它的盒子里，认认真真地包装好。"小姐，现在，它归你了。""先生，谢谢。""尊敬的小姐，外面路滑，请慢走。"他绕出柜台，替她开门，仿佛她是慷慨的贵妇，已使他大赚了一笔似的。望着少女的背影在夜幕中走出很远，他才关上他的店门。失去了压店之宝，他顿觉他的小店变得空空荡荡不存一物似的。他散漫的目光落在书上，不禁在心里这么说："安徒生先生啊，都是由于你的童话我才变得如此傻。可我已经是大人了呀！……"那一时刻，圣诞之夜的第一遍钟声响了……第二天，小首饰店关门。青年到外地打工去了，带着他爱读的《安徒生童话集》……三年后，他又回到了小城。圣诞夜，他又坐在他的小首饰店里，静静地读另一本安徒生的童话集……

教堂敲响了入夜的第一遍钟声时，店门开了——进来的是三年前那一位少女，和她的姐姐，一位容貌端秀的二十四五岁的女郎……女郎说："先生，三年来我和妹妹经常盼着您回到这座小城，像盼我们的亲人一样。现在，我们终于可以将项链还给您了……"长大了三岁的少女说："先生，那我也还是要感谢您。因为您的项链使我的姐姐更加明白，她对我是像母亲一样重要的……"青年顿时热泪盈眶。他和那女郎如果不相爱，不是就很奇怪了吗？……

以上五则，皆真人真事，起码在我的记忆中是的。从少年至青年至中年时代，它们曾像维生素保健人的身体一样营养过我的心。第四则的阅读时间稍近些，大约在七十年代末。那时我快三十岁了。"文革"结束才两三年，中国的伤痕一部分一部分地裸露给世人看了。它在最痛苦也在最普遍最令我们中国人羞耻的方面，乃是以许许多多同胞的命运的伤痕来体现的，也是我以少年的和青年的眼在"文革"中司空见惯的。"文革"即使没能彻底摧毁我对人性善的坚定不移的信仰，也使我在极大程度上开始怀疑人性善之合乎人作为人的法则。事实上经历了"文革"的我，竟有些感觉人性善之脆弱，之暧昧，之不怎么可靠了。我已经就快变成一个冷眼看世界的青年了，并且不得不准备硬了心肠体会我所生逢的中国时代了。

幸而"文革"结束了。

否则我不敢自信我生为人恪守的某些原则，无论在任何情况下都不会放弃；不敢自信我绝不会向那一时代妥协；甚至不敢自信我绝不会与那一时代沆瀣一气，同流合污……

具体对我而言，我常想，"文革"之结束，未必不是对我之人性质量的及时拯救，在它随时有可能变质的阶段……所以，当我读到关于人性内容的文字记录那么朴素，那么温馨时，我之感动尤深。我想，一个人可以从某一天开始一种新的人生，世间也是可以从某一年开始新的整合吧？于是我重新祭起了对人性善的坚定不移的信仰；于是我又以特别理想主义的心去感受时代，以特别理想的眼去看社会了……

这一种状态一直延续了十余年。十余年内，我的写作基本上是理想主义色彩鲜明的。偶有愤世嫉俗性的文字发表，那也往往是由于我认为时代和社会的理想化程度不合我一己的好恶……

然而，步入中年以后，我坦率承认，我对以上几则"故事"的真实性越来越怀疑了。

可它们明明是真实的啊！

它们明明坚定过我对人性善的信仰啊！

它们明明营养过我的心啊！

我知道，不但时代变了，我自己的理念架构也在浑然不觉间发生了重组。我清楚这一点。

我不再是一个理想主义者了。

并且，可能永远也不再会是了。

这使我经常暗自悲哀。

我的人生经验告诉我——人在少年和青年时期若不曾对人世特别地理想主义过，那么以后一辈子都将活得极为现实。

少年和青年时期理想主义过没什么不好，一辈子都活得极为现实的人生体会也不见得多么良好；反过来说也行。那就是，一辈子都活得极为现实的人生不算什么遗憾，少年和青年时期理想主义过也不见得是一件值得欣慰的事……

以上几则"故事"，依我想来，在当今中国之现实中，几乎都没有了"可操作"性。谁若在类似的情况下，像它们的当事人那么去思维去做，不知结果会怎样？恐怕会是自食恶果而且被人冷嘲曰自作自受的吧？

我也不会那么去思维那么去做了。

故我将它们追述出来，绝无倡导的意思，只不过是一种摆脱记忆粘连的方式罢了。

再有什么动机，那就是提供朴素的、温馨的人性和人道内容的体会了。

体会体会反正也不损失我们什么……

一个人的文、史、哲

　　由我来写何兆武先生之《上学记》的获奖评语，心有荣幸，并且，愉快之至。我不说荣幸之至，偏言愉快之至，乃因我感觉，在现实生活中，"荣幸"一词已被用得很多，真愉快却较难得了。我读何先生此书，真愉快是第一体会。故我要格外强调这一种真愉快。何先生此书的书名，起得实在是很普通。其封面设计，也普通得不能再普通。有点儿不普通的倒是，印在封面的何先生的名字和撰写者文靖的名字，竟是那么小。这都是意味深长的。我的书，新作也罢，旧作也罢，书名姓名，却是越印越大了——因为何先生不是我：我以后，大约也是成不了何先生那么一种人的，但我愿争取。

　　这是一部由何先生口述、文靖记录整理而成的书。三万三千册印数足见它是受到某一读书群体关注的，这一点同样耐人寻味。

　　清华葛兆光教授为此书作序，"序"也很好。撰写者文靖的"后记"亦好。何先生的口述也罢，葛兆光教授的"序"和文靖女士（想来是位女士）的"后记"也罢，都具有一种极平静地表达人生感悟的修养。他们的真性情真思考极平静地流淌为文字，自然而然，于是使此书像上品的瓷器，呈现明透纯净之品质。

"序"中有一个细节——葛兆光教授去医院探望八十五岁高龄的何先生，见病榻上的何先生手持一卷《资治通鉴》……

据我所知，早年在清华任教务长的潘光旦先生，曾主张文、史、哲三科通教通学；我认为这是很有见识的主张，虽然现在大概做不到了。但事实证明，凡在以上三科卓有建树之人，几乎无一不是自己做到了通学的。

我觉得，何兆武先生身上既体现着文对一个人早期的熏陶，也体现着史和哲两方面知识对一个人后来的有益浸淫。而这就使一个人的文化思想修养，达到了一种再也无须矫饰什么的境界。所以这也是一部多处闪耀思想智慧的书，而绝不仅仅是旧事逸事钩沉类的书。

"人生一世，不过就是把名字写在水上。"这是何先生的一句话。往细一想，苍生大众，其实连把名字写在历史江河之水面上的幸运都是没有的。那么，有此幸运的人，当勿使自己的名字附带了肮脏，于是污染了"水"，令后人厌。我由何先生的话中，也联想到了"清名"一词。又于是，似乎重新寻找到了一个当代知识分子的精神支点，尽管不特宏大，但——有，终究比没有好的……

人生真相

人活着就得做事情。

古今中外，无一人活着而居然可以不做什么事情。连婴儿也不例外。吮奶便是婴儿所做的事情，不许他做他便哭闹不休，许他做了他便乖而安静。广论之，连蚊子也要做事：吸血。连蚯蚓也要做事：钻地。

一个人一生所做之事，可以从许多方面来归纳——比如善事恶事，好事坏事，雅事俗事，大事小事……

世上一切人之一生所做的事情，也可用更简单的方式加以区分，那就是无外乎——愿意做的、必须做的、不愿意做的。

古今中外，上下数千年，任何一个曾活过的人，正活着的人的一生，皆交叉记录着自己愿意做的事情、必须做的事情、不愿意做的事情。即将出生的人的一生，注定了也还是如此这般。

细细想来，古今中外，一生仅做自己愿意做的事情，但凡不愿意做的事情可以一概不做的人，极少极少。大约，根本没有过吧？从前的国王皇帝们还要上朝议政呢，那不见得是他们天天都愿意做的事。

有些人却一生都在做着自己不愿意做的事情。比如他或她的职业绝不是自己愿意选的，但若改变却千难万难，"难于上青天"。不说古代，不论外国，仅在中国，仅在二十几年前，这样一些终生无奈的人比比皆是。

而我们大多数人的一生，其实只不过都在整日做着自己必须做的事情。日复一日，渐渐地，我们对我们那些愿意做，曾特别向往去做的事情漠然了。甚至，再连想也不去想了。仿佛我们的头脑之中对那些曾特别向往去做的事情，从来也没产生过试图一做的欲念似的。即使那些事情做起来并不需要什么望洋兴叹的资格和资本。日复一日地，渐渐地，我们变成了一些生命流程仅仅被必须做的、杂七杂八的事情注入得满满的人。我们只祈祷我们千万别被自己不愿意做的事情黏住了。果而如祈，我们则已谢天谢地，大觉幸运了。甚至会觉得顺顺当当地过了挺好的一生。

我想，这乃是所谓人生的真相之一吧？一生仅做自己愿意做的事情，凡不愿意做的事情可以一概不做的人，我们就不必太羡慕了吧！衰老、生病、死亡，这些事任谁都是躲不过的。生病就得住院，住院就得接受治疗。治疗不仅是医生的事情，也是需要病人配合着做的事情。某些治疗的漫长阶段比某些病本身更痛苦。于是人最不愿意做的事情，一下子成了自己必须做的事情。到后来为了生命，最不愿做的事情不但变成了必须做的事情，而且变成了最愿做好的事情。倒是唯恐别人认为自己做得不够好进而不愿意在自己的努力配合之下尽职尽责了。

我们且不说那些一生被自己不愿做的事情牢牢黏住，百般无奈的人了吧！比如他们中有人一听做胃镜检查这件事就脸色大变，竟幸运地有一副从未疼过的胃，一生连粒胃药也没吃过。比如他们中有人一听动手术就心惊胆战，竟幸运地一生也没躺上过手术台。比如他们中有人最怕死得艰难，竟幸运地死得很安详，一点儿痛苦也没经受，忽然就死了，或死在熟睡之中。有的死前还哼着歌洗了人生的最后一次热水澡，且换上了一套新的睡衣……

我们还是了解一下我们自己，亦即这世界上大多数人的人生真相吧！

我们必须做的事情，首先是那些意味着我们人生支点的事情。我们一旦连这些事情也不做，或做得不努力，我们的人生就失去了稳定性，甚而不能延续下去。比如我们每人总得有一份工作，总得有一份收入。于是有单位的人总得天天上班；自由职业者不能太随性，该勤奋之时就得要求自己孜孜不倦。这世界上极少数的人之所以是幸运的，幸运就幸运在必须做的事情恰也同时是自己愿意做的事情。大多数人无此幸运。大多数人有了一份工作有了一份收入就已然不错。在就业机会竞争激烈的时代，纵然不是自己愿意做的事情，也得当成一种低质量的幸运来看待。即使打算摆脱，也无不掂量再三，思前虑后，犹犹豫豫。

因为对于我们大多数人而言，我们整日必须做的事情，往往不仅关乎着我们自己的人生，也关乎着种种的责任和义务。比如父母对子女的、夫妻双方的、长子长女对弟弟妹妹的……这些责任和义务，使那些我们寻常之人整日必须做的事情具有了超乎于愿意不愿意之上的性质，并随之具有了特殊的意义。这一种特殊的意义，纵然不比那些我们愿意做的事情对于我们自己更快乐，也比那些事情显得更重要、更值得。

我们做我们必须做的事情，有时恰恰是为了因而有朝一日可以无忧无虑地做我们愿意做的事情。普遍的规律也大抵如此。一些人勤勤恳恳地做他们必须做的事情，数年如一日，甚至十几年二十几年如一日，人生终于柳暗花明，终于得以有条件去做自己愿意做的事情了。其条件当然首先是自己为自己创造的。这当然得有这样的前提——自己愿意做的事情，自己一直惦记在心，一直向往着去做，一直没有泯灭了念头……

我们做我们必须做的事情，有时恰恰不是为了因而有朝一日可以无忧无虑地做我们愿意做的事情。我们往往已看得分明，我们愿意做的事情，并不由于我们将我们必须做的事做得多么努力做得多么无可指责而离我们近了；相反，却日复一日地，渐渐地离我们远了，成了注定与我们的人生错过的事情。不管我们一直怎样惦记在心，一直怎样向往着去做。但我们却仍那么努力那么无可指责地做着我们必须做的事情。为了什么呢？为了下一代，为了下一代得以最大限度地做他们和她们愿意做的事；为了他们和她们愿意做的事不再完全被动地与自己的人生眼睁睁错过；为了他们和她们，具有最大的人生能动性，不被那些自己根本不愿意做的事黏住，进而具有最大的人生能动性，使自己必须做的事与自己愿意做的事协调地相一致起来。起码部分地相一致起来。起码不会重蹈我们自己人生的覆辙，因了整日陷于必须做的事而彻底断送了试图一做自己愿意做的事情的条件和机会。

社会是赖于上一代如此这般的牺牲精神而进步的。

下一代人也是赖于上一代人如此这般的牺牲精神而大受其益的。

有些父母为什么宁肯自己坚持着去干体力难支的繁重劳动，或退休以后也还要无怨无悔地去做一份收入极低微的工作呢？为了子女们能够接受高等教育，从而使子女们的人生顺利地靠近他们愿意做的事情。

"可怜天下父母心"一句话，在这一点上，实在是应该改成"可敬天下父母心"的。而子女们倘竟不能理解此点，则实在是可悲可叹啊。

最令人同情的是这样一些人——他们终于像放下沉重的十字架一样，摆脱了自己必须做甚而不愿意做却做了几乎整整一生的事情；终于有一天长舒一口气对自己说：现在，我可要去做我愿意做的事情了。那事情也许只不过是回老家看看，或到某地去旅游，甚或，只不过是坐一次飞机，乘一次海船……而死神却突然来牵他或她的手了……

所以，我对出身贫寒的青年们进一言，倘有了能力，先不必只一件件去做自己愿意做的事情。要想一想，自己怎么就有了这样的能力？完全靠的自己？含辛茹苦的父母做了哪些牺牲？并且要及时地问："爸爸妈妈，你们一生最愿意做的事情是些什么事情？咱们现在就做那样的事情！为了你们心里的那一份长久的期望！……"

我的一位当了经理的青年朋友就这样问过自己的父母，在今年的春节前——而他的父母吞吞吐吐说出来的却是，他们想离开城市重温几天小时候的农村生活。

当儿子的大为诧异：那我带着公司员工去农村玩过几次了，你们怎么不提出来呢？

父母道：我们两个老人，慢慢腾腾的，跟了去还不拖累你玩不快活呀！

当儿子的不禁默想，进而戚然。

春节期间，他坚决地回绝了一切应酬，是陪父母在京郊农村度过的……

我们憧憬的理想社会是这样的：仅仅为了生存而被自己根本不愿做的事情牢牢黏住一生的人越来越少；每一个人只要努力做好自己必须做的事情，只要自己愿意做的事情不脱离实际，终将有机会满足一下或间接满足一下自己的"愿意"。

据我分析，大多数人愿意做的事情，其实还都是一些不失自知之明的事情。

时代毕竟进步了。

标志之一是，活得不失自知之明的人越来越多而非越来越少了。

尽管我们大多数人依然还都在做着我们整日必须做的事情，但这些事情随着时代的进步，与我们的人生的关系已变得越来越灵活，越来越宽松，使我们开始有相对自主的时间和精力顾及我们愿意做的事情，不使成为泡影。重要的倒是，我们自己是否还像从前那么全凭必须这一种惯性活着……

我们都知道的，金钱除了不能解决生死问题，除了不能一向成功地收买法律，几乎可以解决或至少可以淡化人面临的许许多多困扰。

我们大多数世人，或更具体地说——百分之九十甚至百分之九十五以上的世人，与金钱到底是一种什么样的关系呢？我的意思是在说，或者是在问，或者仅仅是在想——那种关系果真像我们人类的文化和对自身的认识经验所记录的那样，竟是贪而无足的吗？

我感觉到这样的一种情况——在我们人类的文化和对自身认

识的经验中，教诲我们人类应对金钱持怎样的态度和理念，是由来已久并且多而又多的；但分析和研究我们与金钱之关系的真相的思想成果，却很少。似乎我们人类与金钱的关系，仅仅是由我们应对金钱持怎样的态度来决定的。似乎只要我们接受了某种对金钱的正确的理念，金钱对我们就是无足轻重的东西了，对我们就会完全丧失吸引力了。

在我们人类与金钱的关系中，某种假设正确的理念，真的能起特别重要的作用吗？果而那样，思想岂不简直万能了吗？

在全世界，在人类的古代，金即钱，即通用币，即永恒的财富。百锭之金往往意味着佳食锦衣，唤奴使婢的生活。所有富人的日子一旦受到威胁，首先将金物及价值接近着金的珠宝埋藏起来。所以直到现在，虽然普遍之人的日常生活早已不受金的影响，在谈论钱的时候，仍习惯将二字合并。

在今天，在中国，"文化"已是一个泡沫化了的词，已是一个被泛淡得失去了"本身义"并被无限"引申义"了的词。不是一切有历史的事物都能顺理成章地构成一种文化。事物仅仅有历史只不过是历史悠久的事物。纵然在那悠久的历史中事物一再地演变过，其演变的过程也不足以自然而然地构成一种文化。

只有我们人类对某一事物积累了一定量的思想认识，传承以文字的记载，并且在大文化系统之中占据特殊的意义，某一事物才算是一种文化"化"了的事物。

这是我的个人观点。而即使此观点特别容易引起争议，我们若以此观点来谈论金钱，并且首先从"金钱文化"说起，大约是不会错到哪里去的。

外国和中国的一切古典思想家，有一位算一位，哪一位不曾谈论过人与金钱的关系呢？可以这么认为，自从金钱开始介入我们人类的生存形态那一天起，人类的头脑便开始产生着对于金钱的思想或曰意识形态了。它们一而再，再而三地呈现在童话、神话、民间文学、士人文学、戏剧以及后来的影视作品和大众传媒里。它们的全部的教诲，一言以蔽之，用教义最浅白的"济公活佛圣训"中的一句话来概括那就是，"死后一文带不去，一旦无常万事休"。

数千年以来，"金钱文化"对人类的这种教诲的初衷几乎不曾丝毫改变过，可谓谆谆复谆谆，用心良苦。只有在现当代的经济学理论成果中，才偶尔涉及我们人类与金钱之关系的真相，却也只几笔带过，点到为止。

那真相我以为便是，其实我们人类之大多数对金钱所持的态度，非但不像"金钱文化"从来渲染的那么一味贪婪，细分析，简直还相当理性，相当朴素，相当有度。

奴隶追求的是自由。

诗人追求的是传世。

科学家追求的是成果。

文艺家追求的是经典。

史学家追求的是真实。

思想家追求的是影响。

政治家追求的是稳定。

……

而小百姓追求的只不过是丰衣足食、无病无灾、无忧无虑的小康生活罢了。倘是工人，无非希望企业兴旺，从而确保自己的收入能养家度日；倘是农民，无非希望风调雨顺，亩产高一点儿，售卖容易点儿；倘是小商小贩，无非希望有个长久的摊位，税种合理，不积货，薄利多销……

如此看来，大多数世人虽然每天都生活在这个由金钱推转着的世界上，每一个日子都离不开金钱这一种东西，甚而我们的双手每天都至少点数过一次金钱，我们的心里每天都至少盘算过一次金钱，但并不因而都梦想着有朝一日成为富豪或资本家，银行账户上存着千万亿万，于是大过奢侈的生活，于是认为奢侈高贵便是幸福……

真的，细分析，我确确实实地觉得，人类之大多数对金钱所持的态度，从过去到现在甚至包括将来，其实一向是很健康的。

一直不健康的或温和一点儿说不怎么健康的，恰恰是"金钱文化"本身。这一种文化几乎每天干扰我们对这个世界的正常视听要求和愿望，似乎企图使我们彻底地变成仅此一种文化的受众，从而使其本身变成摇钱树。这一种文化的一个显著的特征就是，当其在表现人的时候几乎永远只有一个角度，无非人和金钱的关系，再加点性和权谋。它的模式是，"那公司那经理那女人，和那一大笔钱"。

我们大多数世人每天受着这一种文化的污染，而我们对金钱的态度却相当理性，相当朴素，相当有度。我简直不能不这样赞叹：大多数世人活得真是难能可贵！

再细加分析，具体的一个人，无论男女，无论有一个穷爸爸还是富爸爸，其一生皆大致可分为如下阶段：

童年——以亲情满足为最大满足的阶段。

少年——以自尊满足为最大满足的阶段。

青年——以爱情满足为最大满足的阶段。

中年前期——以事业满足为最大满足的阶段。

中年后期——以金钱满足为最大也许还是最后满足的阶段。

老年前期——以自尊满足为最大满足的阶段。

老年后期——以亲情满足为最大满足的阶段……

大多数人大抵如此，少数人不在其列。

人，尤其男人，在中年后期，往往会与金钱发生撕扯不开的纠缠关系。这乃因为，他在爱情和事业两方面，可能有一方面忽然感到是失败的，甚或两方面都感到是失败的、沮丧的。也许那是一个事实，也许仅仅是他自己误入了什么迷津；还因为男人的中年后期，是家庭责任压力最大的人生阶段，缓解那压力仅靠个人作为已觉力不从心，于是意识里生出对金钱的幻想。我们都知道的，金钱除了不能解决生死问题，除了不能一向成功地收买法律，几乎可以解决或至少可以淡化人面临的许许多多困扰。但普遍而言，中年后期的男人已具有与其年龄相一致的理性了。他们对金钱的幻想仅仅是幻想罢了。并且，这幻想折叠在内心里，往往是不说道的。某些男人在中年后期又有事业的新篇章和爱情的新情节，则他们便也不会把金钱看得过重。

在经济发达的国家，人们的追求，包括对人生享受的追求，往往呈现与金钱没有直接关系的现象。"金钱文化"在那些国家里也许照旧地花样翻新，但对人们的意识已经不足以构成深刻的重要的影响。我们留心一下便不难得出这样的结论——那些国家的文化的、文艺的和传媒的主流内容往往是关于爱、生、死、家庭伦理和人类道德趋向以及人类大命运的。或者，纯粹是娱乐的。

因为在那些国家里，中产阶级生活已经是不难实现的。

而中产阶级，乃是一个与金钱的关系最自然、最得体、最有分寸的阶级。

在经济落后的国家，普遍的人们也反而不太产生对金钱的强烈又痛苦的幻想。因为那接近着是梦想。他们对金钱的愿望是由自己限制得很低很低的，于是金钱反而最容易成为带给他们满足的东西。

在发展中国家，特别在由经济落后国家向经济振兴国家迅速过渡的国家，其文化随之嬗变的一个显著事实就是，"金钱文化"同步的迅速繁衍和对大文化系统的蚕食，以及对人们日常生活的方方面面的几乎无孔不入的侵略式影响。人面对之，要么采取个人式的抵御姿态；要么接受它的冲击它的洗脑，最终变得有点儿像金钱崇拜者了。在这样的国家这样的时代，充斥于文化、文艺和媒体的经常的主要的内容，往往是关于金钱这一类东西的。在这样的国家这样的时代，文化和文艺往往几乎已经丧失掉了向人们讲述一个纯粹的，与金钱不发生瓜葛的爱情故事的能力。因为这样的爱情故事已不合人们的胃口，或曰已不合时宜，被认为浅薄了。于是通俗歌曲异军突起，将文化和文艺丧失了的元素吸收去变成自身存在的养分。通俗歌曲的受众是青少年，是以对爱情的向往为向往，以对爱情的满足为满足的群体。他们沉湎于通俗歌曲为之编织的爱情帷幔中，就其潜意识而言，往往意味着不愿长大，逃避长大——因为长大后，将不得不面对金钱的左右和困扰。

在这样的国家这样的时代，贫富迅速分化，差距迅速悬殊，人对金钱的基本需求和底线一番番被刷新。相对于有些人，那底线不断地不明智地一次次攀升；相对于另一些人，那底线不断地不得已地一次次跌降。前者往往可能由于不能居住于富人区而混乱了人与金钱的关系，后者则往往可能由于连生存都无法为计而产生了对金钱的偏狂理解。

归根结底，不是人的错，更不是时代的错，当然不是金钱的错，而只不过是，在特殊的历史阶段，人和金钱贴紧于同一段社会通道之中了。当同时钻出以后，人和金钱两种本质上不同的东西（姑且也将人当作东西吧），又会分开来，保持必要的距离，仅在最日常的情况之下发生最日常的"亲密接触"。

那时，大多数人就可以这样诚实又平淡地说了：金钱吗？它不是唯一使我万分激动的东西，也不是唯一使我惴惴不安的东西，更不是我人生中唯一重要的东西。我必须有足够花用的金钱，而我的情况正是这样。

归根结底，爱国主义，正是由这一种人对金钱相当理性，相当朴素，相当有度，因而相当良好的感觉来决定的。

哪一个国家使它的人民与金钱的关系如此这般着了，它的人民便几乎无须被教导，自然而然地爱着他们的国了……

人生的意义在于承担

　　我曾多次被问到"人生有什么意义"。往往，"人生"之后还要加上"究竟"二字。

　　我想，"人生有什么意义"这一个问题，从本质上说，是从"现在时"出发对"将来时"的一种叩问，是对自身命运的一种叩问。世界上只有人才关心自身的命运问题。"命运"一词，意味着将来怎样。它绝不是一个仅仅反映"现在时"的词。

　　"人生有什么意义"这一个问题与人的思想活动有关，古今中外，解答可谓千般百种，形形色色。我也回答过这一问题，可每次的回答都不尽相同，每次的回答自己都不满意。

　　一般而言，儿童和少年不太会问"人生有什么意义"的话，他们倒是很相信人生总归是有些意义的，专等他们长大了去体会。老年人也不太会问"人生有什么意义"的话，问谁呢？中年人常问"人生有什么意义"。相互问一句，或自说自话一句。一切都似乎不言自明，于是相互获得某种心理的支持和安慰。因为他们是有压力的，压力常常使他们对人生的意义保持格外的清醒。人生的意义在他们那儿的解释是，责任。

是的，责任即意义。责任几乎成了大多数寻常百姓的中年人之人生的最大意义。对上一辈的责任，对儿女的责任，对家庭的责任，对单位对职业的责任。人只有到了中年时，才恍然大悟，原来从小盼着快快长大好好地追求和体会一番的人生的意义，除了种种的责任和义务，留给自己的，即纯粹属于自己的另外的人生的意义，实在是并不太多了。他们老了以后，甚至会继续以所尽之责任和义务尽得究竟怎样，来掂量自己的人生意义。

而在一些年轻人眼中，人生的意义就是享受，他们还没有受什么苦，也没有经历大的波折磨难，在他们看来，世界是美好的，人生要享受眼前的美好。如果他们经历了点什么困难，他们更有理由了——人活在这个世界这么苦，不好好享受对不起自己。

其实，这是大错特错的。我有一种结论，所谓"人生的意义"，它至少是由三部分组成：一部分是纯粹自我的感受，一部分是爱自己和被自己爱的人的感受，还有一部分是社会和更多有时甚至是千千万万别人的感受。

当一个青年听到一个他渴望娶为妻子的姑娘说"我愿意"时，他由此顿觉人生饱满、有意义了，那么这是纯粹自我的感受。爱迪生之人生的意义，体现在享受电灯、电话等发明成果的全世界人身上；林肯之人生的意义，体现在当时美国获得解放的黑奴们身上。

如果一个人只从纯粹自我一方面的感受去追求所谓人生的意义，那么他或她到头来一定所得极少。最多，也仅能得到三分之一罢了。但倘若一个人的人生在纯粹自我方面的意义缺少甚多，尽管其人生作为的性质是很崇高的，那么在获得尊敬的同时，必然也引起同情。这是自我价值和社会价值的失衡。

权力、财富、地位、高贵得无与伦比的生活方式，这其中任何一种都不能单一地构成人生的意义。而勇于担当的人，即使卑微，对于爱我们也被我们爱的人而言，可谓大矣！因为他尽到了自己的责任，他承担起了属于自己的义务。这样的人，尽管平凡渺小，但值得钦佩。

为什么我们对"平凡的人生"深怀恐惧？

"如果在三十岁以前，最迟在三十五岁以前，我还不能使自己脱离平凡，那么我就自杀。""可什么又是不平凡呢？""比如所有那些成功人士。""具体说来。""就是，起码要有自己的房、自己的车，起码要成为有一定社会地位的人吧？还起码要有一笔数目可观的存款吧？""要有什么样的房，要有什么样的车？在你看来，多少存款算数目可观呢？""这，我还没认真想过……"以上，是我和一个大一男生的对话。那是一所较著名的大学，我被邀做讲座。对话是在五六百人之间公开进行的。我觉得，他的话代表了不少学子的人生志向。我已经忘记了我当时是怎么回答的。然此后我常思考一个人的平凡或不平凡，却是真的。按《新华字典》的解释，平凡即普通。平凡的人即平民。《新华字典》特别在括号内加注——泛指区别于贵族和特权阶层的人。做一个平凡的人真的那么令人沮丧吗？倘注定一生平凡，真的毋宁三十五岁以前自杀吗？我明白那大一男生的话只不过意味着一种"往高处走"的愿望，虽说得郑重，其实听的人倒是不必太认真的。

但我既思考了，于是觉出了我们这个社会、我们这个时代，近十年来，一直所呈现的种种文化倾向的流弊，那就是，在中国还只不过是一个发展中国家的现阶段，中国的当代文化，未免过分"热忱"地兜售所谓"不平凡"的人生的招贴画了，这种宣扬尤其广告兜售几乎随处可见。而最终，所谓不平凡的人的人生质量，在如此这般的文化那儿，差不多又总是被归结到如下几点：住着什么样的房子，开着什么样的车子，有着多少资产，于是社会给以怎样的敬意和地位。于是，倘是男人，便娶了怎样怎样的女人……

二十世纪二三十年代的中国，也很盛行过同样性质的文化倾向，体现于男人，那时叫"五子登科"，即房子、车子、位子、票子、女子。一个男人如果都追求到了，似乎就摆脱平凡了。同样年代的西方的文化，也曾呈现过类似的文化倾向。区别乃是，在他们的文化那儿，是花边，是文化的副产品；而在我们这儿，在八九十年后的今天，却仿佛渐成文化的主流。这一种文化理念的反复宣扬，折射着一种耐人寻味的逻辑——谁终于摆脱平凡了，谁理所当然地是当代英雄；谁依然平凡着甚至注定一生平凡，谁是狗熊。并且，每有俨然是以代表文化的文化人和思想特别"与时俱进"似的知识分子，话里话外地帮衬着造势，暗示出其更伤害平凡人的一种逻辑，那就是，一个时势造英雄的时代已然到来，多好的时代！许许多多的人不是已经争先恐后地不平凡起来了吗？你居然还平凡着，你不是狗熊又是什么呢？

一点儿也不夸大其词地说，此种文化倾向，是一种文化的反动倾向。和尼采的所谓"超人哲学"的疯话一样，是漠视甚至鄙视和辱谩平凡人之社会地位以及人生意义的文化倾向。是反众生的，是与文化的最基本社会作用相悖的，是对社会和时代的人文成分结构具有破坏性的。

在这样的文化背景下成长起来的中国下一代，如果他们普遍认为最远三十五岁以前不能摆脱平凡便莫如死掉算了，那是毫不奇怪的。

人类社会的一个真相是，而且必然永远是牢固地将普遍的平凡的人们的社会地位确立在第一位置，不允许任何意识之形态动摇它的第一位置，更不允许它的第一位置被颠覆，这乃是古今中外的文化的不二立场，像普遍的平凡的人们的社会地位的第一位置一样神圣。当然，这里所指的，是那种极其清醒的、冷静的、客观的、实事求是的、能够在任何时代都"锁定"人类社会真相的文化，而不是那种随波逐流的、嫌贫爱富的、每被金钱的作用左右得晕头转向的文化。那种文化只不过是文化的泡沫，像制糖厂的糖浆池里泛起的糖浆沫。造假的人往往将其收集了浇在模子里，于是"生产"出以假乱真的"野蜂窝"。

文化的"野蜂窝"比街头巷尾地摊上卖的"野蜂窝"更是对人有害的东西。后者只不过使人腹泻，而前者紊乱社会的神经。

平凡的人们，那普通的人们，即古罗马阶段划分中的平民。在平民之下，只有奴隶。平民的社会地位之上，是僧侣、骑士、贵族。

但是，即使在古罗马，那个封建的强大帝国的大脑，也从未敢漠视社会地位仅仅高于奴隶的平民。作为它的最精英的思想的传播者，苏格拉底、柏拉图、亚里士多德们，他们虽然一致不屑地视奴隶为"会说话的工具"，却不敢轻佻地发出任何怀疑平民之社会地位的言论。恰恰相反，对于平民，他们的思想中有一个一脉相承的共同点——平民是城邦的主体，平民是国家的主体。没有平民的作用，便没有罗马为强大帝国的前提。

恺撒被谋杀了，布鲁图斯要到广场上去向平民们解释自己参与的行为——"我爱恺撒，但更爱罗马"。

为什么呢？因为那行为若不能得到平民的理解，就不能成为正确的行为。安东尼顺利接替了恺撒的权力，因为他利用了平民的不满，觉得那是他的机会。屋大维招兵募将，从安东尼手中夺去了摄政权，因为他调查了解到，平民将支持他。

古罗马帝国一度称雄于世，靠的是平民中蕴藏着的改朝换代的伟力。它的衰亡，也首先是由于平民抛弃了它。僧侣加上骑士和贵族，构不成罗马帝国，因为他们的总数只不过是平民的千万分之几。

中国古代，称平凡的人们亦即普通的人们为"元元"，佛教中形容为"芸芸众生"，在文人那儿叫"苍生"，在野史中叫"百姓"，在正史中叫"人民"，而宪法中称为"公民"。没有平凡的亦即普通的人们的承认，任何一国的任何宪法没有任何意义。"公民"一词将因失去了平民成分而成为荒诞可笑之词。

中国古代的文化和古代的思想家，关注着体恤着"元元"们的记载举不胜举。比如《诗经·大雅·民劳》中云："民亦劳止，汔可小康。"意思是老百姓太辛苦了，应该努力使他们过上小康的生活。比如《尚书·五子之歌》中云："民惟邦本，本固邦宁。"意思是如果不解决好"元元"们的生存现状，国将不国。而孟子干脆说："民为贵，社稷次之，君为轻。"

而《三国志·吴书》中进一步强调："财须民生，强赖民力，威恃民势，福由民殖，德俟民茂，义以民行。"

民者，百姓也，"芸芸"也，"苍生"也，"元元"也，平凡而普通者们是也。怎么，到了今天，在改革开放时代背景下的中国，在某些下一代那儿，不畏死，而畏"平凡"了呢。由是，我联想到了曾与一位"另类"同行的交谈。我问他是怎么走上文学道路的。答曰："为了出人头地。哪怕只比平凡的人们不平凡那么一点点，而文学之路是我唯一的途径。"见我怔愣，又说："在中国，当普通百姓实在太难。"屈指算来，那是十几年前的事了。十几年前，我认为，正像他说的那样，平凡的中国人平凡是平凡着，却十之七八平凡又迷惘着。这乃是某些下一代不畏死而畏平凡的症结。于是，我联想到了曾与一位美国朋友的交谈。她问我："近年到中国，一次比一次感觉到，你们中国人心里好像都暗怕着什么。那是什么？"我说："也许大家心里都在怕着一种平凡的东西。"她追问："究竟是什么？"我说："就是平凡之人的人生本身。"她惊讶地说："太不可理解了，我们大多数人可倒是都挺愿意做平凡人，过平凡的日子，走完平凡的一生的。你们真的认为平凡不好到应该与可怕的东西归在一起吗？"我不禁长叹了一口气。我告诉她，国情不同，所谓平凡之人的生活质量和社会地位，不能同日而语。我说你是出身于几代的中产阶级的人，所以你所指的平凡的人，当然是中产阶级人士。中产阶级在你们那儿是多数，平民反而是少数。美国这台国家机器，一向特别在乎你们中产阶级，亦即你所言的平凡的人们的感觉。我说你们的平凡的生活，是有房有车的生活。而一个人只要有了一份稳定的工作，过上那样的生活并不特别难。居然不能，倒是不怎么平凡的现象了。而在我们中国，那是不平凡的人生的象征。对平凡的如此不同的态度，是两国的平均生活水平所决定了的。正如中国的知识化了的青年做梦都想到美国去，自己和别人都以为将会追求到不平凡的人生，而实际上，即使跻身于美国的中产阶级了，也只不过是追求到一种美国的平凡之人的人生罢了……

当时联想到了本文开篇那名学子的话，不禁替平凡着、普通着的中国人，心生出种种的悲凉。想那学子，必也出身于寒门；其父其母，必也平凡得不能再平凡，普通得不能再普通。不然，断不至于对平凡那么惶恐。

也联想到了我十几年前伴两位老作家出访法国，通过翻译与马赛市一名五十余岁的清洁工的交谈。

我问他算是法国的哪一种人。

他说他自然是一个平凡得不能再平凡，普通得不能再普通的人。

我问他羡慕那些资产阶级吗。

他奇怪地反问为什么。

是啊，他的奇怪一点儿也不奇怪。他有一幢带花园的漂亮的二层小房子；他有两辆车，一辆是环境部门配给他的小卡车，一辆是他自己的小卧车；他的工作性质在别人眼里并不低下，每天给城市各处的鲜花浇水和换下电线杆上那些枯萎的花来而已；他受到应有的尊敬，人们叫他"马赛的美容师"。

所以，他才既平凡着，又满足着。甚而，简直还可以说活得不无幸福感。

我也联想到了德国某市那位每周定时为市民扫烟囱的市长。不知德国究竟有几位市长兼干那一种活计，反正不止一位是肯定的了。因为有另一位同样干那一种活计的市长到过中国，还访问过我。因为他除了给市民扫烟囱，还是作家。他会几句中国话，向我耸着肩诚实地说：市长的薪水并不高，所以需要为家庭多挣一笔钱。那么说时，他一点儿也不觉得有什么不好意思。

马赛的一名清洁工，你能说他是一个不平凡的人吗？德国的一位市长，你能说他极其普通吗？然而在这两种人之间，平凡与不平凡的差异缩小了，模糊了。因而在所谓社会地位上，接近着实质性的平等了，因而平凡在他们那儿不怎么会成为一个困扰人心的问题。

当社会还无法满足普遍的平凡的人们的基本拥有愿望时，文化的最清醒的那一部分思想，应时时刻刻提醒着社会来关注此点，而不是反过来用所谓不平凡的人们的种种生活方式刺激前者。尤其是，当普遍的平凡的人们的人生能动性，在社会转型期受到惯力的严重甩掷，失去重心而处于茫然状态时，文化的最清醒的那一部分思想，不可错误地认为他们已经不再是地位处于社会第一位置的人们了。

无论过去、现在，还是将来，平凡而普通的人们，永远是一个国家的绝大多数人。任何一个国家存在的意义，都首先是以他们的存在为存在的先决条件的。

一半以上不平凡的人皆出自平凡的人之间。这一点对于任何一个国家都是同样的。因而平凡的人们的心理状态，在一定程度上几乎成为不平凡的人们的心理基因。倘文化暗示平凡的人们其实是失败的人们，这的确能使某些平凡的人通过各种方式变成较为"不平凡"的人；而从广大的心理健康的、乐观的、豁达的、平凡的人们的阶层中，也能自然而然地产生较为"不平凡"的人们。

后一种"不平凡"的人们，综合素质将比前一种"不平凡"的人们方方面面都优良许多。因为他们之所以"不平凡"起来，

我也联想到了德国某市那位每周定时为市民扫烟囱的市长。不知德国究竟有几位市长兼干那一种活计，反正不止一位是肯定的了。因为有另一位同样干那一种活计的市长到过中国，还访问过我。因为他除了给市民扫烟囱，还是作家。他会几句中国话，向我耸着肩诚实地说：市长的薪水并不高，所以需要为家庭多挣一笔钱。那么说时，他一点儿也不觉得有什么不好意思。

并非由于害怕平凡。所以他们"不平凡"起来以后，仍会觉得自己其实很平凡。

而一个由不平凡的人们都觉得自己其实很平凡的人们组成的国家，它的前途才真的是无量的。反之，若一个国家里有太多这样的人——只不过将在别国极平凡的人生的状态，当成在本国证明自己是成功者的样板，那么这个国家是患有虚热症的。好比一个人脸色红彤彤的，不一定是健康，也可能是肝火旺，也可能是"结核晕"。

我们的文化，近年以各种方式向我们介绍了太多太多的所谓"不平凡"的人士了，而且，最终往往地，对他们的"不平凡"的评价总是会落在他们的资产和身价上，这是一种穷怕了的国家经历的文化方面的后遗症。以至于某些呼风唤雨于一时的"不平凡"的人，转眼就变成一些行径苟且的、欺世盗名的，甚至罪状重叠的人。

一个许许多多人恐慌于平凡的社会，必层出如上的"不平凡"之人。

而文化如果不去关注和强调平凡者第一位置的社会地位，尽管他们看去很弱，似乎已不值得文化分心费神，那么，这样的文化，也就只有忙不迭地、不遗余力地去为"不平凡"起来的人们大唱赞歌了，并且在"较高级"的利益方面与他们联系在一起，于是眼睁睁不见他们之中某些人"不平凡"之可疑。

这乃是中国包括传媒在内的文化界、思想界，包括某些精英在内的思想界的一种势利眼病……

我如何面对困境？

小蕙：

　　你来信请我谈谈对人生"逆境"所持的态度，这就迫使我不得不回顾自己匆匆活到四十七岁的半截人生。结果，我竟没把握判断，自己是否真的遭遇过什么所谓人生的"逆境"。

　　我曾不止一次被请到大学去，对大学生谈"人生"，仿佛我是一位相当有资格大谈此命题的作家。而我总是一再地推托，声明我的人生至今为止，实在是平淡得很，平常得很，既无浪漫，也无苦难，更无任何传奇色彩。对方却往往会说，你经历过"三年困难时期"，经历过"文革"，经历过"上山下乡"，怎可说没什么谈的呢？其实这是几乎整整一代人的大致相同的人生经历。个体的我，摆放在总体中看，真是丝毫也不足为奇的。

　　比如我小的时候家里很穷，从懂事起至下乡为止，没穿过几次新衣服。小学六年，年年是"免费生"。初中三年，每个学期都享受二级"助学金"。初三了，自尊心很强了，却常从收破烂的邻居的破烂筐里翻找鞋穿，哪怕颜色不同，样式不同，都是左脚鞋或都是右脚鞋，在买不起鞋穿的无奈情况下，也就只好胡乱穿了去上学……有时我自己回想起来，以为便是"逆境"了。后来我推翻了自己的以为，因在当年，我周围皆是一片贫困。

倘说贫困毫无疑问是一种人生"逆境"，那么我倒可以大言不惭地说，我对贫困，自小便有一种积极主动的、努力使自己和家人在贫困之中也尽量生活得好一点儿的本能。我小学五六年级就开始粉刷房屋了。初中的我，已不但是一个出色的粉刷工，而且是一个很棒的泥瓦匠了。炉子、火墙、火炕，都是我率领着弟弟们每年拆了砌，砌了拆，越砌越好。没有砖，就推着小车到建筑工地去捡碎砖。我家住的，在"大跃进"年代由临时女工们几天内突击盖起来的房子，幸亏有我当年从里到外一年多次的维修，才一年年仍可住下去。我家几乎每年粉刷一次，甚至两次，而且要喷出花儿或图案，你知道一种水纹式的墙围图案如何产生吗？说来简单——将石灰浆兑好了颜色，再将一条抹布拧成麻花状，沾了灰浆往墙上依序列滚动，那是我当年的发明。每次，双手被灰浆烧，几个月后方能褪尽皮。在哈尔滨那一条当年极脏的小街上，在我们那个大杂院里，我家门上，却常贴着"卫生红旗"。每年春节，同院的大人孩子，都羡慕我家屋子粉刷得那么白，有那么不可思议的图案。那不是欢乐是什么呢？不是幸福感又是什么呢？

下乡后，我从未产生跑回城里的念头。跑回城里又怎样呢？没工作，让父母和弟弟妹妹也替自己发愁吗？自从我当上了小学教师，我曾想，如果我将来落户了，我家的小泥房是盖在村东头还是村西头呢？哪一个女知青愿意爱我这个全没了返城门路打算落户于北大荒的穷家小子呢？如果连不漂亮的女知青竟也没有肯做我妻子的，那么就让我去追求一个当地人的女儿吧！

面对所谓命运，我从少年时起，就是一个极冷静的现实主义者。我对人生的憧憬，目标从来定得很近很近，很低很低，很现实很现实。有时也是爱想象的，但那也只不过是一种早期的精神上的"创作活动"，一扭头就会面对现实，做好自己在现实中首先最该做好的事，哪怕是在别人看来最乏味儿最不值得认真对待的事。

后来我调到了团宣传股。这是我人生中的第一次"上升阶段"。再后来我又被从团机关"精简"了，实际上是一种惩罚，因为我对某些首长缺乏敬意，还因为我同情一个在看病期间跑回城市探家的知青。于是我被贬到木材加工厂抬大木。

那是一次从"上升阶段"的直接"沦落"，连原先的小学教师都当不成了，于是似乎真的体会到了身处"逆境"的滋味儿，于是也就只有咬紧牙关忍。如今想来，那似乎也不能算是"逆境"，因为在我之前，许多男知青，已然在木材厂抬着木头了。抬了好几年了。别的知青能抬得，我为什么抬不得？为什么我抬了，就一定是"逆境"呢？

后来我被推荐上了大学。我的人生不但又"上升"了，而且"飞跃"了，成了几十万知青中的幸运者。

在大学我因议论"四人帮"，成为上了"另册"的学生。又因一张汇单，遭几名同学合谋陷害，几乎被视为变相的贼。那些日子，当然也是谈不上"逆境"的，只不过不顺遂罢了。而我的态度是该硬就硬，毕不了业就毕不了业，回北大荒就回北大荒。一次，因我说了一句对"四人帮"不敬的话，一名同学指着我道："你再重复一遍！"我就当众又重复了一遍，并将从兵团带去的一柄匕首往桌上一插，大声说："你可以去汇报！不会判我死刑吧？

只要我活着，我出狱那一天，你的不安定的日子就来了！无论你分配到哪儿，我都会去找到你，杀了你！看清楚了，就用这把匕首！"

那事儿竟无人敢去汇报。

毕业时我的鉴定中多了一条别的同学所没有的："与'四人帮'作过斗争"。想想怪可笑的，也不过就是一名青年学生对"四人帮"的倒行逆施说了些激愤的话罢了。但当年我更主要的策略是逃，一有机会，就离开学校，暂时摆脱心理上的压迫，甚至在一个上海知青的姨妈家，在上海郊区一个叫朱家桥的小镇上，一住就是几个星期……

这些都是一个幸运者当年的不顺遂，尽管也埋伏着人生的凶险，但都非大凶险，可以凭自己的策略对付的小凶险而已。

一名高干子弟，我的一名知青战友，曾将他当年的日记给我看，他下乡第二年就参军去了，在北戴河当后勤兵，喂猪。他的日记中，满是"逆境"中人如坠无边苦海的"磨难经"——而当年在别的同代人看来，成了一名光荣的解放军战士，又是何等幸运何等梦寐以求的事啊！

鲁迅先生当年曾经说过家道中落之人更能体会世态炎凉的话。我以为，于所谓的"逆境"而言，也似乎只有某些曾万般顺遂、仿佛前程锦绣之人，一朝突然跌落在厄运中，于懵懂后所深深体会的感受，以及所调整的人生态度，才更是经验吧？好比公子一旦落难，便有了戏有了书。而一个诞生于穷乡僻壤的人，于贫困之中呱呱坠地，直至于贫困之中死去，在他临死之前问他关于"逆境"的体会及思想，他倒极可能困惑而不知所答呢！

至于我，回顾过去，的确仅有些人生路上的小小不顺遂而已。

实在是不敢妄谈"逆境"。而如今对于人生的态度，是比青少年时期更现实主义了。若我患病，就会想，许多人都患病的，凭什么我例外？若我生癌，也会想，不少杰出的人都不幸生了癌，凭什么上帝非呵护于我？若我惨遭车祸，会想，车祸几乎是每天发生的。总之我以后的生命，无论这样或那样了，都不再会认为自己是多么不幸了。知道了许许多多别人命运的大跌宕、大苦难、大绝望、大抗争，我常想，若将不顺遂也当成"逆境"去谈，只怕是活得太矫情了呢！……

晓声

1996 年 6 月 30 日

人性薄处的记忆

我觉得，记忆仿佛棉花，人性却恰如丝棉。

归根结底，世间一切人的一切记忆，无论摄录于惊心动魄的大事件，抑或聚焦于千般百种的小情节，皆包含着人性质量伸缩张弛的活动片段。否则，它们不能成为记忆。大抵如此。基本如此。而区别在于，几乎仅仅在于，人性当时的状态，或体现为积极地介入，或体现为深刻地影响。甚至，体现为久难愈合的创伤。

记忆之于人，究竟意味着什么呢？

这个问题，随着人的年龄的增长，会越来越清楚，越来越明白。

每个人，当他或她的生命临近终点，记忆便一定早已开始本能的质量处理。最后必然发觉，保留在心里的，只不过是一些人性的感受，或对人性的领悟。

而那，便是记忆所能提供给我们的最为精粹的东西了。

好比一大捆旧棉花，经弹棉弓反复一弹，棉尘纷飞，陋絮离落，越弹越少，由一大捆而成一小团。若不加入新棉，往往不足以再派什么用场。而一旦加入人对人性的思考，则如同经过反复弹汰的棉中加入了丝棉，纤维粘连，于是记忆产生了新的一种价值，它的意义高出了原先许多。

以上，是我细读《点点记忆》想到的。

此前，我读过一些中国高干儿女所写的，关于父母辈们的回忆文章。比如贺捷生大姐回忆贺龙元帅的文章，比如陶斯亮大姐回忆陶铸的文章，似乎还读过刘少奇的女儿回忆其父的文章。我之所以不在陶铸和刘少奇的名字后加"同志"，乃因我根本没有妄称"同志"的资格。相对而言，《点点记忆》尤显得特殊。贯穿字里行间的思考，使之不同于一般的"纪实"，也不同于屡见的回忆，而更接近于长篇的"心得"——历时十年之久的狂乱年代中，一位女性以其对人性的细微坦诚的感受所总结的"心得"。那一种感受开始影响甚至开始袭击其人性时，她还是少女。我们可以想象，其后的整整十年中，她也许不曾笑过。"文革"也可以说是对她们和他们的一场空前的人性的袭击，袭击过后是长久的压迫……

但此种厄运不唯是点点们的，乃是许许多多中国人的共同的遭遇。首先是许许多多中国知识分子及文化人的，其次是许许多多因阶级成分被划入"另册"的中国人的……没有过笑容的少年和没有过笑容的少女，在中国"文革"结束之前，大约要以百千万计……

尽管事实如此，我读《点点记忆》时，还是有多处受到了大的感动。

我写字桌的玻璃板下压着半页纸。那是台湾著名电影导演的复印手书。几行用碳素笔写的字，常入我眼已七八年之久了。

他写的是："读完《沈从文自传》，我很感动。书中客观而不夸大的叙述观点让人感觉，阳光底下，再悲伤、再恐怖的事情，都能够以人的胸襟和对生命的热爱而把它包容……"

我读《点点记忆》的感动，与侯孝贤读《沈从文自传》的感动是一样的。

我觉得《点点记忆》的行文，与《沈从文自传》的行文有相同之处，那就是客观而不夸大的叙述观点，是过来人对当年事的胸襟的包容性。

我认为，以上两点加起来，不仅决定了文章自成一格的品质，也真切地体现出写文章的人的品质。某种难能可贵的品质。要求自己尽量做到实事求是的品质。

首先令我深受感动的是写文章的人和林豆豆的关系，以及她在"文革"结束十年以后第一次邀见林豆豆的情形。一声"豆豆姐姐"，似乎将父辈之间的仇怨，轻轻一系，打了个死结。这一种打算了却的态度，仿佛在历史和现实之间竖起了一道具有过滤性的墙。写书的人只想将墙那边的真相梳理清晰，本能地防止我们许多人内心里都每每会萌生的清算的动机，从墙那边沾染着历史的污浊渗透过来，毒害到自己的灵魂。体现于人类政治中的最大不幸，莫过于隔代的清算。罗点点对林豆豆的态度，实在是值得我们中国人学习的，也实在是值得在我们中国人中提倡的。

不难看出，与全文相比，作者此段写得尤其心平气和，没有一丝情绪化的痕迹。分明地，下笔之际给自己规定了严格的原则——绝不蓄意伤害对方。甚至，还分明地，我们竟能看出怜悯。不是可怜，是怜悯。政治的伤疤，呈现在她们的父辈们身上，性质是那么不同，后来又是那么富有戏剧性。但呈现在儿女们身上，则几乎便是同样性质的狰狞的伤疤了。

可怜是俯视意味的。怜悯是相同感受的人们之间相互的不言而喻。罗点点和林豆豆，她们除了对父辈们"你存我亡"的斗争所持的不同观点，肯定还有某些极为一致的感受吧？知青经历的一章读来也令我深受感动。此经历使作者说出了这样的话："中国老百姓因此成为世界上最安分守己，最热爱和平的人民。"

这一种对于中国老百姓的好感，非与老百姓同甘共苦过的人，是不太能认识到的。宽敞而豪华的客厅里，往往容易产生的是对中国老百姓所谓"劣根性"的痛心疾首和尖酸刻薄。甚至，容易从内心里滋生轻蔑。作者身为共和国"重臣"及赫赫有名的将门之女，思考到中国老百姓何以那样的地域文化的背景原因和民族心理长期积淀的原因，真的使我不禁刮目相看起来。允许我斗胆而又放肆地妄评一句，这一种思考，都未必是她们和他们的某些父辈当年头脑中认真进行过的……

鲁迅先生的家道从中兴而往社会的底层败落，这使他看待中国社会众生相的目光深刻而犀利。他那一种目光，有时令我们周身发寒。人的目光的深刻和犀利，是否一定必须与冷峻相结合，才算高标一格的成熟呢？《点点记忆》告诉我们，却也未必。它从反面给我们一种启示——人看待社会看待他人的目光，如果在需要温良之时从内心里输向眼中一缕温良，倒或许会使目光中除成熟而外，多了一份豁达。而深刻和犀利与豁达相结合，似乎更可能接近世事纷纭的因果关系……

客观、温良的文风，使《点点记忆》通篇平实庄重。并且，也使我们读者不难进入一种从容镇定的阅读状态。此状态乃读记述了大事件的文章的最佳状态，使我们的思考不至于被激烈的文字骚乱。

与棉花相比，丝棉的纤维细且长且韧。同样的被子，丝棉的被套，不但比棉絮的被套轻得多，也暖得多。人性原本不是什么厚重的事物。人生的本质是柔韧软暖的。丝棉的最薄处，纤缕分分明明，经纬交织显见，成网而不紊乱。

在人性的丝棉的网罩之下，记忆的棉花才会长久地保持成被的形状而不四分五裂太快地成为无用之物……人性的薄处，亦即人性最透亮之处。这一种透亮，在《点点记忆》中多方位地呈现……

人生和它的意义

　　如果一个人只从纯粹自我一方面的感受去追求所谓人生的意义，并且以为唯有这样才会获得最多最大的意义，那么他或她到头来一定所得极少。

　　确实，我曾多次被问到"人生有什么意义"。往往，"人生"之后还要加上"究竟"二字。

　　迄今为止，世上出版过许许多多解答许许多多问题的书籍，证明一直有许许多多的人思考着许许多多的问题。依我想来，在同样许许多多的"世界之最"中，"人生有什么意义"这一个问题，肯定是人的头脑中所产生的最古老、最难以简要回答明白的一个问题。而如此这般的一个问题，又简直可以算得上是一个"哥德巴赫猜想"或"相对论"一类的经典问题。

　　动物只有感觉，而人有感受。

　　动物只有思维，而人有思想。

　　动物的思维只局限于"现在时"，而人的思想往往由"现在时"推测向"将来时"。

　　"人生有什么意义"这一个问题既与人的思想活动有关，那么我们一查人类的思想史便会发现，原来人类早在几千年以前就希望自我解答"人生有什么意义"的问题了。古今中外，解答可谓千般百种，形形色色。似乎关于这一问题，早已无须再问，也早已无须再答了。可许许多多活在"现在时"的人却还是要一问再问，仿佛根本不曾被问过，也根本不曾有谁解答过。

确实，我回答过这一问题。

每次的回答都不尽相同；每次的回答自己都不满意；有时听了的人似乎还挺满意，但是我十分清楚，最迟第二天他们又会不满意。

因为我自己也时常困惑时常迷惘，时常怀疑，并时常觉出自己人生的索然。我想，"人生有什么意义"这一个问题，最初肯定源于人的头脑中的恐惧意识。人一次又一次地目睹从植物到动物甚而到无生命之物的由生到灭由坚到损由盛到衰由有到无，于是心生出惆怅；人一次又一次地眼见同类种种的死亡情形和与亲爱之人的生离死别，于是心生出生命无常人生苦短的感伤以及对死的本能恐惧，于是"人生有什么意义"的沮丧油然产生。在古代，这体现于一种对生命脆弱性的恐惧。"老汉活到六十八，好比路旁草一棵；过了今年秋八月，不知来年活不活。"从前，人活七十古来稀，旧戏唱本中老生们类似的念白，最能道出人的无奈之感。而古希腊的哲学家们，亦有认为人生"不过是场梦幻，生命不过是一茎芦苇"的悲观思想。

然而现代人类，已有较高的理性接受生死之规律了。现代的人类仍往往会叩问"人生的意义"何在，归根结底还是缘自一种恐惧。这是不同于古人的一种恐惧。这是对所谓"人生质量"尝试过最初的追求而又屡遭挫折，于是竟以为终生无法实现的一种恐惧。这是几乎就要屈服于所谓"厄运"的摆布而打算听天由命时的一种恐惧。这种恐惧之中包含着理由难以获得公认而又程度很大的抱怨。是的，事情往往是这样，当谁长期不能摆脱"人生有什么意义"的纠缠时，谁也就往往真的会屈服于所谓"厄运"的摆布了；也就往往会真的听天由命了；也就往往会对人生持消极到了极点的态度。而那种情况之下，人生在谁那儿，也就往往会由"有什么意义"的疑惑，快速变成"没有意义"的结论。

对于马，民间有种经验是"立则好医，卧则难救"。那意思是指，马连睡觉都习惯于站着，只要它自己不放弃生存的本能意识，它总是会忍受着病痛之身顽强地站立着不肯卧倒下去；而它一旦竟病得卧倒了，证明它确实已病得不轻，也同时证明它本身生存的本能意识已被病痛大大地削弱了。而没有它本身生存本能意识的配合，良医良药也是难以治得好它的病的。所以兽医和马的主人，见马病得卧倒了，治好它的信心往往大受影响。他们要做的第一件事，又往往是用布托、绳索、带子兜住马腹，将马吊得站立起来，如同武打片中吊起那些飞檐走壁的演员那一种做法。为什么呢？给马以信心，使马明白，它还没病到根本站立不住的地步。靠了那一种做法，真的会使马明白什么吧？我相信是能的。因为我下乡时多次亲眼看到，病马一旦靠了那一种做法站立着了，它的双眼竟往往会一下子明亮起来。它往往会咴咴嘶叫起来。听来那确乎有些激动的意味，有些又开始自信了的意味。

一般而言，儿童和少年不太会问"人生有什么意义"的话，他们倒是很相信人生总归是有些意义的，专等他们长大了去体会。厄运反而不容易一下子将他们从心理上压垮。因为父母和一切爱他们的人，往往会在他们不完全知情时，就默默替他们分担和承受了。老年人也不太会问"人生有什么意义"的话。问谁呢？对晚辈怎么问得出口呢？哪怕忍辱负重了一生，老年人也不太会问那么一句话。信佛的，只偶尔独自一个人在内心里默默地问佛。并不希冀解答，仅仅是委屈和抱怨的一种倾诉而已。他们相信即使那么问了，佛品出了抱怨的意味，也是不会责怪他们的。反而，会理解于他们，体恤于他们。中年人是每每会问"人生有什么意义"的。相互问一句，或自说自话问自己一句。相互问时，回答显得多余。一切都似乎不言自明，于是相互获得某种心理的支持和安慰。自说自话问自己时，其实自己是完全知道一种意义的。

上有老下有小的人生，对于大多数中年人都是有压力的人生。那压力常常使他们对人生的意义保持格外的清醒。人生的意义在他们那儿是有着另一种解释的——责任。

是的，责任即意义。是的，责任几乎成了大多数是寻常百姓的中年人之人生的最大意义。对上一辈的责任、对儿女的责任、对家庭的责任，总而言之，是子女又为子女，是父母又为父母，是兄弟姐妹又为兄弟姐妹的林林总总的责任和义务，使他们必得对单位对职业也具有铭记在心的责任和义务。

在岗位和职业竞争空前激烈的今天，后一种责任和义务，是尽到前几种责任和义务的保障。这一点不需任何人提醒和教诲，中年人一向明白得很、清楚得很。中年人问或者仅仅在内心里寻思"人生有什么意义"时，事实上往往等于是在重温他们的责任课程，而不是真的有所怀疑。人只有到了中年时，才恍然大悟，原来从小盼着快快长大好好地追求和体会一番的人生的意义，除了种种的责任和义务，留给自己的，即纯粹属于自己的另外的人生的意义，实在是并不太多。他们老了以后，甚至会继续以所尽之责任和义务尽得究竟怎样，来掂量自己的人生意义。"究竟"二字，在他们那儿，也另有标准和尺度。中年人，尤其是寻常百姓的中年人，尤其是中国之寻常百姓的中年人，其"人生的意义"，至今，如此而已，凡此而已。

"人生有什么意义"这一句话，在某些青年那儿，特别是在独生子女的小青年们那儿问出口时，含义与大多数是他们父母的中年人是根本不相同的。其含义往往是，如果我不能这样，如果我不能那样，如果我实际的人生并不像我希望的那样，如果我希望的生活并不能服务于我的人生，如果我不快乐，如果我不满足，如果我爱的人不爱我，如果爱我的人又爱上了别人，如果我奋斗了却以失败告终，如果我大大地付出了竟没有获得丰厚的回报，如果我忍辱负重了一番仍竹篮打水一场空，如果……那么人生对于我究竟还有什么意义？

他们哪里知道啊，对于他们的是中年人的父母，尤其是寻常百姓的中年人的父母，他们往往是父母之人生的首要的、最大的、有时几乎是全部的意义。他们若是这样的，他们是父母之人生的意义；他们若是那样的，他们是父母之人生的意义；换言之，不论他们是怎样的，他们都是父母之人生的意义；而当他们备觉人生没有意义时，他们还是父母之人生的意义；若他们奋斗成为所谓"成功者"了，他们的父母之人生的意义，于是似乎得到一种明证了；而他们若一生平凡着呢？尽管他们一生平凡着，他们仍是父母之人生的意义。普天下之中年人，很少像青年人一样，因了儿女之人生的平凡，而备感自己之人生的没意义。恰恰相反，他们越平凡，他们的平凡的父母，所意识到的责任便往往越大、越多……

由此我们得到一个结论，所谓"人生的意义"，它一向至少是由三部分组成的：一部分是纯粹自我的感受；一部分是爱自己和被自己爱的人的感受；还有一部分是社会和更多有时甚至是千千万万别人的感受。

当一个青年听到一个他渴望娶为妻的姑娘说"我愿意"时，他由此顿觉人生饱满着一切意义了，那么这是纯粹自我的感受。

"世上只有妈妈好，有妈的孩子像块宝。"这一句歌词，其实唱出的更是作为母亲的女人的一种人生意义。也许她自己的人生是充满苦涩的，但其绝对不可低估的人生之意义，宝贵地体现在她的孩子身上了。

爱迪生之人生的意义，体现在享受电灯、电话等发明成果的全世界人身上；林肯之人生的意义，体现在当时美国获得解放的黑奴们身上；曼德拉的人生意义体现于南非这个国家了……

如果一个人只从纯粹自我一方面的感受去追求所谓人生的意义，并且以为唯有这样才会获得最多最大的意义，那么他或她到头来一定所得极少。最多，也仅能得到三分之一罢了。但倘若一个人的人生在纯粹自我方面的意义缺少甚多，尽管其人生作为的性质是很崇高的，那么在获得尊敬的同时，必然也引起同情。比如阿拉法特，无论巴勒斯坦在他活着的时候能否实现艰难的建国之梦，他的人生之大意义对于巴勒斯坦人都是明摆在那儿的。然而，我深深地同情这一位将自己的人生完完全全民族目标化了的政治老人……

权力、财富、地位、高贵得无与伦比的生活方式，这其中任何一种都不能单一地构成人生的意义。即使合并起来加于一身，对于人生之意义而言，也还是嫌少。

这就是为什么戴安娜王妃活得不像我们常人以为的那般幸福。贫穷、平凡、没有机会接受高等教育终身从事收入低微的职业，这其中任何一种都不能单一地造成对人生意义的彻底抵消。即使合并起来也还是不能。因为哪怕命运从一个人身上夺走了人生的意义，却难以完全夺走另外一部分，就是体现在爱我们也被我们爱的人身上的那一部分。哪怕仅仅是相依为命的爱人，或一个失去了我们就会感到悲伤万分的孩子……

而这一种人生之意义，即使卑微，对于爱我们也被我们爱的人而言，可谓大矣！人生一切其他的意义，往往是在这一种最基本的意义上生长出来的。好比甘蔗是由它自身的某一小段生长出来的……

人和欲望的几种关系

　　人生伊始，原本是没有什么欲望的。饿了，渴了，冷了，热了，不舒服了，啼哭而已。那些都是本能，啼哭类似信号反应。人之初，宛如一台仿生设备——肉身是外壳，五脏六腑是内装置，大脑神经是电路系统。而且连高级"产品"都算不上的。

　　到了两三岁时，人开始有欲望了。此时人的欲望，还是和本能关系密切。因为此时的人，大抵已经断奶。既断奶，在吃喝方面，便尝到了别种滋味。对口感好的饮食，有再吃到、多吃到的欲望了。

　　若父母说，宝贝儿，坐那儿别动，给你照相呢，照完相给你巧克力豆豆吃，或给你喝一瓶"娃哈哈"……那么两三岁的小人儿便会乖乖地坐着不动。他或她，对照不照相没兴趣，但对巧克力豆豆或"娃哈哈"有美好印象。那美好印象被唤起了，也就是欲望受到撩拨，对他或她发生意识作用了。

　　在从前的年代，普通百姓人家的小孩儿能吃到能喝到的好东西实在是太少了。偶尔吃到一次喝到一次，印象必定深刻极了。所以倘有不是父母的大人，出于占便宜的心理，手拿一块糖或一颗果子对他说："叫爸，叫爸给你吃！"他四下瞅，见他的爸并不在旁边，或虽在旁边，并没有特别反对的表示，往往是会叫的。

小小的他知道叫别的男人"爸"是不对的，甚至会感到羞耻。那是人的最初的羞耻感，很脆弱的。正因为太脆弱了，遭遇太强的欲望的挑战，通常总是很容易瓦解的。

此时的人跟动物是没有什么大区别的。人要和动物有些区别，仅仅长大了还不算，更须看够得上是一个人的那种羞耻感形成得如何了。

能够靠羞耻感抵御一下欲望的诱惑力，这时的人才能说和动物有了第一种区别。而这第一种区别，乃是人和动物之间的最主要的一种区别。

这时的人，已五六岁了。五六岁的人仍是小孩儿，但因为他小小的心灵之中有羞耻感形成着了，那么他开始是一个人了。

如果一个与他没有任何亲缘关系可言的男人如前那样，手拿一块糖或一颗果子对他说："叫爸，叫爸给你吃！"那个男人是不太会得逞的。如果这五六岁的孩子的爸爸已经死了，或虽没死，活得却不体面，比如在服刑，那么孩子会对那个男人心生憎恨的。

五六岁的他，倘非生性愚钝，心灵之中则不但有羞耻感形成着，还有尊严形成着了。对于人性，羞耻感和尊严，好比左心室和右心室，刺激这个，那个会有反应；刺激那个，这个会有反应。只不过从左至右或从右至左，流淌的不是血液，而是人性感想。

挑逗五六岁小孩儿的欲望是罪过的事情。在从前，无论城市里还是农村里，类似的痞劣男人和痞劣现象，一向是不少的。表面看是想占孩子的便宜，其实是为了在心理上占孩子的母亲一点儿便宜，目的若达到了，便觉得类似意淫的满足……

据说，即使现在的农村，那等痞劣现象也不多了，实可喜也。

接着还说人和欲望的关系。

五六岁的孩子，欲望渐多起来。欲望说白了就是"想要"，而"想要"是因为看到别人有。对于孩子，是因为看到别的孩子有。一件新衣，一双新鞋，一种新玩具，甚或仅仅是别的孩子养的一只小猫、小狗、小鸟，自己没有，那想要的欲望，都将使孩子梦寐以求，备受折磨。

记得我上小学的前一年，母亲带着我去一位副区长家里，请求对方在一份什么救济登记表上签字。那位副区长家住的是一幢漂亮的俄式房子，独门独院，院里开着各种各样赏心悦目的花儿；屋里，墙上悬挂着俄罗斯风景和人物油画，这儿那儿还摆着令我大开眼界的俄国工艺品。原来有的人的家院可以那么美好，令我羡慕极了。然而那只不过是起初的一种羡慕；我的心随之被更大的羡慕胀满了，因为我又发现了一只大猫和几只小猫——它们共同卧在壁炉前的一块地毯上；大猫在舔一只小猫的脸，另外几只小猫在嬉闹，亲情融融……

回家的路上，母亲心情变好，那位副区长终于在登记表上签字了。我却低垂着头，无精打采，情绪糟透了。

母亲问我怎么了。

我鼓起勇气说："妈，我也想养一只小猫。"

母亲理解地说："行啊，过几天妈为你要一只。"

母亲的话像一只拿着湿抹布的手，将我头脑中那块"印象黑板"擦了个遍。漂亮的俄式房子、开满鲜花的院子、俄国油画以及令我大开眼界的工艺品，全被擦光了，似乎是我的眼根本就不曾见过的了。而那些猫的印象，却反而越擦越清楚了似的……

不久，母亲兑现了她的诺言。而自从我也养着一只小猫了，我们的破败的家，对于学龄前的我，也是一个充满快乐的家了。

欲望对于每个人，皆是另一个"自我"，第二"自我"。它也是有年龄的，比我们晚生了两三年而已。如同我们的弟弟，如同我们的妹妹。如果说人和弟弟妹妹的良好关系是亲密，那么人和欲望的关系则是紧密。良好也紧密，不良好也紧密，总之是紧密。人成长着，人的欲望也成长着。人只有认清了它，才能算是认清了自己。常言道："知人知面难知心。"知人何难？其实，难就难在人心里的某些欲望有时是被人压抑住的，处于长期的潜伏状态。除了自己，别人是不太容易察觉的。欲望也是有年龄阶段的，那么当然也分儿童期、少年期、青年期、中年期、老年期和生命末期。

儿童期的欲望，像儿童一样，大抵表现出小小孩儿的孩子气。在对人特别重要的东西和使人特别喜欢的东西之间，往往更青睐于后者。

当欲望进入少年期，情形反过来了。

伊朗电影《小鞋子》比较能说明这一点：全校赛跑第一名，此种荣耀无疑是每个少年都喜欢的。作为第一名的奖励，一次免费旅游，当然更是每个少年喜欢的。但，如果丢了鞋子的妹妹不能再获得一双鞋子，就不能一如既往地上学了，作为哥哥的小主人公，当然更在乎妹妹的上学问题。所以他获得了赛跑第一名后，反而伤心地哭了。因为获得第二名的学生，那奖品才是一双小鞋子……

明明是自己最喜欢的，却不是自己竭尽全力想要获得的；自己竭尽全力想要获得的，却并不是为了自己拥有……

欲望还是那种强烈的欲望，但"想要"本身发生了嬗变。人在五六岁小孩儿时经常表现出的一门心思的我"想要"，变成了表现在一个少年身上的一门心思的我为妹妹"想要"。

于是亲情责任介入欲望中了。亲情责任是人生关于责任感的初省。人其后的一切责任感，皆由此而发散和升华。发散遂使人生负重累累，升华遂成大情怀。

有一个和欲望相关的词是"知慕少哀"。一种解释是，引起羡慕的事多多，反而很少有哀愁的时候了。另一种解释是，因为"知慕"了，所以虽为少年，心境每每生出哀来了。我比较同意第二种解释，觉得更符合逻辑。比如《小鞋子》中的那少年，他看到别的女孩子脚上有鞋穿，哪怕是一双普普通通的旧鞋子，那也肯定会和自己的妹妹一样羡慕得不得了。假如妹妹连做梦都梦到自己终于又有了一双鞋子可穿，那么同样的梦他很可能也做过的。一双鞋子，无论对于妹妹还是对于他，都是得到实属不易之事，他怎么会反而少哀呢？

我这一代人中的大多数，在少年时都曾盼着快快成为青年。这和当今少男少女们不愿长大的心理，明明是青年了还自谓"我们男孩""我们女孩"是截然相反的。

以我那一代人而言，绝大多数自幼家境贫寒，是青年了就意味着是大人了。是大人了，总会多几分解决现实问题的能力吧？对于还是少年的我们那一代人，所谓"现实问题"，便是欲望困扰，欲望折磨。部分因自己"想要"，部分因亲人"想要"。合在一起，其实体现为家庭生活之需要。

所以中国民间有句话是穷人的孩子早当家。早当家的前提是早"历事"。早"历事"的意思无非就是被要求摆正个人欲望和家庭责任的关系。

这样的一个少年，当他成为青年的时候，在家庭责任和个人欲望之间，便注定了每每地顾此失彼。

比如求学这件事吧，哪一个青年不懂得要成才，普遍来说就得考大学这一道理呢？但我这一代中，有为数不少的人当年明明有把握考上大学，最终却自行扼死了上大学的念头。不是想上大学的欲望不够强烈，而是因为是长兄，是长姐，不能不替父母供学的实际能力考虑，不能不替弟弟妹妹考虑他们还能否上得起学的问题……

当今的采煤工，十之八九来自农村，皆青年。倘问他们每个人的欲望是什么，回答肯定相当一致——多挣点儿钱。

如果他们像孙悟空似的是从石头缝里蹦出来的，除了对自己负责，不必再对任何人怀揣责任，那么他们中的大多数也许就不当采煤工了。干什么还不能挣几百元自给自足呢？为了多挣几百元而终日冒生命危险，并不特别划算啊！但对家庭的责任已成了他们的欲望。

他们中有人预先立下遗嘱——倘若自己哪一天不幸死在井下了，生命补偿费多少留给父母做养老钱，多少留给弟弟妹妹做学费，多少留给自己所爱的姑娘，一笔笔划分得一清二楚。

某报的一份调查统计显示，当今的采煤工，尤其黑煤窑雇用的采煤工，独生子是很少的，已婚做了丈夫和父亲的也不太多。更多的人是农村人家的长子，父母年迈，身下有少男少女的弟弟妹妹……

责任和欲望重叠了，互相渗透了，混合了，责任改革了欲望的性质，欲望使责任也某种程度地欲望化了，使责任仿佛便是欲

当今的采煤工，十之八九来自农村，皆青年。倘问他们每个人的欲望是什么，回答肯定相当一致——多挣点儿钱。

　　如果他们像孙悟空似的是从石头缝里蹦出来的，除了对自己负责，不必再对任何人怀揣责任，那么他们中的大多数也许就不当采煤工了。干什么还不能挣几百元自给自足呢？为了多挣几百元而终日冒生命危险，并不特别划算啊！但对家庭的责任已成了他们的欲望。

望本身了。这样的欲望现象，这样的青年男女，既在古今中外的人世间比比皆是，便也在古今中外的文学作品中屡屡出现。

比如老舍的著名小说《月牙儿》中的"我"，一名二十世纪四十年代的女中学生。"我"出生于一般市民家庭，父母供"我"上中学是较为吃力的。父亲去世后，"我"无意间发现，原来自己仍能继续上学，竟完全是靠母亲做私娼。母亲还有什么人生欲望吗？有的。那便是，无论如何也要供女儿上完中学。母亲于绝望中的希望是，只要女儿中学毕业了，就不愁找不到一份好工作，嫁给一位好男人。而只要女儿好了，自己的人生当然也就获得了拯救。说到底，她那时的人生欲望，只不过是再过回从前的小市民生活。她个人的人生欲望，和她一定要供女儿上完中学的责任，已经紧密得根本无法分开。正所谓"皮之不存，毛将焉附"。

而作为女儿的"我"，她的人生欲望又是什么呢？眼见某些早于她毕业的女中学生不惜做形形色色有脸面有身份的男人们的姨太太或"外室"，她起初是并不羡慕的，认为是不可取的选择。她的人生欲望，也只不过是有朝一日过上比父母曾经给予她的那种小市民生活稍好一点儿的生活罢了。但她怎明知母亲在卖身而无动于衷呢？于是她退学了，工作了，打算先在生存问题上拯救母亲和自己，然后再一步步实现自己的人生欲望。这时"我"的人生欲望遭到了生存问题的压迫，与生存问题重叠了，互相渗透了，混合了。对自己和对母亲的首要责任，改变了她心中欲望的性质，使那一种责任欲望化了，仿佛便是欲望本身了。人生在世，生存一旦成了问题，哪里还谈得上什么其他的欲望呢？她是那么令人同情，因为最终连她自己也成了妓女……

比"我"的命运更悲惨的，大约要算哈代笔下的苔丝。苔丝原是英国南部一个小村庄里的农家女，按说她也算是古代骑士的后人，她的家境败落是由于她父亲懒惰成性和嗜酒如命。苔丝天真无邪而又美丽，在家庭生活窘境的迫使之下，不得不到一位富有的远亲家去做下等佣人。一个美丽的姑娘，即使是农家姑娘，那也肯定是有自己美好的生活憧憬的。远亲家的儿子亚雷克对她的美丽表现出了极大的兴趣，这使苔丝也梦想着与亚雷克产生爱情，并由此顺理成章地成为亚雷克夫人。欲望之于单纯的姑娘们，其产生的过程也是单纯的。正如欲望之于孩子，本身也难免具有孩子气。何况苔丝正处于青春期，荷尔蒙使她顾不上掂量一下自己成为亚雷克夫人的欲望是否现实。亚雷克果然是一个坏小子，他诱惑了她，玩弄够了她，使她珠胎暗结之后理所当然地抛弃了她。

分析起来，苔丝之所以那么容易地就被诱惑了，乃因她一心成为亚雷克夫人的欲望，不仅仅是一个待嫁的农家姑娘的个人欲望，也由于家庭责任使然，因为她有好几个弟弟妹妹。她一厢情愿地认为，只要自己成为亚雷克夫人，弟弟妹妹也就会从水深火热的苦日子里爬出来了……

婴儿夭折，苔丝离开了那远亲家，在一家乳酪农场当起了一名挤奶员。美丽的姑娘，无论在哪儿都会引起男人的注意。这一次她与牧师的儿子安吉尔·克莱尔双双坠入情网，彼此产生真爱。但在新婚之夜，当她坦白往事后，克莱尔却没谅解她，一怒之下离家出走……

苔丝一心一意盼望丈夫归来。而另一边，父亲和弟弟妹妹的穷日子更过不下去了。坐视不管是苔丝所做不到的，于是她在接二连三的人生挫折之后，满怀屈辱地又回到了亚雷克身边，复成其性玩偶。

当她再见到回心转意的丈夫时，新的人生欲望促使她和丈夫共同杀死了亚雷克。夫妻二人开始逃亡，幸福似乎就在前边，在国界的另一边。然而在一天拂晓，在国境线附近，他们被逮捕了。苔丝的欲望，终结在断头台上……

如果某些人的欲望原本是寻常的，是上帝从天上看着完全同意的而人在人间却至死都难以实现它，那么证明人间出了问题。这一种人间问题，即我们常说的"社会问题"。"社会问题"竟将连上帝都同意的某部分人那一种寻常的欲望锤击得粉碎，这是上帝所根本不能同意的。

从这个意义上说，人类和宗教的关系，其实也是和普世公理的关系。倘政治家们明知以上悲剧，而居然不难过，不作为，不竭力扭转和改变状况，那么就不配被视为政治家，当他们是政客也还高看了他们……

但欲望将人推上断头台的事情，并不一概是所谓"社会问题"导致的。司汤达笔下的于连的命运说明了此点。于连的父亲是市郊小木材厂的老板，父子相互厌烦。他有一个哥哥，兄弟关系冷漠。这一家人过的是比富人差很多却又比穷人强很多的生活。于连却极不甘心一辈子过那么一种生活，尽管那一种生活肯定是《月牙儿》中的"我"和苔丝们所盼望的。于连一心要成为上层人士，从而过"高尚"的生活。不论在英国还是法国，无论在从前还是现在，总而言之在任何时候，在任何一个国家，那一种生活一直属于少数人。相对于那一种"高尚"的生活，许许多多世人的生活未免太平常了。而平常，在于连看来等于平庸。如果某人有能力成为上层人士，上帝并不反对他拒绝平常生活的志向。但由普通而"上层"，对任何普通人都是不容易的。只有极少数人顺利爬了上去，大多数人到头来发现，那对自己只不过是一场梦。

于连幻想通过女人实现那一场梦。他目标坚定，专执一念。正如某些女人幻想通过嫁给一个有权有势的男人改变身为普通人的人生轨迹。

于连梦醒之时，已在牢狱之中。爱他的侯爵的女儿玛特尔替他四处奔走，他本是可以免上断头台的。毫无疑问，若以今天的法律来对他的罪过量刑，判他死刑肯定是判重了。

表示悔过可以免于一死。于连拒绝悔过。因为即使悔过了，他以后成为"上层人士"的可能也等于零了。

既然在他人生目标的边上，命运又一巴掌将他扇回到普通人的人生中去了，而且还成了一个有犯罪记录的普通人，那么他宁肯死。结果，断头台也就斩下了他那一颗令不少女人芳心大动的头……

《红与黑》这一部书，在中国，在二十世纪八十年代前，一直被视为一部思想"进步"的小说，认为是所谓"批判现实主义"的。但这分明是误读，或者也可以说是中国式的意识形态所故意左右的一种评论。

法国当时的社会自然有很多应该进行批判的弊病，但于连的悲剧却主要是由于没有处理好自己和欲望的关系。事实上，比之于苔丝，他幸运百倍。他有一份稳定的工作和一份稳定的收入，他的雇主们也都对他还算不错。不论市长夫人还是拉莫尔侯爵，都曾利用他们在上层社会的影响力栽培过他……

《红与黑》中有些微的政治色彩，然司汤达所要用笔揭示的显然不是革命的理由，而是一个青年的正常愿望怎样成为唯此为大的强烈欲望，又怎样成为迫待实现的野心的过程……

"我"是有理由革命的，苔丝也是有理由革命的。因为她们只不过要过上普通人的生活，社会却连这么一点儿努力的空间都没留给她们。

革命并不可能使一切人都因而理所当然地成为"上层人士"，所以于连的悲剧不具有典型的社会问题的性质。

对于我们每个人，愿望是这样一件事——它存在于我们心中，我们为它脚踏实地来生活，具有耐心地接近它。而即使没有实现，我们还可以放弃，将努力的方向转向较容易实现的别种愿望……

而欲望却是这样一件事——它以愿望的面目出现，却比愿望脱离实际得多；它暗示人它是最符合人性的，却一向只符合人性最势利的那一部分；它怂恿人可以为它不顾一切，却将不顾一切可能导致的严重人生后果加以蒙蔽；它像人给牛拴上鼻环一样，也给人拴上了看不见的鼻环，之后它自己的力量便强大起来，使人几乎只有被牵着走，而人一旦被它牵着走了，反而会觉得那是活着的唯一意义；一旦想摆脱它的控制，却又感到痛苦，使人心受伤，就像牛为了行动自由，只得忍痛弄豁鼻子……

以我的眼看现在的中国，绝大多数的青年男女，尤其是受过高等教育的青年男女，他们所追求的，说到底其实仍属于普通人的一生目标，无非一份稳定的工作，两居室甚或一居室的住房而已。但因为北京是首都，是知识分子从业密集的大都市，是寸土寸金房价昂贵的大都市，于是使他们的愿望显出了欲望的特征。又于是看起来，他们仿佛都是在以于连那么一种实现欲望的心理，不顾一切地实现他们的愿望。

这样的一些青年男女和北京这样一个是首都的大都市，互为构成中国的一种"社会问题"。但北京作为中国首都，它是没有所谓退路的，有退路可言的只是青年们一方。也许，他们若肯退一步，另一片天地会向他们提供另一些人生机遇。但大多数的他们，是不打算退的。所以这一种"社会问题"，同时也是一代青年的某种心理问题。

司汤达未尝不是希望通过《红与黑》来告诫青年应理性对待人生；但是在中国，半个多世纪以来，于连却一直成为野心勃勃的青年们的偶像。

文学作品的意义走向反面，乃是文学作品经常遭遇的尴尬。

当人到了中年，欲望开始裹上种种伪装。因为中年了的人们，不但多少都有了一些与自己的欲望相伴的教训和经验，而且多少都有了些看透别人欲望的能力。既然知彼，于是克己，不愿自己的欲望也同样被别人看透。因而较之于青年，中年人对待欲望的态度往往理性得多。绝大部分的中年人，由于已经为人父母，对儿女的那一份责任，使他们不可能再像青年们一样不顾一切地听凭欲望的驱使。即使他们内心里仍有某些欲望十分强烈地存在着，那他们也不会轻举妄动，结果比青年压抑，比青年郁闷。而欲望是这样一种"东西"，长久地压抑它，它就变得若有若无了，它潜伏在人心里了。继续压抑它，它可能真的就死了。欲望死在心里，对于中年人，不甘心地想一想似乎是悲哀的事，往开了想一想却也未尝不是幸事。"平平淡淡才是真"这一句话，意思其实就是指少一点儿欲望冲动，多一点儿理性考虑而已。

但是，也另有不少中年人，由于身处势利场，欲望仍像青年人一样强烈。因为在势利场上，刺激欲望的因素太多了。诱惑近在咫尺，不由人不想入非非。而中年人一旦被强烈的欲望左右，为了达到目的，每每更为寡廉鲜耻。这方面的例子，我觉得倒不必再从文学作品中去寻找了。

绝大多数青年因是青年，一般爬不到那么高处的欲望场上去。侥幸爬将上去了，不如中年人那么善于掩饰欲望，也会成为被利用的对象。青年容易被利用，十之七八由于欲望被控制了。而凡被利用的人，下场大抵可悲。

若以为欲望从来只在男人心里作祟，大错特错也。

女人的心如果彻底被欲望占领，所作所为或许将比男人更不理性，甚而更凶残。最典型的例子是圣经故事中的莎乐美。莎乐美是希律王和他的弟妻所生的女儿，备受希律王宠爱。不管她有什么愿望，希律王都尽量满足她，而且一向能够满足她。这样受宠的一位公主，她就分不清什么是自己的愿望，什么是自己的欲望。对于她，欲望即愿望。而她的一切愿望，别人都是不能说不的。她爱上了先知约翰，约翰却一点儿也不喜欢她。正所谓落花有意，流水无情。依她想来，"世上溜溜的男子，任我溜溜地求"。爱上了哪一个男子，是哪一个男子的造化。约翰对她的冷漠，反而更加激起了她对他的占有欲望。机会终于来了，在希律王生日那天，她为父王舞蹈助娱。希律王一高兴，又要奖赏她，问她想要什么。她异常平静地说："我要仆人把约翰的头放在盘子上，端给我。"希律王明知这一次她的"愿望"太离谱了，却为了不扫她的兴，把约翰杀了。莎乐美接过盘子，欣赏着约翰那颗曾令她神魂颠倒的头，又说："现在我终于可以吻到你高傲的双唇了。"

愿望是以不危害别人为前提的心念。欲望则是以占有为目的的一种心念。当它强烈到极点时，为要吸一支烟，或吻一下别人的唇，斩下别人的头也在所不惜。

莎乐美不懂二者的区别，或虽懂，认为其实没什么两样。当然，因为她的不择手段，希律王和她自己都受到了神的惩罚……

希腊神话中也有一个女人，欲望比莎乐美还强烈，叫美狄亚。美狄亚的欲望，既和爱有关，也和复仇有关。

美狄亚也是一位公主。她爱上了途经她那一国的探险英雄伊阿宋。伊阿宋同样是一个欲望十分强烈的男人。他一心完成自己的探险计划，好让全世界佩服他。美狄亚帮了他一些忙，但要求他成为自己的丈夫，并带她偷偷离开自己的国家。伊阿宋和约翰不同，他虽然并不爱美狄亚，却未说过"不"。他权衡了一下利益得失，答应了。于是一个男人和一个女人的欲望，达成了相互心照不宣的交换。

当他们逃走后，美狄亚的父王派她的弟弟追赶，企图劝她改变想法。不待弟弟开口，她却一刀将弟弟杀死，还肢解了弟弟的尸体，东抛一块西抛一块。因为她料到父亲必亲自来追赶，那么见了弟弟被分尸四处，肯定会大恸悲情，下马拢尸，这样她和心上人便有时间摆脱追兵了。她以歹毒万分的诡计"恶搞"伊阿宋的当然也是她自己的权力对头——使几位别国公主亲手杀死她们的父王，剁成肉块，放入锅中煮成了肉羹，却拒绝如她所答应的那样，运用魔法帮公主们使她们的父亲返老还童，而且幸灾乐祸。这样的妻子不可能不令丈夫厌恶。坐上王位的伊阿宋抛弃了她，决定另娶一位王后。在婚礼的前一天，她假惺惺地送给丈夫的后妻一顶宝冠，而对方一戴在头上，立刻被宝冠喷出的毒火活活烧死。并且她亲手杀死了自己和丈夫的两个儿子，为的是令丈夫痛不欲生……

古希腊的戏剧家，在他们创作戏剧中，赋予了这一则神话现实意义。美狄亚不再是善巫术的极端自我中心的公主，而是一位普通的市民阶层的妇女，为的是使她的被弃也值得同情，但还是保留了她烧死情敌杀死自己两个儿子的行径。可以说，在古希腊，在古罗马，美狄亚是"欲望"的代名词。

虽然我是男人，但我宁愿承认——事实上，就天性而言，大多数女人较之大多数男人，对人生毕竟是容易满足的；在大多数时候，在大多数情况下，也毕竟是容易心软起来的。

权力欲望也罢，报复欲望也罢，物质占有欲望也罢，情欲、性欲也罢，一旦在男人心里作祟，结成块垒，其狰狞才尤其可怖。

人老矣，欲衰也。人不是常青树，欲望也非永动机，这是由生命规律决定的，没谁能跳脱其外。一位老人，倘还心存些欲望的话，那些欲望差不多又是儿童式的了，还有小孩子那种欲望的无邪色彩。故孔子说："七十而从心所欲，不逾矩。"意思是还有什么欲望念头，那就由着自己的性子去实现吧，大可不必再压抑着了，只不过别太出格。对于老人们，孔子这一种观点特别人性化。孔子说此话时，自己也老了，表明做了一辈子人生导师的他，对自己是懂得体恤的。

"老夫聊发少年狂"，便是老人的一种欲望宣泄。但也确有些老人，头发都白了，腿脚都不方便了，思维都迟钝了，还是觊觎势利，还是沽名钓誉，对美色的兴趣还是不减当年。所谓"为老不尊"，其实是病，心理方面的。仍恋权柄，想象自己还有能力摆布时局，控制云舒云卷；仍好美色，恐惧来日无多，企图及时行乐，弥补从前的人生损失。两相比较，仍好美色更符合人性。"虎视眈眈，其欲逐逐"，这样的老人，依然可怕，亦可怜。

人之将死，心中便仅存一欲了——不死，活下去。

人咽气了，欲望戛然终结，化为乌有。

西方的悲观主义人生哲学，说来道去，归根结底就是一句话：欲望令人痛苦；禁欲亦苦；无欲，则人非人。

那么积极一点儿的人生态度，恐怕也只能是这样：伴欲而行，不受其累；"己所不欲，勿施于人"。从年轻的时候起，就争取做一个三分欲望、七分理性的人。

"三七开"并不意味着强调理性，轻蔑欲望，乃因欲望较之于理性，更有力量。好比打仗，七个理性兵团对付三个欲望兵团，差不多能打平手。

人生这种情况下，才较安稳……

狡猾是一种冒险

从前，在印度，有些穷苦的人为了挣点儿钱，不得不冒险去猎蟒。

那是一种巨大的蟒，一种以潮湿的岩洞为穴的蟒，背有黄褐色的斑纹，腹白色，喜吞尸体，尤喜吞人的尸体。于是被某些部族的印度人视为神明，认定它们是受更高级的神明的派遣，承担着消化掉人的尸体之使命。故人死了，往往被抬到有蟒占据的岩洞口去，祈祷尽快被蟒吞掉。为使蟒吞起来更容易，且要在尸体上涂了油膏。油膏散发出特别的香味儿，蟒一闻到，就爬出洞了……

为生活所迫的穷苦人，企图猎到这一种巨大的蟒，就佯装成一具尸体，往自己身上遍涂油膏，潜往蟒的洞穴，直挺挺地躺在洞口。当然，赤身裸体，一丝不挂。最主要的一点是一脚朝向洞口。蟒就在洞中从人的双脚开始吞。人渐渐被吞入，蟒躯也就渐渐从洞中蜒出了。如果不懂得这一点，头朝向洞口，那么顷刻便没命了，猎蟒的企图也就成了痴心妄想了……

究竟因为蟒尤喜吞人的尸体，才被迷信地图腾化，还是因为蟒先被迷信地图腾化，才养成了"吃白食"的习性，没谁解释得清楚。

我少年时曾读过一篇印度小说，详细地描绘了人猎蟒的过程。那人不是一个大人，而是一个十三岁的孩子。他和他的父亲相依为命。他的父亲患了重病，奄奄待毙，无钱医治，只要有钱医治，医生保证病是完全可以治好的。钱也不多，那少年家里却拿不起。于是那少年萌生了猎蟒的念头。他明白，只要能猎得一条蟒，卖了蟒皮，父亲就不至于眼睁睁地死去……

某天夜里，他就真的用行动去实现他的念头了。他在有蟒出没的山下脱光衣服，往自己身上涂遍了那一种油膏。他涂得非常之仔细，连一个脚趾都没忽略。一个少年如果一心要干成一件非干成不可的大事，那时他的认真态度往往超过了大人们。当年我读到此处，内心里既为那少年的勇敢震撼，又替他感到极大的恐惧。我觉得世界上顶残酷的事情，莫过于生活逼迫着一个孩子去冒死的危险了。这一种冒险的义务性，绝非"视死如归"四个字所能包含的。"视死如归"，有时只要不怕死就足够了。有时甚至"但求一死"罢了。而猎蟒者的冒险，目的不在于死得无畏，而在于活得侥幸。活是最终目的。与活下来的重要性和难度相比，死倒显得非常简单不足论道了……

那少年手握一柄锋利的尖刀，趁夜仰躺在蟒的洞穴口。天亮之时，蟒发现了他，就从他并拢的双脚开始吞他。他屏住呼吸，不管蟒吞得快还是吞得慢。猎蟒者都必须屏住呼吸。蟒那时是极其敏感的，稍微明显的呼吸，蟒都会察觉到。通常它吞一个涂了油膏的大人，需要二十多分钟。猎蟒者在它将自己吞了一半的时候，也就是吞到自己腰际，猝不及防地坐起来，以瞬间的神速，一手掀起蟒的上腭，另一手将刀用全力横向一削，于是蟒的半个头，连同双眼，就会被削下来。自家的生死，完全取决于那一瞬间的速度和力度。削下来便远远地一抛。速度达到而力度稍欠，猎蟒者也休想活命了。蟒突然间受到强烈疼痛的刺激，便会将已经吞下去的半截人体一下子呕出来。人就地一滚躲开，蟒失去了上腭连同双眼，想咬，咬不成；想缠，看不见。愤怒到极点，用身躯盲目地抽打岩石，最终力竭而亡。但是如果未能将蟒的上半个头削下，蟒眼仍能看到，那么它就会带着受骗上当的大愤怒，蹿过去将人缠住，直到将人缠死，与人同归于尽……

不幸就发生在那少年的身体快被蟒吞进了一半之际——有一只小蚂蚁钻入了少年的鼻孔，那是靠意志力所无法忍耐的。少年终于打了个喷嚏，结果可想而知……

数天后，少年的父亲也死了。尸体涂了油，也被赤裸裸地抬到那一个蟒洞口……

三十多年过去了，我却怎么也忘不了读过的这一篇小说。其他方面的读后感，随着岁月渐渐地淡化了。如今只在头脑中留存下一个固执的疑问——猎蟒的方式和经验，可以有很多，人为什么偏偏要选择最最冒险的一种呢？将自己先置之死地而后生，这无疑是大智大勇的选择。但这一种"智"，是否也可以认为是一种狡猾呢？难道不是吗？蟒喜吞人尸，人便投其所好，从蟒决然料想不到的方面设计谋，将自身作为诱饵，送到蟒口边上，任由蟒先吞下一半，再猝不及防地"后发制人"，多么狡猾的一着！但是问题又来了——狡猾也真的可以算是一种"智"吗？勉强可以算之，却能算是什么"大智"吗？我一向以为，狡猾是狡猾，"智"是"智"，二者是有些区别的。诸葛亮以"空城计"而退压城大军，是谓"智"。曹操将徐庶的老母亲掳了去，当作"人质"逼徐庶为自己效力，似乎就只能说是狡猾罢！而且其狡其猾又是多么卑劣呢！

那么在人与兽的较量中，人为什么又偏偏要选择最最狡猾的方式去冒险呢？如果说从前的印度人猎蟒的方式还不足以证明这一点，那么非洲安可尔地区的猎人猎获野牛的方式，也是同样狡猾同样冒险的。非洲安可尔地区的野牛身高体壮，狂暴异常，当地土人祖祖辈辈采用一种与众不同的方式猎杀之。他们利用的是野牛不践踏、不抵触人尸的习性。

为什么安可尔野牛不践踏不抵触人尸，也是没谁能够解释得明白的。

猎手除了腰间围着树皮和臂上戴着臂环外，也几乎可以说是赤身裸体的。一张小弓，几支毒箭，和拴在臂环上的小刀，是猎野牛的全副武装。他们总是单独行动，埋伏在野牛经常出没的草丛中。而单独行动则是为了避免瓜分。

当野牛成群结队来吃草时，埋伏着的猎手便暗暗物色自己的谋杀目标，然后小心翼翼地匍匐逼近。趁目标低头嚼草之际，早已瞄准它的猎手霍然站起放箭。随即又卧倒下去，动作之疾跟那离弦的箭一样。

箭在野牛粗壮的颈上颤动。庞然大物低哼一声，甩着脑袋，好像在驱赶讨厌的牛蝇。一会儿，它开始警觉地扬头凝视，那是怀疑附近埋伏着狡猾的敌人了。烦躁不安的几分钟过去后，野牛回望离远的牛群，想要去追赶伙伴们了。而正在这时，第二支箭又射中了它。野牛虽然目光敏锐，却未能发现潜伏在草丛中的敌人。但它听到了弓弦的声响。颈上的第二支箭使它加倍地狂躁，鼻子翘得高高的,朝弓弦响处急奔过去。它并不感到恐惧,只不过感到很愤怒。突然间它停了下来,因为它嗅到了可疑的气味儿。边闻,边向前搜索……

人被看到了!野牛低俯下头,挺着两只锐不可当的角,笔直地冲上前去,对那猎手来说,情况十分危险。如果他沉不住气,起身逃跑,那么他死定了!但他却躺在原地纹丝不动。野牛在猎手跟前不停地踩蹄,刨地,摇头晃脑,喷着粗重的鼻息,大瞪着因愤怒而充血的眼睛……最后它却并没攻击那具"人尸",轻蔑地转身走开了……

但这只是一种"战术"而已。野牛的"战术"。这"战术"也许是从它的许多同类的可悲下场本能地总结出来的。它又猛地掉转身躯,冲回到人跟前,围绕着人兜圈子,踩蹄,刨地,眼睛更加充血,瞪得更大,同时一阵阵喷着更加粗重的鼻息,鼻液直喷在人脸上。而那猎手确有非凡的镇定力。他居然能始终屏住呼吸,眼不眨,心不跳,仰躺在原地,与野牛眼对眼地彼此注视着,比真的死人还像死人。野牛杀了五番"回马枪",仍对"死人"看不出任何破绽。于是野牛反倒认为自己太多疑了,决定停止对那"死人"的试探,放开四蹄飞奔着去追赶它的群体,而这一次次的疲于奔命,加速了箭镞上的毒性发作,使它在飞奔中四腿一软,轰然倒地。这体重一千多斤的庞然大物,就如此这般地送命在狡猾的小小的人手里了……

现代的动物学家经过分析得出结论——动物们不但有习性,而且有种类性格。野牛是种类性格非常高傲的动物,用形容人的词比喻它们可以说是"刚愎自负"。进攻死了的东西,是违反它的种类性格的。人常常可以做违反自己性格的事,而动物却不能。

动物的种类性格，决定了它们的行为模式，或曰"行为原则"也未尝不可。改变之，起码需要百代以上的过程。在它们的种类性格尚未改变前，它们是死也不会违反"行为原则"的。而人正是狡猾地利用了它们呆板的种类性格。现代的动物学家们认为，野牛之所以绝不践踏或抵触死尸，还因为它们的"心理卫生"习惯。它们极其厌恶死了的东西，视死了的东西为肮脏透顶的东西，唯恐那肮脏玷污了它们的蹄和角。只有在两种情况下才发挥武器的威力——发情期与同类争夺配偶的时候以及与狮子遭遇的时候。它的"回马枪"也可算作一种狡猾。但它再狡猾，也料想不到，狡猾的人为了谋杀它，宁肯佯装成它视为肮脏透顶的"死尸"……

比非洲土人猎取安可尔野牛更狡猾的，是吉尔伯特岛人猎捕大章鱼的方式。吉尔伯特岛是太平洋上的一个古岛。周围海域的章鱼之大，是足以令世人震惊的。它们的触角能轻而易举地弄翻一条载着人的小船。

猎捕大章鱼的吉尔伯特岛人，双双合作，一个充当"诱饵"，一个充当"杀手"。为了对"诱饵"表示应有的敬意，岛上的人们也称他们为"牺牲者"。

"牺牲者"先潜入水中，在有大章鱼出没的礁洞附近缓游，以引起潜伏的大章鱼的注意。然后突然转身，勇敢地直冲洞口，无畏地闯入大章鱼八条触角的打击范围。

充当"杀手"的人，埋伏在不远处，期待着进攻的机会。当他看到"诱饵"已被章鱼拖到洞口，大章鱼已用它那坚硬的角质喙贪婪地在"诱饵"的肉体上试探着，寻找一个最柔软的部位下口。于是"杀手"迅速游过去，将伙伴和大章鱼一起拉离洞穴。大章鱼被激怒了，更凶狠地缠紧了"牺牲者"。而"牺牲者"也紧紧抱住大章鱼，防止它意识到危险抛弃自己溜掉。于是"杀手"飞快地擒住大章鱼的头，使劲儿把它向自己的脸扭过来，然后对准它的双眼之间——此处是章鱼的致命部位，套用一个武侠小说中常见的词可叫"死穴"——拼命啃咬起来。一口、两口、三口……不一会儿，张牙舞爪的大章鱼渐渐放松了吸盘，触角也像条条死蛇一样垂了下去，就这样一命呜呼了……

　　分析一下人类在猎捕和"谋杀"动物们时的狡猾，是颇有些意思的。首先我们可以得出结论，狡猾往往是弱类被生存环境逼迫生出来的心计。我们的祖先，没有利牙和锐爪，甚至连凭了自卫的角、蹄、较厚些的皮也没有，连逃命之时足够快的速度都没有。在亘古的纪元，人这种动物，无疑是地球上最弱的动物之一。不群居简直就没有办法活下去。于是被生存的环境生存的本能逼生出了狡猾。狡猾成了人对付动物的特殊能力。其次我们可以得出结论，人将狡猾的能力用以对付自己的同类，显然是在人比一切动物都强大了之后。当一切动物都不再可以严重地威胁人类生存的时候，一部分人类便直接构成了另一部分人类的敌人。主要矛盾缓解了，消弭了。次要矛盾上升了，转化了。比如分配的矛盾，占有的矛盾，划分势力范围的矛盾。因为人最了解人，所以人对付人比人对付动物有难度多了。尤其是在一部分人对付另一部分人，成千上万的人对付成千上万的人的情况下。于是人类的狡猾就更狡猾了，于是心计变成了诡计。"卧底者"、特务、间谍，其角色很像吉尔伯特岛人猎捕大章鱼时的"牺牲者"。"置之死地而后生"这一军事上的战术，正可以用古印度人猎蟒时的冒险来生动形象地加以解说。那么，军事上的佯败，也就好比非洲土人猎杀安可尔野牛时装死的方法了。

归根结底，我以为狡黠并非智慧，恰如调侃不等于幽默。狡黠往往是冒险，是通过冒险达到目的之心计。大的狡黠是大的冒险，小的狡黠是小的冒险。比如"二战"时期日军偷袭珍珠港的军事行径，所冒之险便是彻底激怒一个强敌，使这一个强敌坚定了必予报复的军事意志。而后来美国投在广岛和长崎的两颗原子弹，对日本军国主义来说，无异于是自己的狡黠的代价。德国法西斯在"二战"时对苏联不宣而战，也是一种军事上的狡黠。代价是使一个战胜过拿破仑所统率的侵略大军的民族，同仇敌忾，与国共存亡。柏林的终于被攻陷，并且在几十年内一分为二，是德意志民族为希特勒这一个民族罪人付出的代价。

　　而智慧，乃是人类克服狡黠劣习的良方，是人类后天自我教育的成果。智慧是一种力求避免冒险的思想方法。它往往绕过狡黠的冒险的冲动，寻求更佳的达到目的之途径。狡黠的行径，最易激起人类之间的仇恨，因而是卑劣的行径。智慧则缓解、消弭和转化人类之间的矛盾与仇恨。也可以说，智慧是针对狡黠而言的。至于诸葛亮的"空城计"，尽管是冒险得不能再冒险的选择，但那几乎等于是唯一的选择，没有选择之情况下的选择。并且，目的在于防卫，不在于进攻，所以没有卑劣性，恰恰体现出了智慧的魅力。

　　一个人过于狡黠，在人际关系中，同样是一种冒险。其代价是，倘被公认为一个狡黠的人了，那么也就等于被公认为是一个卑劣的人一样了。谁要是被公认为是一个卑劣的人了，几乎一辈子都难以扭转人们对他或她的普遍看法。而且，只怕是没谁再愿与之交往了。这对一个人来说，是多么大的一种冒险多么大的一种代价啊！

一个人过于狡猾，就怎么样也不能称其为一个可爱可敬之人了。对于处在同一人文环境中的人，将注定了是危险的。对于有他或她存在的那一人文环境，将注定了是有害的。因为狡猾是一种无形的武器。因其无形，拥有这一武器的人，总是会为了达到这样或那样的目的，一而再，再而三地使用之，直到为自己的狡猾付出惨重的代价。但那时，他人，周边的人文环境，也就同样被伤害得很严重了。

　　一个人过于狡猾，无论他或她多么有学识，受过多么高的教育，身上总难免留有土著人的痕迹。也就是我们的祖先们未开化时的那些行为痕迹。现代人类即使对付动物们，也大抵不采取我们祖先们那种种又狡猾又冒险的古老方式方法。狡猾实在是人类种的性格的退化，使人类降低到仅仅比动物的智商高级一点点的阶段。比如吉尔伯特岛人用啃咬的方式猎杀章鱼，谁能说不狡猾得带有了动物性呢？

　　人啊，为了我们自己不承担狡猾的后果不为过分的狡猾付出代价，还是不要冒狡猾这一种险吧。试着做一个不那么狡猾的人，也许会感到活得并不差劲儿。

　　当然，若能做一个智慧之人，常以智慧之人的眼光看待生活，看待他人，看待名利纷争，看待人际摩擦，则就更值得学习了。

给自己的头脑几分尊重

　　读过《安娜·卡列尼娜》这一部名著的人，必记得开篇的两句话——"幸福的家庭是相似的，不幸的家庭各有各的不幸"。

　　这两句话，在中国也早已是名言了。最近我因授课要求，重新翻阅该书某些片段。掩卷沉思，开篇的两句话，仍是全书中最令我联想多多的话。

　　曾有学生问我：为什么这两句话会成为名言？我的回答是，首先，《安娜·卡列尼娜》成为名著，这个前提很重要。学生又问：如果《三国演义》没有成为名著，"凡天下大事，分久必合，合久必分"就不称其为名言了吗？如果范仲淹的《岳阳楼记》没有成为名篇，"先天下之忧而忧，后天下之乐而乐"就不称其为名句了吗？……

　　当然，还可以举出另外许多例子。名言名句不仅出现在小说、诗词、歌赋中，也出现在戏剧、电影、电视中，甚至出现在法庭诉讼双方的答辩中，出现在演讲中的时候更是举不胜举……

　　关于《安娜·卡列尼娜》这一部小说，托尔斯泰曾写下三十几段开篇的文字，最后才选择了"幸福的家庭是相似的，不幸的家庭各有各的不幸"两句话。据说，倘用俄语来朗读这两句话，会有诗一般的语韵。这大概也是俄国人特别认同托尔斯泰的原因吧。

我的回答究竟使我的学生满意了没有？进而使自己满意了没有？不是这里非要交代清楚的。

我想强调的其实是这样一种思想——喜欢提问题的人一定是喜欢思考问题的人。人类倘不喜欢思考，我们至今还都是猴子。历史上有人骂项羽"沐猴而冠"，正是恨他遇事不动脑子好好想一想。

窃以为，错误的思想是相似的，正确的思想各有各的正确。当然，正确和错误是相对的，姑妄言之而已。

这里所说的"错误的思想"，确切地说，是指种种不良的甚至邪恶的思想。比如以为损人利己天经地义，以为仗势欺人天经地义，以为不择手段达到沽名钓誉之目的天经地义，于是心安理得，皆属不良的邪恶的思想。是的，在我看来，这样的一些思想是相似的。它们的共同点乃是，夜半三更，扪心自问，有时候还是怕遭天谴的。谢天谢地，迄今为止，这样的一些思想从来不是大众思想的主流。比如"无毒不丈夫"一句话，你不能不承认它也意味着一种思想。然而真的循此思想行事的人，其实是很少很少的。何况此话原本似乎是"无度不丈夫"——果而如此，恰恰是提醒人要善于思考的话。

迄今为止，人类头脑中产生的大部分思想，指那类被我们大部分人能接受的、认同的，以指导我们行为和行动的后果来判断，是对社会进步有益的——那样一些思想，它们不应只是少数人头脑中产生的思想，而应是我们大多数人，甚至每个人头脑中都会产生的思想。

我们中国人依赖少数人的头脑为我们提供有益的思想，实在是依赖得太久太久了，而这几乎使我们自己的头脑的思考能力变得有点儿退化了。

这意味着我们对自己的头脑失去了尊重。现在这个现象似乎也在全球化。有个美国学者写了一本书，叫《娱乐至死》，说的是大家都远离思考，都进入了娱乐状态，从生下来就开始娱乐，一直玩到死。他认为，人类的思想和文化并非窒息于专制，而是死于娱乐。这实在是非常智慧的警世之论。窃以为，不智慧的人是相似的，智慧的人各有各的智慧。

我们需要将我们每个人对自己的头脑的尊重意识重新树立起来。

我们将会发现——正确的思想不但是人类思想的主流，不但各有各的正确，而且经常形成于我们自己的头脑之中。

给自己的头脑几分尊重——于是，我们不仅仅是思想的被动的接受者，也是思想的主动的提供者了。

给自己的头脑几分尊重——于是，我们明白了这样一个道理：别人的头脑里产生的别种的思想，只要不是邪恶的，也是必须予以尊重的。

给自己的头脑几分尊重——于是，我们明白了这样一个道理：即使我们确信自己头脑里产生的思想是正确的、睿智的，即使别人也这样公认，那也只不过是关于世相，甚至是关于一件事情的许多种正确的、睿智的思想之一而已。

给自己的头脑几分尊重——非但不能使我们因而变得狂妄自大，恰恰相反，将使我们变得更加谦逊、更加温良。因为我们的头脑里会产生出对我们的修养有要求的思想。

给自己的头脑几分尊重——将使我们在对待人生、事业、名利、时尚、爱情、亲情、友情等方面，不再一味只听前人和别人怎么阐释怎么宣讲，而也有自己的独立的见解了。

我们难道不是都清楚这样一种关于世事的真相吗？别人用别人的思想企图说服我们往往是不那么容易的，只有自己说服了自己，自己才是某种思想的信奉者。

这世界上没有不长叶子的根和茎。我们的头脑乃是我们作为人的"根"，我们认识世界的愿望乃是我们作为人的"茎"。我们既有"根"亦有"茎"，为什么不让它长出思想的叶子来呢？

给自己的头脑几分尊重——我们因而发现，不但人类的社会，连整个世界都需要我们这样；我们因而感受到，不但人类的社会，连整个世界都少了某些荒诞性，多了几分合理性。

给自己的头脑几分尊重——我们因而发现，娱乐使我们同而不和，思考使我们和而不同。

给自己的头脑几分尊重——我们将会发现，思考的过程、产生思想的过程，是一个非常快乐的过程。这种快乐是其他快乐无从取代的。

给自己的头脑几分尊重——我们将因而活得更像个人，更愉快，更自然……

眼为什么望向窗外？

　　无窗，不能说是房子，或屋子。确是，也往往会被形容为"黑匣子般的"……

　　"窗"是一个象形汉字。古代通囱，只不过是孔的意思。后来，因要区别于烟囱，逐渐固定成现在的写法。从象形的角度看，"囱"被置于"穴"下，分明已不仅仅是透光通风之孔，而且有了提升房或屋也就是家的审美意味。

　　若一间屋，不论大小，即使室内装修再讲究，家私再高级，其窗布满灰尘，透明度被严重阻碍了，那也还是会令主人感觉差劲，帝宫王室也不例外。"窗明几净"虽然起初是一个因果关系词，但一经用以形容屋之清洁，遂成一个首选词语。也就是说，当我们强调屋之清洁时，脑区的第一反应是"窗明"。这一反应，体现着人性对事物要项的本能重视。

　　冬天过去了，春天来了，在北方，不论城市里还是农村里的人家，不论穷还是富，都做的一件事就是去封条，擦窗子。如果哪一户人家竟没那么做，肯定是不正常的。别人往往会议论：瞧那户人家，懒成啥样了？窗子脏一冬天了都不擦一擦！或：唉，那家人愁得连窗子都没心思擦了！而在南方，勤劳的人家，其窗更是一年四季经常要擦的。

从前的学生，一升入四年级，大抵就开始在老师的指导下学着擦净教室的每一扇窗了。那是需要特别认真之态度的事，每由老师指定细心的女生来完成。男生，通常则只不过充当女生的助手。那些细心的女生哟，用手绢包着指尖，对每一块玻璃反复地擦啊擦啊，一边擦还一边往玻璃上哈气，仿佛要将玻璃擦薄似的。而各年级各班级进行教室卫生评比，得分失分，窗子擦得怎样是首要的评比项目。

"要先擦边角！"——有经验的大人，往往那么指导孩子。

因为边角藏污纳垢，难擦，费时，擦到擦尽不容易；所以常被马虎过去，甚而被成心对付过去。

随着建筑成为一门学科，窗在建筑学中的审美性更加突出，更加受到设计者的重视。古今中外，一向如此。简直可以说，忽略了对窗的设计匠心，建筑成不了一门艺术。

黑夜过去了，白天开始了，人们起床后的第一件事大抵是拉开窗帘。在气象预告不快捷也不够准确的年代，那一举动也意味着一种心理本能——要亲眼看一看天气如何。倘又是一个好天气，人的心境会为之一悦。

宅屋有窗，不仅为了通风，还为了便于一望。古今中外，人们建房购房时，对窗的朝向是极在乎的。人既希望透过窗望得广，望得远，还希望透过窗望到美好的景象。

"窗含西岭千秋雪"——室有此窗，不能不说每日都在享着眼福。

"罗汉松掩花里路，美人蕉映雨中楝"——这样的时光，凭窗之人，如画中人也。不是神仙，亦近乎神仙了。

"双双瓦雀行书案，点点杨花入砚池。闲坐小窗读周易，不知春去几时多。"——如此这般地凭窗闲坐，是多么惬意的时光呢！

人都是在户内和户外交替生活着的动物。人之所以是高级的动物，乃因谁也不愿在户内度过一生。故，窗是人性的一种高级需要。

人心情好时，会身不由己地站在窗前望向外边。心情不好时，尤其会那样。人冥想时喜欢望向窗外，忧思时也喜欢望向窗外。连无所事事心静如水时，都喜欢傻呆呆地坐在窗前望向外边。老人喜欢那样；小孩子喜欢那样；父母喜欢怀抱着娃娃那样；相爱的人喜欢彼此依偎着那样；学子喜欢靠窗的课位，住院患者喜欢靠窗的床位；列车、飞机、轮船、公共汽车靠窗的位置，一向是许多人所青睐的。

一言以蔽之，人眼之那么喜欢望窗外，何以？窗外有"外边"耳。

对于人，世界是由两部分组成的。内心的一部分和外界的一部分。人对外界的感知越丰富，人的内心世界便越豁达。通常情况下，大抵如此，反之，人心就渐渐地自闭了。而我们都知道，自闭是一种心理方面的病。

对于人，没有了"外边"，生命的价值也就降低了，低得连禽兽都不如了。试想，如果人一生下来，便被关在无窗无门的黑屋子里，纵然有门，却禁止出去，那么一个人和一条虫的生命有什么区别呢？即使每天供给着美食琼浆，那也不过如同一条寄生在奶油面包里的虫罢了。

即使活一千年一万年，那也不过是一条千年虫万年虫。

连监狱也有小窗。

那铁条坚铸的囚窗，体现着人对罪人的人道主义。囚窗外冰凉的水泥台上悠然落下一只鸽子，或一只蜻蜓；甚或，一只小小的甲虫——永远是电影或电视剧中令人心尖一疼的镜头。被囚的如果竟是好人，我们泪难禁也。业内人士每将那样的画面称为"煽情镜头"，但是他们忘了接着问一下自己，为什么类似的画面一再出现在电影或电视剧中，仍有许多人的情绪那么容易被煽动得戚然？

无他。

普遍的人性感触而已。

在那一时刻，鸽子、蜻蜓、甲虫以及一片落叶、一瓣残花什么的，它们代表着"外边"，象征着所有"外边"的信息。

当一个人与"外边"的关系被完全隔绝了，对于人是非常糟糕的境况。虽然不像酷刑那般可怕，却肯定像失明失聪一样可悲。

据说，有的国家曾以此种方式惩罚罪犯或所谓"罪犯"——将其关入一间屋子，屋子的墙壁、天花板、地板都是雪白的，或墨黑的。并且，是橡胶的，绝光，绝音。每日的饭和水，却是按时定量供给的。尽管如此，短则月余，长则数月，十之七八的人也就疯掉了或快疯掉了……

某次我乘晚间列车去别的城市，翌日九点抵达终点站，才早上六点多钟，卧铺车厢过道的每一窗前已都站着人了。而那是 T 字头特快列车，窗外飞奔而掠过的树木连成一道绿墙，列车似从狭长的绿色通道驶过。除了向后迅移的绿墙，其实看不到另外的什么。

然而那些人久久地伫立窗前，谁站累了，进入卧铺座位去了，窗前的位置立刻被他人占据。进入卧铺座位的，目光依然望向窗外，尽管窗外只不过仍是向后迅移的绿墙。我的回忆告诉我，那情形，是列车上司空见惯的……

天亮了，人的第一反应是望向窗外，急切也罢，习惯也罢，都是源于人性本能。好比小海龟一破壳就本能地朝大海的方向爬去。

就一般人而言，眼睛看不到"外边"的时间，如果超过了一夜那么长，肯定情绪会烦躁起来的吧？而监狱之所以留有囚窗，其实是怕犯人集体发狂。一日二十四时，夜仅八时，实在是"上苍"对人类的眷爱啊。如果忽然反过来，三分之二的时间成了夜晚，大多数人会神经错乱的吧？

眼为什么望向窗外？

因为心智想要达到比视野更宽广的地方。虽非人人有此自觉，但几乎人人有此本能。连此本能也无之人，是退化了的人。退化了的人，便谈不上所谓内省。

窗外是"外边"，外国是"外边"，宇宙也是"外边"。在列车上，"外边"是移动的大地；在飞机上，"外边"是天际天穹；在客轮上，"外边"是蓝色海洋……

人贵有自知之明，所以只能形容内心世界像大地，像海洋，像天空"一样"丰富多彩；"像"其意是差不多少。很少有什么人的内心世界被形容得比大地、比海洋、比天空"更"怎样。

外边的世界既然比内心之"世界"更精彩，人心怎能佯装不知？人眼又怎能不经常望向窗外？……

2009 年 8 月 31 日于北京

禅机可无，灵犀当有

不久前，我和作家柯云路应出版社的要求，自北京始，取道南京、上海、杭州、武汉、西安签名售书。历时十四天。

我正为中国电视剧制作中心创作电视连续剧《同龄人》，十四天对我来说是极其宝贵的时间，不情愿得很。而且，我一向认为，好的作家，只将自己认真耕耘的书稿经由出版社交付社会就是了，大可不必连自己也一并热热闹闹地交付出去，仿佛用自己给自己的书做广告似的。但是时下，签名售书不仅已成了一种时髦，简直进而成了作家对出版社、对书店以及对读者的一种义务。既然已经是义务了，也就无论以什么理由拒绝都会显得不礼貌了，也就只有识时务而从之的份儿了……

我在南京签名售书时，桌前曾一度拥挤，一中年妇女向我提出请求："把我名字也写上吧！"我看了她一眼说："对不起，不写了，我看后边排了那么多人！"她还想争取，被后边的人挤了开去……后来一本我已签过了的书又摆在了我面前。我困惑地说："这一本我不是签过了吗！"它的主人说："为了能请您签上我的名字，我又排了一次队。这总可以了吧？"我抬头一看，是刚才那位妇女。我不忍再拒绝，问："你叫什么名字？"她说："我叫林晓婷……"我问："哪一个'婷'字？"她说："女字旁加一个街亭的亭……"直至我签上了"林晓婷同志惠存"几个字，她才心满意足地持书而去……那一天我还碰到了中学时期教过我政治的一位女教师。她很激动，眼眶湿了。我也很激动，但又不可能和教师长谈，只能嘱咐书店的同志，将她买书的钱退给她，签名活动结束后我交钱，我不愿让我的中学教师买我的书，我要赠她我的书……晚上，陪同我们的花城出版社的阎少卿同志交给了我一张纸条。我展开看，只写着这样几行字：

> 晓声同志：多年不通信了。不知你一向可好。也不知你以前的病怎么样？得知您签名售书的消息，我特别向单位请了一次假。我已有了自己的小窝儿，并且有了一个可爱的小女儿，已经三岁了……祝您创作丰收！

林晓婷，倏地我想了起来——她是十年前很喜欢读我的小说的一位读者。当年她每读我一篇小说都差不多要写给我一封信。有时写得很长。对于我写得不好的小说，或虽不失为好小说但写得不好的地方，指出得比批评家们还坦率，一矢中的。仿佛她是我写作方面的一位严师……

一位作家能拥有这样的一位读者真是一种幸运。至今我对写作绝不敢产生哪怕一点儿漫不经心，不能不承认因为我心中常有她那样的读者似乎时时要求着我……后来我们在南京见过一两面，我是"高高在上"的讲座者，她是普普通通的一名文学女青年、一名听众……再后来随着时间的流逝，她从我的读者中消失

一位作家能拥有这样的一位读者真是一种幸运。至今我对写作绝不敢产生哪怕一点儿漫不经心，不能不承认因为我心中常有她那样的读者似乎时时要求着我……后来我们在南京见过一两面，我是"高高在上"的讲座者，她是普普通通的一名文学女青年、一名听众……

了……而十年后的今天，我们面对面的时刻，我竟"眈眈相视不识君"。我好懊恼。懊恼我没能一眼便认出她，还要问她的名字是哪个"婷"……尽管那纸条上留下了她单位的电话号码，但斯时她的单位肯定已下班无人……第二天我一早便离开了南京，将那份懊恼以及内疚带到了上海，带到了杭州、武汉和西安，一直带回了北京……当年的读者来信我早已不保存了。实在地说我已忘了她的工作单位，只记得她是从医的。我给南京电视台的朋友写了封信，抄了她的电话号码和我家的电话号码。嘱咐朋友替我多多问候她，并欢迎她有机会来北京时，到我家里做客……

在西安，同样是签名案前拥挤的时刻，花城出版社的阎少卿同志挤入人墙，递上一本书说："先签这一本，先签这一本，一位残疾女青年摇着轮椅来买你的书……"

争先恐后塞到我面前的书，一本本地又从我面前移开了，使我得以先签了那一本书……

倏忽间我想到，她从多远的地方赶来购书呢？如果很远，我是否应多给她一份满足呢？为了能够确实对得起她摇着轮椅车而来……

我放下笔对人们说："请大家耐心略等一会儿，我要去看看那青年……"

人们默默从签名案前闪开了。那一刹那我从人们脸读到了两个字：理解。

我绕出柜台走到了那坐在轮椅上，只能远远观望签名情形的文学女青年跟前。

她说："谢谢你为我签名。"

我说："谢谢你买这一本书。"她在西安画院工作，画工笔花鸟画……

我见她似乎欲言又止的样子，主动说："如果你高兴的话，我们合一张影吧？"

她说："我心里正这么想，可不好意思开口……"说着要从轮椅上站起来……

我急忙扶她坐下，请一位记者替我们照了一张相。过后我悄悄嘱咐那位记者："不一定要寄给我，但是别忘了一定寄给她一张……"

我并不以为自己是名人。在今天一位作家若这么以为，是荒唐可笑的。某些作家也会这么说，但骨子里那份妄自尊大，是非常讨嫌的。他们或她们有时无视别人对自己的哪怕一点小小的企望，仿佛在大大的名人眼里普通人是根本不必费神予以理睬的。不但讨嫌而且意识浅薄。我能那样做，首先自己愉快，如今开口闭口玄谈禅机的人是越来越多了，已经成了一种时髦。我自忖与禅或道或儒什么的是无缘的，而且不耻于永做凡夫俗子。凡夫俗子就该有点凡夫俗子的样子。禅机可无，灵犀当有，那就是对人的理解，对人间真诚的尊重。这一种真诚的确是在生活中随时随处可能存在的，它是人心中的一种"维他命"。有时我百思不得其解，社会越文明，人心对真诚的感应当越细腻才是，为什么反而越来越麻木不仁了呢？那么一种普遍的巨大的麻木有时呈现出令人震惊的状态来。也许有人以为那一种真诚是琐碎的。可是倘若琐碎人生里再无"琐碎"的真诚，岂非只剩下了渣滓似的琐碎了吗？诚然几本书并不可能就使谁的人生真的变得不琐碎。作如是想除了妄自尊大，还包含有自欺欺人……

返回北京途中，小阎说："五个城市签下来，你大概签了一千五六百本！"我笑笑说："也许吧。"我问他是否感到是一种损失，他说并不。他说收获很大，收获到了别样的不曾预想过的……

我相信他说的是真心话。于是我们的手互握了一下。

在有的城市，书店的同志不免会在我耳畔低声催促："快点儿签。日期用阿拉伯数字签就行……"

我那样签了几本，但绝大多数并不用阿拉伯数字。而且签得极认真，尽量将名字写清楚。有一次购书者听到了书店同志的话，抗议起来："别催他！我们有耐心！"

我以为"耐心"二字颇堪咀嚼。虔诚是需要一点儿耐心去换取的。于我于读者于生活中一切人，该都是这样吧？

做竹须空　做人须直

"人生"对我是个很沉重的话题。

第五次文代会我因身体不好迟去报到了两天。会务组几次打电话到厂里催我，还封了我一个"副团长"。

那天天黑得异常早，极冷，风也大。

出厂门前，我在收发室逗留了一会儿，发现了寄给我的两封信。一封是弟弟写来的，一封是哥哥写来的。我一看落款是"哈尔滨精神病院"，一看那秀丽的笔画搭配得很漂亮的笔体，便知是哥哥写来的。我已十五六年没见过哥哥的面了，已十五六年没见过哥哥的笔迹了。当时那一种心情真是言语难以表述。这两封信我都没敢拆。我有某种沉重的预感。看那两封信，我当时的心理准备不足。信带到了会上，隔一天我才鼓起勇气看。弟弟的信告诉我，老父亲老母亲都病了。他们想我，也因《无冕皇帝》的风波为我这难尽孝心的儿子深感不安。哥哥的信词句凄楚之极——他在精神病院看了根据我的小说《父亲》改编的电视剧，显然情绪受了极大的刺激。有两句话使我整个儿的心战栗——"我知我有罪孽，给家庭造成了不幸。如果可能，我宁愿割我的肉偿还家人！""我想家，可我的家在哪啊？谁来救救我？哪怕让我再过上几天正常人的生活就死也行啊！"

我对坐在身旁的影协书记张青同志悄语，请她单独主持下午会议发言，便匆匆离开了会场。一回到房间，我恨不得大哭，恨不得大喊，恨不得用头撞墙！我头脑中一片空白，眼泪默默地流。几次闯入洗澡间，想用冷水冲冲头，进去了却又不知自己想干什么……

我只反复地在心里对自己说两个字：房子、房子、房子。母亲已经七十二岁，父亲已经七十八岁。他们省吃俭用，含辛茹苦抚养大了我，我却半点孝心也没尽过！他们还能活在世上几天？我一定要把他们接到身边来！我要他们死也死在我身边！我要发送他们，我有这个义务！我的义务都让弟弟妹妹分担了，而弟弟妹妹的居住条件一点儿也不比我强！如果我不能在老父老母活着的时候尽一点儿孝子之心，我的灵魂将何以安宁？

哥哥是一位好哥哥，大学里的学生会主席。我与哥哥从小手足之情甚笃。我做了错事，哥哥主动代我受过。记得我小时候生过一场大病，想吃蛋糕。深更半夜，哥哥从郊区跑到市内，在一家日夜商店给我买回了半斤蛋糕！那一天还下着细雨，那一年哥哥也不过才十二三岁……

有些单位要调我，也答应给房子，但需等上一两年，童影的领导会前找我谈过，也希望我到童影去起一些作用。童影的房子也很紧张，但只要我肯去，他们现调也要腾出房子来，当时我由于恋着创作，未下决心。

面对着两封信，一切的得失考虑都不存在了。

我匆匆草了一页半纸的请调书——用的就是第五次文代会的

便笺。接着，我将童影顾问于蓝同志从会上叫出，向她表明我的决心。老同志一向从品格到能力对我充满信任感，执着双手说："你作此决定，我离休也安心了！"随后我将北影新任厂长宋崇叫出，请他——其实是等于逼他在我的请调书上签了字。开始他愣愣地瞧着我，半晌才问："晓声，你怎么了？你对我有什么误解没有？"我将两封信给他看。他看后说："我答应给你房子啊！我在全厂大小会上为你呼吁过啊！"这是真话。这位新上任的厂长对我很信任、很关心，而且是由衷的。岂止是他，全体北影艺委会都为我呼吁过。连从不轻率对任何事表态的德高望重的老导演水华同志，都在会上说过"不能放梁晓声走"的话。北影对我是极有感情的。我对北影也是极有感情的。

记得我当时对宋崇说的是："别的话都别讲了，北影的房子五月份才分，而我恨不得明天后天就将父亲母亲哥哥接来！别让我跪下来求你！"

他这才真正理解了我的心情，沉吟半晌说："你给我时间，让我考虑考虑。"

下午，他还给我那请调书，我见上面批的是"既然童影将我支持给了北影，我没有任何理由不将晓声支持给童影。但我的的确确很不愿放他走"。

为了房子，到童影干什么我都心甘情愿，哪怕是公务员。童影当然不是调我去当公务员。于是我现在成了童影的艺术厂长……

我已正式到童影上班两个多月了，给我的房子却还未腾出来。

我身患肝硬化，应全休，但我能刚刚调到童影就全休吗？每天上班，想不上班也得上班。中午和晚上回去迟了，上小学的儿子进不了家门，常常在走廊里哭。

房子没住上就不担当工作吗？那也未免过分地功利了。事实上，我现在已是全身心地投入我的那份工作。我总不能骗房子住啊！

"人生"这个话题对我来说真是沉重的，我谈这个话题如同癌症患者对人谈患癌症的症状……

我从前不知珍惜父母给予我的这血肉之躯，现在我明白这是一个大错误。明白了之后我还是把自己"抵押"给了童影。现在我才了解我自己其实是很怕死的。怕死更是因为觉得遗憾。身为小说家面对这纷杂的迷乱的浮躁的时代，我认为仍有那么多可以写的能够写的值得写的。这是我最需要谨慎地爱惜自己的时候。亲人和朋友们善良劝告，我也只能当成别人的一种善良而已。我的血肉之躯是父母给予我的，我以血肉之躯回报父母，我别无选择。这是无奈的事。我认可这无奈，同时牢记着家母的训导。

家母对我做人的训导是：做竹须空，做人须直。

在我的中学毕业鉴定中，写有这样的评语：该学生性格正直，富有正义感。责人宽，克己严……一九六九年，"文革"第三年，我的鉴定中没有"造反精神"如何如何之类，而有这样的评语，乃是我的中学母校对我的最高评定。这所学校当年未对第二个学生作出过同样的评语。

在我离开兵团连队的鉴定中，也写有这样的评语：该同志性格正直，富有正义感，要求自己严格……

在我从复旦大学毕业的鉴定中，还写有这样的评语：性格正直，有正义感，同"四人帮"作过斗争，希望早日入党……十六位同学集体评定，连和我矛盾极深的同学，亦不得不对这样的评语点头默认……

在我离开北影的鉴定中，仍写有这样的评语：正直，正派，有正义感，对同志真诚，勇于作自我批评。

我不是演员。演员亦不可能从少年到青年到成年，二十多年表演不是自己本质的另一个人到如此成功的地步！我看重"正直、正派、真诚"这样的评语，胜过其他一切好的评语。这三点乃是我做人的至死不渝的准则。我牢牢记住了家母的训导，我对得起母亲！我尤其骄傲的是在我较长期生活和工作过的任何地方，包括一直不能同我和睦相处的人，亦不得不对我的正直亦敬亦畏。我从不阿谀奉承，从不见风使舵。仅以北影为例，我与历届文学部主任拍过桌子，"怒发冲冠"过，横眉竖目过，但他们之中的绝大多数，如今都是我的"忘年交"。我调走得那么突然，他们对我依依不舍，惋惜我走前没入党。早在几年前，老同志们就对我说："晓声，写入党申请书吧，趁现在我们这些了解你的人还在，你应该入党啊！你这样的年轻人入党，我们举双手赞同！有一天我们离休了，只怕难有人再像我们这么信任你了！"党内的同志们，甚至要在我走前召开支部会议，"突击"发展我入党，被我阻止了。连刚刚到北影不久的厂长宋崇，对此也深有感慨。

我愿正直、正派、真诚、正义这些评语，伴我终生。人能活到这样，才算不枉活着！

人在今天仍能获得这些，当然也是一种幸福！所以我又有理由说，我活得还挺幸福。

最主要的，我自己认为是最主要的，我已并不惭愧地得到了，其他便是次要的、无足轻重的。

我对自己的做人极满意。

我是不会变的。真变了的是别人。一种类似文痞、流氓的行径，我看到在文坛在社会挺有市场。

　　我蔑视和厌恶这一现象。

　　真的文坛之丑恶，其实正是这一现象。

　　我将永久牢记家母关于做人的训导 —— 做竹须空，做人须直……

　　好母亲应该有好儿子。反之是人世间大孽。

　　就是这样。